Alexandre Jardin
Der Kleine Wilde

Alexandre Jardin

Der Kleine Wilde

Roman

Aus dem Französischen
von Eliane Hagedorn
und Barbara Reitz

ECON Verlag
Düsseldorf · Wien · New York · Moskau

Für Hugo, mein neues Blut

Ich, ich will alles, sofort und vollkommen – oder ich will nichts. Ich kann nicht bescheiden sein und mich mit einem kleinen Stückchen begnügen, das man mir gibt, weil ich so brav war. Ich will die Gewißheit haben, daß es so schön wird, wie meine Kindheit war – oder ich will lieber sterben.

JEAN ANOUILH
(Antigone)

Eines Tages bemerkte ich voller Entsetzen, daß ich ein Erwachsener, eine leblose Puppe von achtunddreißig Jahren geworden war. Meine Kindheit hallte nicht mehr in meinem Inneren wider. Nichts trieb mich mehr dazu, mich aufzulehnen. Die Lebenslust und Unbeschwertheit, die einst in meinen Adern pulsierten, waren verschwunden. Der berechenbare Herr, der ich jetzt geworden war, erfreute sich ohne Vergnügen einer soliden Existenz, frönte nur noch selten dem Beischlaf, und sein Gesichtsausdruck war erloschen. Ich hatte es mir in der Haut eines domestizierten Ehemannes bequem gemacht, der des fröhlichen, unvorsichtigen und verträumten kleinen Jungen unwürdig war, der ich einmal gewesen war und den alle Welt den *Kleinen Wilden* genannt hatte. Dieses Versagen stand mir plötzlich an jenem Sonntag glasklar vor Augen. Morgens hatte ich beim Aufstehen mein erstes weißes Haar entdeckt. Ich bummelte durch die Stände des Pariser Marché aux Oiseaux und dachte darüber nach, daß mich die jungen Mädchen bald für einen alten Mann halten würden, als mich plötzlich eine Stimme innehalten ließ:

»Kleiner Wilder, du bist verrückt!«

In meinem jetzigen Bekanntenkreis kannte mich niemand unter diesem Namen, der schon lange in Vergessenheit geraten war. Selbst meine Frau ahnte nichts davon, obgleich sie vorgab, jeden Winkel meiner Vergangenheit durchforstet zu haben.

»Kleiner Wilder, du bist verrückt«, wiederholte die Stimme.

Verblüfft erkannte ich den Tonfall meines Vaters, den eine Krebserkrankung dahingerafft hatte, als ich gerade vierzehn Jahre alt gewesen war. Es war dieselbe Formulierung, die er früher gemurmelt hatte, wenn ich abends im Bett lag und er mir einen Gutenachtkuß gab. Heftiges Herzklopfen beklemmte meine Brust. Ich wandte mich abrupt um und stand plötzlich vor Lily.

Bei ihrem Anblick erschauderte der Kleine Wilde unter meinem Erwachsenengesicht. Dann folgte ein kurzer, wortloser Blickwechsel zwischen Lily und mir. Bist du es? Sie pfiff fröhlich und zwitscherte erneut:

»Kleiner Wilder, du bist verrückt!«

Ich ging auf sie zu.

»Passen Sie auf, der beißt!« rief der Vogelhändler.

Lily breitete ihre Flügel aus, schob ihren Kopf durch die Stäbe des Käfigs und liebkoste meine Nase mit ihrem Schnabel. Ein plötzliches Gefühl der Rührung überkam mich, Tränen standen mir in den Augen. Peinlich berührt wischte ich sie eilig weg.

»Na . . . also so was . . .«, sagte der Vogelsteller. »Mit Ihnen spricht er.«

Lily war ein Papagei aus Gabun, ein Weibchen mit grauem Gefieder, das mein Vater aus Afrika mitgebracht und mir zu meinem zehnten Geburtstag geschenkt hatte. *Papageien leben genausolange wie Menschen*, hatte er gesagt, als er mir den Vogel überreichte. Dieses Tier, das gewöhnlich in dem Ruf steht, ein geistvoller Unterhalter zu sein, hatte nie mehr als einen Satz von sich geben können – *Kleiner Wilder, du bist verrückt!* –, wobei es perfekt Stimme und Intonation meines Vaters nachahmte.

Innerhalb eines kurzen Augenblicks begriff ich, was dreiundzwanzig Jahre zuvor geschehen sein mußte. Kurze Zeit nachdem man die sterblichen Überreste meines Vaters den Würmern übergeben hatte, hatte meine Mutter behauptet, Lily sei pfeilschnell aus dem offenen Fenster entflohen. Sie hatte sie zweifellos verkauft oder verschenkt, da sie es nicht länger ertragen konnte, mindestens dreißigmal am Tag die gespenstische

Stimme eines Ehemannes zu hören, der in ihren Augen immer ihr Geliebter geblieben war.

»Das ist unglaublich«, fuhr der Händler fort, »ich dachte, sie wäre stumm.«

»Kleiner Wilder, du bist verrückt.«

Ich hatte das Gefühl, daß es mein Vater war, der durch Lily zu mir sprechen wollte. Die tiefe Stimme vermittelte mir den Eindruck, als sei er in gewisser Weise anwesend.

»Ich gebe sie Ihnen für tausend Franc«, fuhr der Händler fort.

Ich stand unbeweglich vor Lilys Käfig, und plötzlich wurde mir eine grauenvolle Wahrheit bewußt: Der Kleine Wilde war tot, und das war auch der Grund, warum mich niemand mehr so nannte. Ich hatte plötzlich den Eindruck, als wolle mein Vater mir den Tod seines kleinen Jungen mitteilen, das Blut gefror mir in den Adern.

»Na gut, sagen wir neunhundert Franc . . .«

Ich war nicht mehr der Kleine Wilde, sondern Monsieur Alexandre Eiffel, Inhaber und Begründer einer Schlüsselfabrik: LES CLÉS EIFFEL. Mein Vorfahr Gustave hat ein 320 Meter hohes Andenken hinterlassen, das noch heute auf dem linken Seine-Ufer im Weg herumsteht, aber ganz im Gegensatz zu ihm hatte ich mich mit meinen Kinderträumen überworfen.

Eigentlich, stellte ich voller Bedauern fest, ähnelt Alexandre Eiffel dem Kleinen Wilden im Grunde seines Wesens so wenig, wie man es sich nur vorstellen kann. Heute bin ich ein berechenbarer Mensch. Meine ursprüngliche Persönlichkeit hat sich in Luft aufgelöst. Ich liebe genau das, was man in meiner kleinen Welt zu lieben hat, und verziehe gegenüber allem, das zu schätzen ungehörig wäre, angewidert das Gesicht. Ich plappere die Phrasen meiner Umgebung nach, ich bin zum Spiegelbild meiner Zeit geworden, zu der ich ebenso perfekt passe wie das Ziertuch in meiner Brusttasche zu meinen Socken, und das, was mir noch an Persönlichkeit geblieben ist, scheint mir fast unschicklich. Ich habe nicht einmal mehr ernstzunehmende Schwächen! Meine kleinen Fehler haben sich ausgeglichen. Früher habe ich grundlos gelogen, nur um das Leben schöner zu machen; heute verdrehe ich die Wahrheit, ohne Spaß daran zu haben, aus purer Berechnung. Indem ich die Amoralität des Kleinen Wilden, die voller Heiterkeit war, aus meinem Gemüt verbannt habe, ist die Substanz meines Charakters im Kern durcheinandergeraten.

Wo sind meine unwiderstehliche Ungeduld, meine Wildheit und meine unermeßliche Verzweiflung geblieben? Es fällt mir heute schwer, die Dinge in ihrer vollen Intensität zu spüren, gestand ich mir voller Bitterkeit ein. Früher reagierte ich mit dem Herzen, heute nur noch mit dem Verstand. Ich gehe heute mit Mäßigung an die Dinge heran, statt noch heftige Gefühlsregungen zu zeigen. Im Umgang mit den freudlosen Typen in Weste und Anzug habe ich gelernt, meine Gefühle zu beherrschen; Büromenschen sind nicht empfänglich dafür, wenn man vor ihnen sein Seelenleben ausbreitet. Alexandre Eiffel hat seine Empfindsamkeit verloren, um die quälende Realität der Erwachsenen ertragen zu können. Der Saft ist aus seinem Körper gewichen, aus jenem Körper, der jetzt schon den ersten Anflügen von Übergewicht zum Opfer fällt. Seine Bedürfnisse sind keine Gelüste mehr, sondern die Summe der im Laufe der Jahre erworbenen Gewohnheiten. Er atmet, ohne zu leben.

Die Rücksichtnahme, die Monsieur Eiffel gegenüber seinen Bankiers an den Tag legt, und die Speichelleckerei, mit der er seine Kunden umgarnt, hätten dem Kleinen Wilden die Schamröte ins Gesicht getrieben. Das Eintauchen in die Geschäftswelt hat mir geschadet. Wo ist die Zeit geblieben, da ich mich allein von meiner Phantasie leiten ließ? Heute ist mein Beruf mein Herr und Meister. Er verlangt mir diese gesellschaftlichen Grimassen ab, diese Kapitulation der Selbstachtung, diese unwürdige Kriecherei.

Unfähig, den Augenblick aufrichtig zu leben, ist Alexandre Eiffel immer seiner Zeit voraus oder hängt seinen Erinnerungen nach. Ich kann weder mir selbst noch jemand anderem gegenüber Vertrautheit empfinden, und meine Umgebung langweilt mich. Da ich mich ständig durch die künstlichen Leidenschaften der Erwachsenen zerstreuen lasse, bekomme ich keine Befehle mehr aus meinem Inneren und unterwerfe mich nur noch dem Diktat meines Terminkalenders.

Je länger Lily mich unverwandt anstarrte, desto heftiger ergriff mich die Sehnsucht nach jener sorglosen Zeit, da der Kleine Wilde nichts als Unordnung war, da ich voller Wonne einschlief, um schneller den nächsten Tag beginnen zu können. Natürlich war meine Kindheit keine ausgedehnte Sommerfrische, die nie von einer Wolke getrübt wurde, doch sie erschien mir plötzlich als das einzige Alter, in dem ich wirklich gelebt hatte, als die einzige Zeit, zu der ich geliebt wurde, ohne daß diese Liebe an Bedingungen geknüpft war. Ich besaß damals einen Schatz, der wertvoller war als alles andere: einen unsäglichen Lebenshunger, gepaart mit unmäßiger Neugier; und ich hatte das Gefühl, daß meine gewaltigen Wünsche die Wirklichkeit bestimmten.

Meine Eltern gaben nicht allen Launen des Kleinen Wilden nach, aber meine Mutter, mein Vater und Tout-Mama, meine Großmutter väterlicherseits, hörten mir aufmerksam zu und bestärkten mich in der Vorstellung, daß ich über eine fast magische Macht verfügte. Ihnen zufolge gab es keine Grenze, die meinem Willen je standhalten würde.

Eines Tages, als der Kleine Wilde Tout-Mama von seiner Absicht in Kenntnis gesetzt hatte, später auf den Spuren Charles de Gaulles zu wandeln, hatte nie geantwortet, als sei es das Natürlichste von der Welt:

> »Warum so bescheiden? Frankreich ist viel zu armselig. Denk lieber über das Schicksal des guten Julius Caesar nach. Der ist kein schlechtes Vorbild!«

Ich war also davon überzeugt, daß sich die Welt früher oder später nach meinen Vorstellungen, wie auch immer diese geartet sein mochten, gestalten würde. Und dieser Eindruck wurde in jeglicher Hinsicht von allen Mitgliedern meiner

Familie bestätigt, die bemüht waren, mich in einer Welt aufwachsen zu lassen, die im wesentlichen meinen Wünschen entsprach.
Als mein Vater starb, hatte ich das Gefühl, in brutaler Weise meiner Allmacht beraubt zu werden. Ich hatte zwar versucht, mich davon zu überzeugen, daß seine Krebserkrankung durch meine Gebete zu bezwingen wäre, doch die Metastasen hatten sein Gehirn zerfressen. Und als meine Mutter, kaum achtzehn Monate nach meinem Vater, an einem unheilbaren und wundersamen Kummer starb – die Ärzte sprachen von einem bösartigen Tumor, doch ich wußte, wie sehr sie ihn geliebt hatte –, hörte ich ganz auf, an die Allmacht meiner Träume zu glauben. Meine Eltern waren nicht mehr da, um das Leben mit meinen Wünschen in Einklang zu bringen, und mein heftiges Verlangen, sie wiederzusehen, bewirkte rein gar nichts. Im Alter von fünfzehn Jahren hatte mir die grauenvolle Wirklichkeit ihr Gesetz aufgezwungen, meine Wünsche hatten ihre Kraft verloren.

»Also gut, ich gehe auf achthundert Franc runter«, versuchte es der Händler noch einmal.

Ich glaubte, in Lilys Blick die Augen meines Vaters zu erkennen. Sie schienen mich zu fragen, wie ich Elke hatte heiraten können, eine Finnin, die mir nachts als Wärmflasche und Schlafmittel diente. Ihre beeindruckende Schönheit reduzierte sich letztlich auf Züge, die ebenso perfekt wie nichtssagend waren, und ihr Grips wog sicherlich nicht sehr schwer. Unsere zehnjährige Ehe hatte mich vergessen lassen, daß Liebe immer himmlisch sein sollte, ein beseelendes Funkeln, und daß sie nicht zur Zusammenfügung zweier spannungsloser Alltage verkommen darf. Mit dreißig Jahren wollte Elke, aus Angst, ihrem hübschen Busen zu schaden, noch immer keinen Nachwuchs in die Welt setzen. Ich sah mich genötigt zuzugeben, daß Alexandre Eiffels Frau nicht zu denjenigen gehörte, die das Herz des Kleinen Wilden hätten entflammen können. Elke gefiel nur noch meinen Augen, nicht meinem Herzen; und das brachte plötzlich den Eheapostel, der ich geworden war, zur Verzweiflung. Selbst wenn ich sie nicht mehr liebte, so hielt ich doch noch immer das Banner der Treue in Ehren; dies war schließlich der einzige Punkt, in dem ich mir noch eine radikale Position zubilligte.

»Nun gut, also siebenhundert, aber das ist mein letztes Angebot.«

Bestürzt kam ich zu der Ansicht, daß das Herz des Kleinen Wilden doch noch irgendwo in mir schlug, wenn auch nur schwach, denn immerhin war ich noch hellsichtig genug, mir solche Überlegungen zu gestatten.

»Du bist verrückt, du bist verrückt . . .«, wiederholte Lily voller Spott, so als hätte sie bemerkt, daß ich es nicht mehr war.

Der Kleine Wilde heulte in meinem Inneren auf, daß er wieder leben wollte. Ich war fast vierzig Jahre alt, mein Ende rückte näher. Daran hatte mich ein weißes Haar erinnert. Ich hatte es satt, meinen Freiheitsdrang zu unterdrücken und den Erwachsenen, jene üble, narkotisierende Rolle, zu spielen. Ich lechzte nach Unbesonnenheiten. Zu viele gegensätzliche Gefühle tobten in meinem Inneren, als daß ich sogleich meine Existenz in eine andere Richtung hätte lenken können, doch ich war mir sicher, daß ich mehr aus diesem Leben machen wollte. Alexandre war auf die Welt gekommen, um der Kleine Wilde zu sein und nicht Monsieur Eiffel. Ich verspürte das Verlangen, wieder in die Gegenwart zurückzukehren, die Allmacht meiner Wünsche und den Respekt vor meiner eigenen Person wiederzufinden, jenen unmäßigen Heißhunger und die Sanftheit jener Zeit, da ich noch nicht die Entscheidungen getroffen hatte, die mich heute banden. Ah, immer wieder man selbst zu sein, sich neu zu erfinden, sich auf wunderbare Weise zu erneuern!

Dabei hatte Alexandre Eiffel es verstanden, sich ein Leben einzurichten, das manch einer für äußerst glücklich halten mußte. Sein steter Erfolg in der Schlüsselindustrie hatte ihn schon in jungen Jahren in die höchsten Sphären der Geschäftswelt getragen, in die Welt derer, die im Winter sonnengebräunt sind und deren Vergnügen sich in Francs oder anderen Währungen ausdrückt. Das Wort Hotel war für ihn ein Synonym für Palast. Er war wohlhabend genug, um Freunde zu haben, und sein Status als König der Schlüssel und Schlösser hatte ihm jene Selbstsicherheit, gepaart mit Bescheidenheit, verliehen, die ihn in den Augen der Spießer respektabel erscheinen ließ. Einige Zeitschriften, die stets auf der Suche nach Schicksalen waren, die ihren Lesern Stoff zum Träumen gaben, hatten schon sein niedliches Engelsgesicht abgebildet, das so geistvoll und aufreizend war, daß es die Damen in Entzücken versetzte. Außerdem wurde er von einer wohlproportionierten Ehefrau verwöhnt, der er im Gegenzug eine Zuneigung entgegenbrachte, die der Liebe so ähnlich war, daß ich mich zuweilen täuschen ließ.

»Kleiner Wilder, du bist verrückt.«

Ich drückte mein Gesicht gegen den Vogelkäfig. Ich hatte das Gefühl, ich selbst säße in diesem Käfig. Plötzlich hatte ich, wie in einem Traum, eine Vision: Ich entdeckte den Kleinen Wilden, der hinter den Gitterstäben stand. Er sah mich bitterböse an und spuckte mir unvermittelt ins Gesicht.

»Nehmen Sie ihn mir für sechshundert Franc ab?«

»Also gut.«

Ich kaufte den gefiederten Freund des Kleinen Wilden zurück, hielt ein Taxi an und stieg mit Lily ein, die in ihrem Käfig herumflatterte.

Wie hatte ich meine Natur so verleugnen können? Ich, der ich mir im Alter von acht Jahren geschworen hatte, mich nie den *Großen* anzupassen. Auch wenn es möglich war, sich mit einigen von ihnen zu verstehen, sah der Kleine Wilde doch eine generelle Unvereinbarkeit zwischen ihrem Universum und dem seinen. Er hatte sich im übrigen geschworen, sich nie in dem, was er verächtlich als »Erwachsenheit« bezeichnete, festzufahren.

»Kleiner Wilder, du bist verrückt.«

Diese Stimme . . . Eine Flut unzusammenhängender Bilder

tauchte vor meinen Augen auf. Ich sah mich im Regen stehen, es war ein anderer Regen als der, der jetzt über die Scheiben des Taxis rann. Es war in der Provence: Ich betrat mit Tout-Mama und meiner Tante eine kleine weiße Kirche, in der man die Totenmesse für meine Mutter las. Ein Harmonium quietschte ein paar Töne, eine melancholische Melodie. Ich weinte nicht. Es war mein erster Tag als Mann. Ich wußte damals nicht, daß man auch hätte sagen können, daß diese Messe für den Kleinen Wilden gelesen wurde, der an jenem Tag in eine tiefe Agonie gefallen war.

Dann erinnerte ich mich an jenen Nachmittag, an dem ich nach der Trauerfeier in den Garten unserer Villa ging, um den großen Bäumen Lebewohl zu sagen, welche die Spiele meiner Kindheit beschattet hatten. Meine Tante hatte sich dazu entschließen müssen, die Villa Mandragore, den Familiensitz, zu verkaufen, den Gustave Eiffel 1908 an der Mittelmeerküste hatte erbauen lassen. Sie hatte beschlossen, mich bei sich in Paris aufzuziehen. Sie verfügte nicht über die nötigen Mittel, um diesen extravaganten Bau, der Unsummen verschlang, zu unterhalten. Als ich an den blühenden Mimosen vorbeiging, wurde mir bewußt, daß meine Nase, die früher so fein gewesen war, nichts mehr roch. Ganz plötzlich, mit fünfzehn Jahren, waren die Duftwolken für mich nicht mehr zu entschlüsseln. Mein ganzes Wesen war im Schmerz erloschen und mit ihm auch mein Geruchssinn, und somit verlor ich jene Wahrnehmungsfähigkeit, die ich benötigte, um im späteren Leben meiner Berufung zu folgen: eine Nase in der Parfümindustrie zu werden.

»Ah, diese Viecher überraschen einen immer wieder«, sagte der Taxifahrer.

»Ja, ja . . .«, antwortete ich zerstreut.

Bilder aus meiner Jugend und meiner Kindheit schwirrten mir im Kopf herum. Ich sah vor mir, wie ich den Süden verließ, um mein Exil in Paris anzutreten, einer Stadt, von der ich nicht wußte, wie ich mit ihr vertraut werden sollte. Kaum waren wir angekommen, lieferte mich meine Tante den Jesuiten in der

Rue Franklin aus. Es waren traurige Menschen, die mich sogleich in ihre engen Maximen zwängten und versuchten, mir den Rest Kindheit auszutreiben, der mir noch geblieben war. Unter ihrer Fuchtel verbot man mir, mit links zu schreiben, und ich wurde zu einem gewaltsam umerzogenen Rechtshänder, der sich bald nur noch dieser Hand bedienen konnte. Ich erinnere mich an meine ratlose Miene in den Hörsälen der Sciences Po, wo man fest die Maske des Erwachsenen auf mein Gesicht klebte. Ich stellte voller Grauen fest, daß sich alles gegen mich verschworen hatte, um aus mir einen anderen zu machen. Wenn auch der Kleine Wilde mit dem Tod meiner Eltern verschwunden war, so dauerte es doch viele Jahre, ehe seine letzten Spuren in meinem Wesen getilgt waren. Meine Häutung vollzog sich in verschiedenen Etappen. Erst am Ende meines Studiums war ich voll und ganz dem Leben jener Menschen angepaßt, die man fälschlicherweise die Großen nennt. Nur die Kinder sind wirklich große Menschen. Sie vollbringen zwar keine großen Dinge, doch ihr Blick macht die Dinge groß. Meine Jesuiten-Lehrer hingegen waren vom Gegenteil überzeugt. So hatten sie sich hartnäckig darangemacht, mich zu zähmen und meinen Geist einer trübseligen Ordnung zu unterwerfen. Sie brachten mich dazu, meine Fehler gegen anerkannte Qualitäten einzutauschen, die nicht den Reiz meiner früheren Unvollkommenheiten hatten. Wie Opium lähmte die einschläfernde Monotonie des Unterrichts meine Phantasie. Ich lernte, die Gedanken Verstorbener zum Vorbild zu nehmen. Man verwässerte mein Temperament und kultivierte in mir alle Tugenden, die erforderlich sind, um schließlich in die Haut eines gewöhnlichen Steuerzahlers zu schlüpfen. Nachdem man meine Persönlichkeit so verbogen und mein Wesen fast vollkommen erstickt hatte durch Bedürfnisse, die man in meinem Herzen erweckt, und künstliche Verlangen, die man mir eingetrichtert hatte (Ah, der Ehrgeiz! Die giftige Eitelkeit!), wurde ich zu einem verkorksten jungen Mann, der bereit war, sich in ein Trugbild der Existenz zu fügen, ein lebender Toter, berechenbar und gelehrt. Mein Abschlußzeugnis in Politische Wissenschaften war der Beweis. Mit zwanzig Jahren war es nicht mehr nötig, mein Verlangen zu zügeln, ich hatte keins mehr! Als man mich aufforderte zu sagen, welchen Beruf ich ausüben wollte, wurde ich von Panik erfaßt. Ich wünschte mir nichts mehr, der Kleine Wilde hingegen hatte Tausende von Träumen gehabt. Mein Riechorgan verweigerte mir noch immer den Dienst, und die vernünftigen Zukunftspläne, die man mir vorschlug, erweckten nur Gleichgültigkeit in mir. Nach einem Umweg durch verschiedene Firmen begann ich Schlösser herzustellen, die ebenso perfekt funktionierten wie das Gehirn des armen Alexandre Eiffel. Man kann sich gar nicht vorstellen, wie viele Kinder in der Schule derart verbogen werden, *zu ihrem Besten!*

Tout-Mama erkannte in dem umerzogenen Linkshänder, der Schlüssel und Schlösser verkaufte, immer weniger ihr Idol. Der Leser von *Le Monde* interessierte sie weniger als der der »Drei Musketiere«. Und bald war sie es überdrüssig, keine Aufrichtigkeit mehr in meinen Worten zu spüren. Die unbändige Zuneigung, die sie dem Kleinen Wilden entgegengebracht hatte, flaute langsam ab. Ich lachte zu selten, als daß sie mich hätte ernst nehmen können. Alexandre Eiffel hatte sich von ihrer Moral entfernt, die sich in einer Maxime zusammenfassen ließ: *Man ist nur dem Kind etwas schuldig, das man einmal war.*

Das Taxi fuhr am Seine-Ufer entlang, als plötzlich in meiner Erinnerung jener Satz widerhallte, mit dem sie mir eines Tages ihre Devise verdeutlicht hatte:

> »Am 18. Juni 1940, mein Liebling, hat sich de Gaulle des Kindes würdig gezeigt, das er einmal gewesen war. Und ich kann dir versichern, daß der Geist des kleinen Charles auf der anderen Seite des Mikrophons der BBC dem großen Charles Beifall geklatscht hat!«

Ich hatte Tout-Mama seit fast acht Monaten nicht mehr gesehen. Nach dem Verkauf der Villa Mandragore hatte sie das Erdgeschoß, das sie bewohnte, räumen müssen und war in einem Heim für bedürftige Alte in der Nähe von Cannes untergekommen. Zurückgezogen in ihr Einzelzimmer, das sie sich nach hartem Kampf erobert hatte, versuchte Tout-Mama, eine Art Würde beizubehalten, indem sie von den Krankenschwestern eine gewisse Ehrerbietung erwartete und weder mit Beschimpfungen noch mit Spazierstockhieben sparte. Ihre magere Witwenrente erlaubte ihr nicht den Umzug in ein anderes Etablissement. Wenn ich an ihr Zimmer von der Größe einer Streichholzschachtel dachte und dann den Blick durch meinen riesigen Salon wandern ließ, machte mir der üble Beigeschmack meines schlechten Gewissens zu schaffen. Der Kleine Wilde hätte es nicht zugelassen, daß sie in einem von gebeugten Gestalten bevölkerten Heim verkümmerte. Er hätte sie an den kalten Winterabenden angerufen, um sich zu vergewissern, daß sie nicht fror, und hätte sich erkundigt, ob es ihr gelungen war, sich die Kataloge mit antiken Waffen zu beschaffen, die sie so sehr liebte.

»So, da wären wir, Nummer 12«, brummte der Taxifahrer, als er vor dem Haus meiner Tante anhielt.

»Aber . . . hier wohne ich nicht. Ich habe gesagt: Nummer 5, Avenue Charles-Floquet«.

»O nein, Monsieur, Sie haben mir gesagt: Nummer 12, Rue Mesnil«.

»Aber . . .«

»Hören Sie, ich habe diese Adresse schließlich nicht erfunden. Soll ich Sie in die Avenue Charles-Floquet fahren?«

»Ehm . . . nein, ist schon in Ordnung so. Was bin ich Ihnen schuldig?«

»Also . . . Sie wissen wohl auch nicht, was Sie wollen . . .«
Ich bezahlte die Fahrt und stieg mit dem Käfig aus dem Taxi. Mein Wiedersehen mit Lily hatte mich so sehr verwirrt, daß ich aus Versehen meine allererste Adresse in Paris angegeben hatte, die meiner Tante. Sie lebte noch immer dort mit Paul, einem Mann, den ich gerne mochte, weil ich wußte, daß er sie sehr

liebte. Mein Versprecher im Taxi beschäftigte mich. Ich hatte das Gefühl, der Kleine Wilde hätte mir diese Adresse zugeflüstert, um mich wieder dorthin zurückzuführen, wo er sein Leben ausgehaucht hatte. Was sollte ich hier entdecken? Dieser Tag nahm eine seltsame Wendung.

Als ich mit Lily das Haus Nummer 12 in der Rue Mesnil betrat, fühlte ich mich um vierundzwanzig Jahre zurückversetzt. Der Spiegel in der Halle zeigte mit ein Bild, das mir vor allem aus meiner Kindheit bekannt war: ich mit Lilys Käfig in der linken Hand. Ich betrachtete den Nachfahren des Kleinen Wilden. Alles an ihm wies auf gewisse Gepflogenheiten eines eleganten Lebens hin. Er hatte bei seiner Art, sich zu kleiden, nicht die festgelegte Vorstellung vergessen, die er von sich selbst hatte, und auch sein Gesicht zeigte die würdevolle Miene eines distinguierten Herrn. Dieses Gesicht schien mir zwar das eines anderen zu sein, aber dennoch war es meines.

»Ah, du kommst gerade recht«, sagte Paul, der mit zwei Hockern in der Kellertür erschien. »Kannst du mir helfen? Ich muß die Stühle alle nach oben bringen. Wir haben Gäste zum Mittagessen. Ißt du mit uns?«

»Eh . . . ja.«

»Was ist denn das für ein Vogel?«

»Ein Papagei aus Gabun. Ich habe ihn gerade gekauft.«

Ich stieg in den Keller hinab. Es war ein langer, schwach erleuchteter Schlauch. Dieses Gewölbe war von Schatten bevölkert und hatte mir immer Angst eingejagt, die ich selbst als junger Mann nur dann zu beherrschen wußte, wenn ich Lilys Lieblingsmelodie pfiff.

»Pfeif, pfeif schon«, sagte ich zu meinem Vogel.

Zu meiner großen Überraschung und Freude beherrschte Lily noch die Melodie von früher. Ich ging weiter, öffnete die Tür zum Keller meiner Tante und nahm zwei Stühle. Doch plötzlich fiel mein Blick auf eine große Kiste. Die Spielzeugtruhe des Kleinen Wilden wartete auf mich, neben einem alten Sonnenschirm. Ich hatte diese Kiste mitgenommen, als ich die Mandragore verlassen mußte, doch seitdem nie mehr an sie gedacht.

»Kleiner Wilder, du bist verrückt.«

Ich lehnte die Stühle an die Wand, wischte mit dem Handrükken den Staub von der Truhe und öffnete sie vorsichtig. Mit den Augen des Kleinen Wilden entdeckte ich meine sieben *Action Man*, jene Soldatenfiguren, die sich im Garten der Mandragore heroische Schlachten für mich geliefert hatten. Sie lagen nebeneinander, schlafend, und jederzeit bereit, wieder den Befehlen eines Kindes zu gehorchen.

Plötzlich wurde mir voller Rührung bewußt, daß nur der Kleine Wilde meine *Action Man* ausgestattet haben konnte. Er hatte sie angezogen und ihren Rucksack gepackt. Ich erkannte seine Art, sie auf das Abenteuer vorzubereiten: Ein winziger Dolch war in den rechten Stiefel geschoben, eine Miniatur-Granate in jede Tasche.

Der Kleine Wilde hatte also die Absicht gehabt zu spielen. Er hatte die Truppe seiner Gefolgsleute in seiner Truhe gelassen, dann war er sicherlich zum Nachmittagskaffee gegangen und nicht mehr zurückgekommen, um seine Soldaten zu neuem Leben zu erwecken. Seit jenem Tag hatte ich mich nur noch mit Spielen unterhalten, deren Regeln die anderen für mich aufgestellt hatten. Es gab also ein letztes Mal, einen verhängnisvollen Augenblick, in dem man seine Spielzeugtruhe schloß. Aber wann war das gewesen? Was war geschehen?

Ich nahm einen meiner Krieger, schob ihm einen Revolver in die rechte Hand, zwang mich, meinem Spiel die gleiche Ernsthaftigkeit zu verleihen wie früher, und feuerte einige imaginäre Schüsse ab. Mein Gott, war ich lächerlich! Woher kommt es nur, daß Kinder selten so albern wirken? Ich hatte das Spielen vollkommen verlernt und fühlte mich außerstande, ernsthaft in das Universum der Phantasie einzutauchen, das mir früher so vertraut gewesen war.

Alexandre Eiffel wollte gerade voller Bitterkeit die Spielzeugtruhe für immer schließen, als mir ein Umschlag auffiel, der unter den *Action Man* lag. Er war mit einem Siegel verschlossen, das ich sofort wiedererkannte:

Dieses Symbol – eine Insel mit Palmen – war das Erkennungszeichen des Crusoe-Bundes, eines geheimen Zusammenschlusses von fünf Schülern des Collège Mistral, einem Internat in einem kleinen Schloß an der Mittelmeerküste. Wir waren damals dreizehn Jahre alt gewesen. Ein gemeinsamer Traum verband uns.

Vollkommen aufgewühlt ergriff ich den Umschlag, brach das Siegel auf und zog ein Blatt heraus, auf das der Kleine Wilde mit der linken Hand geschrieben hatte:

GEHEIMDOKUMENT

VERABREDUNG FÜR DAS JAHR 2000,
GLEICHER TAG, GLEICHE ZEIT, GLEICHER ORT.

Unter diesem Satz hatte jeder Crusoe, außer einem, mit einer in sein Blut getauchten Feder unterschrieben. Es waren nur noch sieben Tage bis zu dem festgelegten Datum.

Nachdem ich in Nizza das Flugzeug verlassen hatte, mietete ich einen Wagen. Ich hatte eine Verabredung mit meiner Kindheit. Die Begegnung mit der Stimme meines Vaters, mein Versprecher im Taxi, die Entdeckung des Geheimdokuments eine Woche vor dem verabredeten Treffen des Crusoe-Bundes, all diese Zufälle beschäftigten meine Phantasie viel zu sehr, als daß ich auf diese Reise verzichtet hätte. Mir gefiel die Vorstellung, daß diese Schicksalszeichen lauter kleine weiße Steinchen waren, die der Kleine Wilde entlang des Weges gestreut hatte, auf den er mich führen wollte; und ich spürte verwirrt, daß ich fahren MUSSTE. Meine letzte Unschlüssigkeit war gewichen, als ich am selben Morgen mehrere weiße Haare entdeckt hatte. Dieser zweite Warnschuß hatte mir hart zugesetzt. Es war höchste Zeit, mit meinem geregelten Alltag zu brechen. Ich wollte noch LEBEN, ehe man mich auf dem Friedhof neben meinen Eltern unter einer Marmorplatte begrub.
Als ich mich mit Lily, die in ihrem Käfig vor sich hin pfiff, ins Auto setzte, erkannte ich mich selbst nicht wieder. War das wirklich Monsieur Eiffel, der soeben quer durch Frankreich gefahren war, um sich zu einer Verabredung zu begeben, die er im Alter von dreizehn Jahren getroffen hatte? War es wirklich derselbe Mann, der sich noch an unseren Schwur erinnerte? Diese Reise war absurd genug, um leidenschaftliche Begeisterung in mir zu wecken. Ich hatte genug davon, der vernünftige Chef der Firma LES CLÉS EIFFEL zu sein.
Meine Frau kannte den wahren Grund meiner Reise nicht. Ich

hatte ihr, instinktiv, etwas vorgelogen, aus Angst, daß sie sich über mich lustig machen könnte. Elke hatte Talent zu einem Sarkasmus, der mitten ins Herz treffen konnte, und fand noch dazu Geschmack daran.

Der Crusoe-Bund hatte früher fünf gewitzte Burschen vereint, die wild entschlossen gewesen waren, das Abenteuer von Robinson Crusoe auf einer wenig bekannten und fast wilden Insel im Mittelmeer noch einmal nachzuleben: auf der Apfelbauminsel.

Dieses steinige Eiland verdankte seinen Namen einem alten Apfelbaum, der sich an seinem Boden festgeklammert hatte und inmitten einer paradiesischen Vegetation seit jeher dem rauhen Klima und den stürmischen Winden trotzte. Die Insel war seit 1886 unbewohnt, das hatten wir einem geographischen Werk der Bibliothek des Collège entnommen. Seit jenem Jahr war der Leuchtturm, dessen Ruinen noch heute an der Nordspitze aufragten, nicht mehr benutzt worden. Auf der Insel gab es eine Zisterne, die angelegt worden war, um das Regenwasser aufzufangen, damit die Leuchtturmwärter im letzten Jahrhundert Trinkwasser hatten. Diese kleine zu Frankreich gehörende Insel hatte den Status eines Nationalparks und war somit vom Tourismus verschont geblieben. Wir hatten sie zufällig vom Fenster unseres Schlafsaals aus entdeckt, als wir mit einem Fernglas den Himmel absuchten. Das Collège Mistral lag oberhalb einer tiefen, nach Süden ausgerichteten Bucht.

Es war keinem der Crusoes je in den Sinn gekommen, daß es vielleicht nicht ratsam sein könnte, zu fünft auf den Spuren eines großen Einzelgängers zu wandeln. Wir hatten unsere Flucht, die sagenhaft zu werden versprach, von langer Hand vorbereitet. Unser *Schiff*, eine alte Barke, die wir wieder flottgemacht hatten, schien uns ausreichend, um es mit dem Meer aufzunehmen. Die zu unserem Unterfangen notwendigen Lebensmittel hatten wir aus der Vorratskammer der Kantine entwendet und zusammen mit dem Werkzeug, das wir dem Gärtner des Collège stibitzt hatten, an Bord gelagert. Doch in

letzter Minute hatte ein eidbrüchiger Crusoe seine Gefährten, mit denen er den Traum geteilt hatte, dem Direktor, Monsieur Arther, verraten.
Ich kann die Identität des Verräters nicht preisgeben. Denunziation ist eines Mitgliedes des Crusoe-Bundes unwürdig. Aber ich möchte an dieser Stelle bemerken, daß der Wortbrüchige ein berühmter Politiker geworden ist; man sieht, Betrügerei war ihm von jeher vertraut. Warum hatte M. sich so verhalten? Ich weiß es bis heute nicht.
Der Kleine Wilde und seine drei getreuen Kumpane waren vor den Disziplinarrat zitiert, streng gerügt und der Schule verwiesen worden. M. hatte seinen Kopf retten können. Ehe sich unsere Wege trennten, hatten wir vier uns ein letztes Mal versammelt. In unserem geheimen Versteck hatten wir uns geschworen, uns im Jahr 2000 wiederzutreffen. Dann würde uns niemand mehr an der Verwirklichung unseres Traums hindern können. Anschließend hatten wir mit einer Feder, die jeder zuvor in sein Blut getaucht hatte, das Dokument unterzeichnet.
Auf dem Weg zum Collège Mistral wollte ich einen Abstecher zur Villa Mandragore machen. Das Haus lag etwa zwanzig Kilometer vom Internat entfernt. Es blieb noch Zeit bis zu unserer Verabredung, und ich hatte das Haus seit fünfundzwanzig Jahren nicht mehr gesehen. Jedesmal, wenn sich die Gelegenheit dazu geboten hatte, wußte Monsieur Eiffel sich aus der Affäre zu ziehen, so als würde er befürchten, das Haus könnte ihm zu sehr den Abstand verdeutlichen, der ihn heute von dem Kleinen Wilden trennte. Außerdem hatte ich immer Angst gehabt, mit der Erinnerung an meine Eltern konfrontiert zu werden. Doch jetzt, da mich Lily aus meiner Betäubung gerissen hatte, sehnte ich mich nach diesem Schock und hoffte, er würde heftig genug sein, um mich vollends wachzurütteln.
Ich bog in die kleine Straße ein, die mich in jene Zeit führen würde, da meine Mutter und mein Vater noch lebten, in jene

Zeit, da der Tod noch nicht existierte. Um mich herum bot die Provence ein Bild der Ruhe. Der Sommer versuchte ohne die nötige Entschlossenheit den ersten Durchbruch. Zu meiner Rechten erstreckte sich in der Ferne eine baumlose Steinwüste, die von Vipern bevölkert war, zu meiner Linken waren die Spuren eines Waldbrandes fast von neuer Vegetation überdeckt worden. Die Natur eroberte sich den Hügel zurück.
Am Ende einer Allee aus entrindeten Platanen mit verzweigtem Geäst und üppigem Laub tauchte die Mandragore vor meinen Augen auf. Sie stand noch immer dort, steif in ihr Korsett aus Eisenbalken gezwängt und mit Erinnerungen beladen. Mein Gott, sie war viel kleiner als in meiner Erinnerung! Das Herz des Kleinen Wilden begann in meiner Brust zu schlagen. Ich verspürte ein Unbehagen, in das sich ein dumpfes Glücksgefühl mischte, das bald die Oberhand gewann.
Doch als ich näher kam, empfand ich das, was ich sah, als einen Verrat: Das Haus unserer Familie war zweckentfremdet worden, man hatte ein Hotel daraus gemacht. Dort, wo früher am Eingang »VILLA LA MANDRAGORE« geschrieben stand, konnte man jetzt »VILLA EIFFEL*****« lesen.
Ich hielt vor dem Tor, das mein Großvater hatte schmieden lassen, und stieg aus. Der Preis, den man für eine Nacht in unserem Haus bezahlen mußte, war unter dem blauen Schildchen des Fremdenverkehrsamts angeschlagen. Für neunhundert Franc konnte man im Zimmer meiner Großmutter herumhuren oder es sich im Schlafzimmer meiner Eltern bequem machen, in dem sie sich geliebt und mich vielleicht gezeugt hatten. Mir fiel das Schlucken schwer, und ich konnte die Vorstellung kaum ertragen, daß man meine Mandragore verkaufte wie eine Prostituierte.
Wohlbeleibte Gäste schmorten jetzt dort in der Sonne, wo früher unser Garten gewesen war, und hatten also das Recht, sich im Eßzimmer meiner Mutter den Bauch vollzuschlagen, ihr überquellendes Fleisch in meiner Badewanne zu waschen und sich auf unserem Klo Erleichterung zu verschaffen. Man

brauchte nur zu zahlen. Sogar Kreditkarten wurden angenommen, das stand am Tor zu lesen. Ich verspürte große Lust, diese Horde schamloser Eindringlinge auf der Stelle an die Luft zu setzen und mit ihnen diese fröhlichen Gören, die sich auf meinem Rasen tummelten.

Draußen vor dem Tor, das den Zugang zum Park versperrte, fühlte ich mich wie ausgeschlossen. Meine wahre Heimat befand sich auf der anderen Seite, in jenem Garten meiner Kindheit, der vielleicht der einzige Fleck auf dieser Welt war, den ich wirklich als mein Eigentum betrachtete.

Ich wollte mich gerade verärgert abwenden, als ich plötzlich ein heftiges Verlangen, die unüberwindliche Lust eines Kindes in mir aufsteigen fühlte. Ich wollte dieses Gitter überwinden, aus der Welt der »Erwachsenheit« fliehen und durch das Zimmer des Kleinen Wilden stampfen.

Mit zornrotem Gesicht begab ich mich zur Rezeption, die sich in unserer Eingangshalle befand.

»Ist da jemand?« rief ich und trommelte auf den Tresen.

Ich bekam keine Antwort.

Ich ging – bedrückt von dem furchtbaren Gefühl, ein Fremder im eigenen Haus zu sein – in den Salon, der mir jetzt kleiner vorkam. Das Zimmer war mit Möbeln vollgestopft, die Tout-Mama nie ausgesucht hätte. Bilder, die von verschrobenen Intellektuellen gemalt worden waren, verschandelten die Wände. Ungeleerte bauchige Porzellanaschenbecher standen herum. Nie hätte Tout-Mama zugelassen, daß man so in ihrem kleinen Salon hauste. Ich sah die Sessel, die fehlten, die Türklinken, die ausgewechselt worden waren, den dicken neuen Teppichboden, der das Parkett verdeckte, auf dem der Kleine Wilde seine Rutschpartien gemacht hatte.

Angewidert kniete ich mich auf den Boden und wollte gerade eine Ecke des Teppichs anheben, um mich zu vergewissern, daß man das Parkett nicht herausgerissen hatte, als ich eine laute Stimme hörte:

»Was machen Sie denn da? Suchen Sie was Bestimmtes?«

»Ich bin hier zu Hause«, antwortete ich und erhob mich.

»Was sagen Sie da?« entgegnete die Besitzerin, eine lispelnde alte Schachtel.

»Mein Name ist Alexandre Eiffel. Vor fünfundzwanzig Jahren ist mein Großvater in dem Zimmer genau über uns gestorben. Ich möchte mir mein Kinderzimmer ansehen, das dritte links im zweiten Stock. Kann ich hinaufgehen?« fragte ich kurz angebunden.

»Ja . . .«, stotterte sie erstaunt, »es ist nicht belegt. Es ist die Nummer 8.«

Ich stieg die Treppe hinauf und nahm zwei Stufen auf einmal, die kurzbeinige Lisplerin folgte mir außer Atem. Der Ausdruck ihres aufgedunsenen Gesichts zeigte, daß sie sich beunruhigt nach dem Sinn meines Besuches fragte. Ich blieb an der Schwelle zum Zimmer des Kleinen Wilden stehen.

»Lassen Sie mich bitte allein.«

Ich betrat das Zimmer und schloß die Tür hinter mir.

Die Ausstattung schrie mir entgegen, daß ich mich nicht im Zimmer des Kleinen Wilden befand, doch der Blick, den man aus meinem Fenster auf den Park und das Meer hatte, war fast derselbe geblieben. Auf den Beeten blühten zwar andere Blumen, doch die Aufteilung des Gartens war nahezu unverändert. Die Bäume, die Gustave Eiffel gepflanzt hatte, waren nicht gefällt oder gestutzt worden. Einige hundert Meter entfernt überspülten die Wellen meiner Kindheit den Strand, jenen Strand, auf dem ich meine Sandburgen gebaut hatte und über dem meine Drachen aufgestiegen waren.

Ich schloß die Augen und atmete tief ein, ich versuchte, die alten Gerüche einzufangen, einen Duft aus jener Zeit, da mein Vater noch lachte oder meine Mutter mich zärtlich liebkoste. Ach, wenn es doch ein Fluidum gäbe, das mich wieder zu mir selbst führen und all die Jahre auslöschen könnte, die mich von dem Kleinen Wilden trennten! Doch Alexandre Eiffels Nase blieb taub und stumm. Ich erahnte um mich herum jene Düfte, welche die Fingerabdrücke eines alten Hauses sind, doch es gelang mir nicht, sie zu riechen. Mein Gebrechen hinderte mich an der Wahrnehmung jener Partikel, die von der vergangenen Zeit zeugten und eindeutig in der Luft lagen.

Aber es mußte doch irgendwo eine Spur meiner Vergangenheit geben, die mir zugänglich war! Meine Hände glitten über verschiedene Gegenstände und hielten plötzlich unter dem Kaminsims inne. Ich bückte mich und entdeckte die Mickymaus-Abziehbilder, die ich dreißig Jahre zuvor heimlich dorthin geklebt hatte. Der Kleine Wilde hatte das Zimmer auf seine Weise tätowiert.

»Was machst du da?« hatte mich meine Mutter gefragt.

In der Erinnerung hörte ich wieder ihre Stimme.

»Nichts . . .«, hatte ich verwirrt geantwortet.

Sie hatte mich bei meiner kleinen Missetat überrascht.

»Nichts«, wiederholte ich, »denn du hättest es ja ebensogut gar nicht sehen können.«

»Das stimmt«, sagte sie, während sie mich in die Arme nahm, um mich ins Bett zu bringen.

Ich bin acht Jahre alt und trage einen roten Frotteepyjama. Sie beugt sich über mich, ihre Lippen berühren meine Stirn, und sie deckt mich gut zu. Einfache Gesten, die ein flüchtiges Glück vermittelten, das mich jetzt wieder streift. Ich erschaudere. Gleich würde sie mein Zimmer verlassen, wie kann ich sie zurückhalten? Mama, bleib noch etwas, nur noch ein bißchen, ein klitzekleines bißchen. Du hast noch die ganze Ewigkeit vor dir, um deinen Tod wiederzufinden. Verlaß mich nicht. Schreie, die aus dem Garten zu mir heraufdrangen, rissen mich plötzlich aus meinem Wachtraum. Ich sah aus dem Fenster. Andere Kinder spielten auf dem Rasen. In dem Spiegel, der über dem Kamin hing, sah ich einen Mann von achtunddreißig Jahren, der zehn Jahre älter wirkte. Statt eines Frotteepyjamas trug er einen grauen Anzug und eine dunkle Weste.

Als ich das Zimmer verließ, stieß ich der Wirtin die Tür vor den Kopf. Sie wich zurück und wurde rot.

»Durchs Schlüsselloch gucken ist aber gar nicht fein!«

»Was haben Sie gesucht?«

»Mich.«

Ich schwang mich auf das Treppengeländer und rutschte unter den entsetzten Blicken der Besitzerin ins Erdgeschoß hinab.

»Ich seh' mich mal im Garten um«, rief ich ihr mit einer Ungeniertheit zu, als wenn ich hier zu Hause wäre.

Da sie von einem Paar aufgehalten wurde, das offensichtlich zu ihren Gästen gehörte und äußerst redselig und aggressiv zu sein schien, sah sie von einer weiteren Verfolgung meiner Person ab. Ich lief hinaus in den Park in der Hoffnung, hier einen weiteren Widerhall meiner Kinderjahre zu finden.

Als ich den Garten betrat, in dem ich so intensiv gelebt hatte, stockte mir der Atem. Alexandre Eiffel erlebte plötzlich einen Moment vollkommener Aufrichtigkeit, einer harmonischen Übereinstimmung mit sich selbst. Das Eis, das sich in ihm gebildet hatte, begann zu schmelzen, als er zwischen den Zypressen, Zedern und Mimosen entlangschlenderte. Er bat die Luft, die Meeresbrise, die Bäume und alles andere, was dauerhaft die Seele eines Ortes prägt, zu ihm zu sprechen, und alles antwortete mir. Ich empfand wieder jene innere Unbeschwertheit, jene ausgelassene Freude, die den Kleinen Wilden schon beim Aufstehen erfüllt hatte. Ich hatte den Eindruck, wieder Eltern zu haben.

»Guten Tag, mein Mammutbaum, ich bin wieder zurück«, hörte ich mich murmeln.

Ohne nachzudenken, begrüßte ich in einem Zustand geistiger Abwesenheit die großen Bäume, von denen der Kleine Wilde ein Vierteljahrhundert zuvor Abschied genommen hatte.

»Ich bin wieder da . . .«

Das Märchenhafte dieses Augenblicks verflog, als mir plötzlich bewußt wurde, daß ich nicht mehr in der Lage war zu *entern*. Dieses Wort, dessen ursprünglichen Sinn der Kleine Wilde abgewandelt hatte, bedeutete in seinem Mund, heimlich Schabernack zu treiben, kleine Missetaten zu begehen, wie etwa ein Tier mit einem spitzen Stock zu quälen, kurz: in diesem Garten ein poetisches, abenteuerliches Dasein zu führen und sich sogar bisweilen harmloser Vergehen schuldig zu machen. Der Kleine Wilde hatte es verstanden, sich mit solchem Schabernack die Zeit zu vertreiben, während Alexandre Eiffel jetzt mit hängenden Armen dastand – ein Opfer seiner Unbeholfenheit.

Ich wäre so gerne über die Hügel und den Strand gelaufen oder hätte mich mit dem Sohn des Nachbarn geprügelt, mit Gonzague Mortebize, genannt Hercule, meinem alten Erzfeind, der mich an ein fettes, gemästetes Schwein erinnerte. Doch mein fast vierzigjähriger Körper war wie gelähmt, und Hercule war sicherlich ein Erwachsener mit Krawatte geworden, der mich heute siezen würde, ein anständiger Wähler, der kaum geneigt wäre, sich mit mir noch wilde Kämpfe mit der Steinschleuder zu liefern. Meine Sehnsucht nach den Jungenstreichen und Spielen des Kleinen Wilden flößte mir eine noch heftigere Abscheu gegenüber allem ein, was mit meinem Erwachsenenleben zusammenhing.

Beim Gesang der Nachtigallen stiegen Erinnerungen in mir auf. Im Geist sah ich Marcel, den Hund des Kleinen Wilden, vor mir, wie er hechelnd auf mich zugelaufen kam. Dieser räudige Foxterrier hatte eine Schnauze, die ebenso lang und häßlich war wie sein magerer Körper. Dieses unproportionierte Anhängsel ließ ihn, wenn er lief, oft das Gleichgewicht verlieren, doch ich liebte seine interessante Häßlichkeit und seinen Charakter, der dem eines Ganoven glich. Marcel kannte gegenüber anderen Hunden nur zwei Verhaltensformen: Wenn es ein Weibchen war, wurde er plötzlich von einem unwiderstehlichen Drang zur Paarung getrieben, und wenn sein Gegenüber ein Männchen war, versuchte er, es schnellstmöglich kaltzumachen. Eines Tages, nach einer langen Laufbahn als Mörder von Chihuahuas und Dackeln, geriet er an eine Promenadenmischung, die er besser nicht hätte unterschätzen sollen. Seine Beerdigung fand im hinteren Teil des Gartens in Anwesenheit von Tout-Mama und dem Kleinen Wilden statt. Das Ritual, das auf lateinisch zelebriert wurde, war feierlich und erhaben.

Doch es gelang mir nicht mehr, sein Grab ausfindig zu machen. Offensichtlich hatten die Besitzer des Hotels den Grabstein entfernt. Ein Spatenstich und ein paar Striche mit dem Rechen hatten ausgereicht, um Marcel ein zweites Mal zu beseitigen. Ich hatte das Gefühl, daß meine Kindheit von Barbaren entweiht worden war.

In der Nähe der Dünen entdeckte ich die Pinie, auf der der Kleine Wilde oft Posten bezogen hatte, um unsere Nachbarin, die schöne Madame de Tonnerre, zu beobachten, die mich so früh in die Geheimnisse der Liebe eingeführt hatte.

Für den Kleinen Wilden hatte gerade das neunte Lebensjahr begonnen, als er sie zum ersten Mal von seinem Baum aus entdeckte. Sie sah so reizvoll aus und war von einer solch rührenden Lebhaftigkeit, daß ich sogleich eine tiefe Verehrung für sie empfand. War es die Harmonie ihres Körpers? Oder ihre außerordentliche Sinnlichkeit, die durch ihre protestantische Erziehung kaum gezügelt schien. Diese dreiunddreißigjährige Frau stimulierte mein jugendliches Verlangen ungemein. Meine Erregung war noch nicht sexueller Natur, es war eher eine Vorahnung. Doch wenn ich auch erst acht Jahre alt war, so sah ich sie schon mit den Augen eines Mannes. Ihr Ehemann hatte gerade das Anwesen gekauft, das an den Park der Villa Mandragore grenzte. Sie führte ihren alten Hund in ihrem neuen Garten spazieren. Damals habe ich begriffen, daß mich das Bild dieser Frau immer verfolgen würde.

Mit der Zeit entwickelte Fanny de Tonnerre eine besondere Zuneigung zu mir. Sie war eine der wenigen Erwachsenen, die – meine Familie ausgenommen – den Kleinen Wilden nicht vernachlässigten. Mit Ungestüm erprobte ich meine Verführungskünste an ihrem Herzen. Die Gunst, die sie mir gewährt hatte, bestand darin, daß sie mir gestattete, sie von Zeit zu Zeit bei ihren Ausfahrten mit dem Boot zu begleiten. Fanny liebte es zu tauchen. An schönen, sonnigen Tagen setzten wir uns in ihr kleines blaues Boot und erkundeten die Buchten, deren klares Wasser uns zum Baden einlud. Ihre üppige Haarpracht beeindruckte den Kleinen Wilden. Wenn wir zusammen schwammen und ich ihren Körper streifte, wurden meine Sinne entfacht; und alles in mir geriet in Wallung, wenn ich unter Wasser die Augen öffnete und auf ihre Formen schielte, ohne daß sie es bemerkte: diese Beine, und was für Beine! Eine straffe Taille! Geschwungene Hüften! Und ein so wohlgeformter Hintern! Dieses häppchenweise genossene Vergnügen war für mich wie ein Festmahl, während mir heute, wo ich mich nach Belieben zwischen die Schenkel der Damen schieben kann, die fleischliche Vereinigung nicht dieselbe Erregung beschert. Zu jener Zeit genügte ein flüchtiger Blick auf Madame de Tonnerres Brustansatz, um den Kleinen Wilden in große Verwirrung zu stürzen.

Eines Tages, ich war damals dreizehn Jahre alt, hatte ich, während wir in einer kleinen Bucht badeten, viel Wasser geschluckt. Fanny zog mich wieder an die Oberfläche, drückte mich an ihren warmen Körper und brachte mich zum Boot zurück. Ich sah alles verschwommen, ein beklemmendes Gefühl lastete auf meiner Brust, und ich überließ mich dieser Sinneslust, die mich noch heute verfolgt und in meinen erotischen Träumen auftaucht.

Doch was dann geschah, sollte meine sexuellen Vorlieben noch stärker bestimmen. Ich weiß nicht, wie ich beschreiben soll, welche Offenbarung diese himmlische Überraschung für mich darstellte. Die wichtigsten *Einschnitte* im Liebesleben sind viel zu intim, als daß eine einfache Schilderung ihre Bedeutung wiedergeben könnte. Meine Seele wurde derart berührt, daß es nicht fehl am Platz wäre, sich in diesem Zusammenhang eines religiösen Vokabulars zu bedienen.

Fanny brachte mich also zurück zu dem blauen Boot. Der plötzliche Hautkontakt steigerte mein Verlangen. Um ehrlich zu sein, ich war körperlich sehr erregt. Aber natürlich wagte ich keine unschickliche Geste. Ich hegte für Madame de Tonnerre eine grenzenlose Ehrerbietung.

Da Fanny beunruhigt war, weil sie meinen Zustand erahnte und

zu begreifen begann, daß unsere Freundschaft eine fatale Wendung nahm, teilte sie meine Verlegenheit. Sie schwieg und tat nichts, um mich in meiner Kühnheit zu ermutigen. Zweifellos hemmte sie ihr Schamgefühl, das ebenso groß war wie meines, doch ich erriet, daß sie nervös und unruhig war.
Wir kletterten in das Boot. Die Wölbung meiner Badehose machte es unmöglich, das köstliche Unbehagen, das zwischen uns entstanden war, zu ignorieren. All meine Anstrengungen, die Erektion zu vermindern oder zu verbergen, waren vergeblich. Meine Stimmung war eine Mischung aus unendlicher Scham und einer Art Rausch, denn Madame de Tonnerres Verfassung unterschied sich offensichtlich nicht allzusehr von der meinen. Sie warf mir sogar einen Blick zu, der mir zärtlich schien. Doch ich wagte nicht, an mein Glück zu glauben, und begann ungeschickte Entschuldigungen zu stammeln, als das Unfaßbare geschah.
Allem Anschein nach gab Fanny wider Willen einem heftigen Impuls nach, der sie einfach überwältigte. Sie überwand ihre Scham, küßte mich unendlich zärtlich, und gleich darauf ließ sie sich hinreißen, und mein Körper wurde zum Gegenstand der intimsten oralen Vertraulichkeiten. Was für ein ORGASMUS! Nichts, was ich später empfunden habe, wenn ich eine Frau besaß, konnte dem Schwindel gleichkommen, der mich an jenem Tag erfaßte! Fanny enthüllte mir ein Vergnügen, das sich unauslöschlich in meine Erinnerung einprägte: die Entdekkung meiner aufflammenden Männlichkeit. Wenn ich an jenen sonnigen Vormittag zurückdenke, den ich mit dreizehn Jahren erlebte, bringt mich der Gedanke an dieses verwirrende Erlebnis noch heute vollkommen durcheinander. Fanny gehörte zu jenen Frauen, die es verstehen, die Männer in den Vollbesitz ihrer Männlichkeit zu bringen. Das ist ein Talent und vielleicht sogar eine Gabe. Ihre Fellatio war nicht der eigentliche Grund der unglaublichen Erregung, die mich auf Wolken schweben ließ, obgleich sie dabei viel Geschick und Einfallsreichtum bewiesen hatte. Das Wichtigste war, daß sie ihr unmäßiges

Gefallen für das Maskuline in mir mit wahrer Inbrunst gezeigt hatte. Dadurch hatte sie mich auch dazu angeleitet, das Weibliche in mir zu akzeptieren. Eine andere Frau hätte mich bloß mit ihren Lippen zum Orgasmus gebracht.

Danke, Fanny . . . wunderbare Fanny.

Doch es gab keine Wiederholung.

Nachdem sie mein Sperma getrunken hatte, verwandelte Fanny sich wieder in Madame de Tonnerre. Diese Rückkehr zu ihrem eigentlichen Ich wurde von einem plötzlichen Bewußtwerdungsprozeß begleitet, der sie entsetzte. Der ganze Wahnsinn ihrer Handlungsweise wurde ihr klar, sie sprang erschrocken ins Meer und schwamm zurück ans Ufer. Dann ging sie alleine am Strand entlang nach Hause.

In den folgenden Tagen vermied es Madame Tonnerre sorgfältig, mir zu begegnen. Wenn wir uns zufällig trafen, war sie zurückhaltender als sonst und wich meinem Blick aus. Als habe sie die ganze Sache vergessen, erwähnte sie mit keiner Silbe die Schwäche, die sie für mich gehabt hatte. Wir fuhren nie wieder in die kleinen Buchten.

Aber ohne es zu wissen, hatte Fanny meinen sexuellen Geschmack geprägt. Wenn ein Mädchen sein Haar löst, erregt es meinen Körper nur dann wirklich, wenn es der Geste etwas von der Anmut verleiht, die Fanny hatte. Wenn ich einen Mund küsse, suche ich immer nach ihren Lippen. In meinen Augen verkörpern ihre Züge die wahre Schönheit. Ich stehe auch heute noch im Bann ihres Bildes.

Ehe unser Verhältnis sich abkühlte, hatte der Kleine Wilde vier Jahre lang eine fast perfekte Liebesbeziehung mit Madame de Tonnerre erlebt. Wir waren glücklicherweise jener Art von Verbindung entgangen, in der eine implizite Verpflichtung das Idyllische erstickt. Meine Liebe verlangte nicht mehr als das, was Fanny mir gewährte: wunderbare Stunden in ihrer Gesellschaft verbringen zu dürfen, in deren Verlauf sie mir durch ihr Verhalten zu verstehen gab, welche Zärtlichkeit sie für mich empfand. Ich verschlang sie mit glühenden Blicken und litt nicht eine Sekunde lang unter dem Interesse, das sie einem anderen Mann entgegenbrachte, denn mein Körper quälte mich nicht. Zu jener Zeit war ich noch nicht die Geisel meines Geschlechtstriebs.

In dem blauen Boot hatte ich, lange vor dem Zwischenfall mit der Fellatio, zum ersten Mal ein Gefühl von Intimität mit einer Frau empfunden, die nicht meine Mutter oder meine Großmutter war. Wir waren offen für alles, was wir sahen: eine Möwe, die sich auf dem Boot niederließ, eine besonders geformte Muschel ... Ich hatte den Eindruck, der eigentliche Grund unserer gemeinsamen Aktivitäten war, daß wir uns wohl fühlten, wenn wir zusammen waren, wenngleich wir es nie offen ausgesprochen hatten. Über unsere geheimnisvolle Abmachung zu sprechen hätte den Reiz der Beziehung zerstört.

Wenn das Meer zu stürmisch war, und wir nicht unsere Ausfahrten in die Buchten unternehmen konnten, verbrachten wir die Samstagnachmittage damit, in den Labors der Parfümerie Tonnerre herumzustöbern. Das neue Labor war ganz in der Nähe von Fannys Haus errichtet worden. Unter den Tausenden von Flaschen, die in den weißen Räumen herumstanden, faszinierten vor allem diejenigen den Kleinen Wilden, die – wie er es nannte – *unechte Gerüche* enthielten. Die Parfümerie Tonnerre war einer der Vorreiter bei der Herstellung von Duftstoffen, die nicht im eigentlichen Sinne Parfüms, sondern eher olfaktorische Täuschungen waren, sozusagen Truggerüche für die Nase, genauso wie es Trugbilder für die Augen gibt. In den Büretten des Hauses Tonnerre entwickelte man zum Beispiel den Duft von warmen Croissants, der dazu diente, den Kunden in jenen Bäckereien, die industriell hergestelltes Brot verkauften, das Wasser im Munde zusammenlaufen zu lassen. Es gab auch Aromen, die ein Gefühl von Sauberkeit vermittelten oder ein gebrauchtes Auto fast wie neu erscheinen ließen. Unter Fannys Führung ging der Kleine Wilde zwischen Flakons und Ballons umher, schnupperte an den einzelnen Essenzen, verglich ihre Intensität, fand ihre Gemeinsamkeiten heraus und stellte ihre Unterschiede fest. Sein Geruchssinn wurde immer feiner und sicherer. Manchmal ließ sie ihn mit einer Pipette und einer Mischflasche selbst einen Duft herstellen.

So gelang es mir im Alter von zwölf Jahren ganz zufällig, ein Parfüm zu mischen, das genau den Duft der Kindheit einfing. Wer daran roch, in dem erwachte das verborgene Kind. Die Idee zu dieser überwältigenden Geruchskomposition war mir gekommen, als ich versuchte, die Anwesenheit des Kleinen Wilden – nicht den Geruch seines Körpers, sondern das Bouquet seiner Seele – einzufangen. Dieses Parfüm war so frisch wie das schallende Lachen eines Kleinkindes. Sein ursprünglicher Schwung belebte das Verlangen; der überraschende erste Eindruck animierte zu einem impulsiven Verhalten, und der zweite, gewichtigere, verführte dazu, den Augenblick zu genießen. Sein Bouquet war zurückhaltend und bisweilen ebenso heftig wie der Wutausbruch eines Kindes. Diese goldene Flüssigkeit zersetzte sich auf merkwürdige Weise, wenn sie sich mit dem Säuremantel meiner Kinderhaut verband. Sie hinterließ keinen schweren Geruch, sondern einen ungreifbaren, betäubenden Hauch. Wenn die flüchtigen Moleküle sich schließlich aufgelöst hatten, fühlte man frisches Blut in sich pulsieren. Doch leider erwachte das Parfüm des Kleinen Wilden nur einmal zum Leben, und zwar während es verdunstete. Durch eine ungeschickte Geste hatte ich die Flasche zerbrochen, und es gelang mir nie, die Formel wiederzufinden. Der wahre Duft jedoch bleibt in meiner Erinnerung verhaftet.

Für den Kleinen Wilden war es klar, daß er später die Nase der Parfümerie Tonnerre werden und Fanny heiraten würde. Es kam ihm nie in den Sinn, an diesem Schicksal zu zweifeln, es war eindeutig, weil er es sich so wünschte.

An Wochenenden, an denen Fanny keine Zeit hatte, richtete sich der Kleine Wilde hoch oben in der Pinie ein, die ich soeben wiederentdeckt hatte, und beobachtete stundenlang den Park, der an den unseren grenzte, in der Hoffnung, ihre Silhouette auszumachen. Er gab sich einer köstlichen Faulheit hin und sah sich schon an Fannys Arm, die ganz in Weiß gekleidet sein würde, die Kirche verlassen. Der Altersunterschied und die Tatsache, daß sie schon verheiratet war, schienen ihm nebensächlich.

Alexandre Eiffel vergewisserte sich, daß sich niemand in der Nähe befand, und stieg mühsam auf den Baum. Sein schwerfälliger Körper hatte die geschmeidigen Bewegungen verlernt, die ihm früher ermöglicht hatten, behende hinaufzuklettern, und mein Anzug erleichterte die Sache nicht gerade.

Als ich schließlich meinen Aussichtsposten erreicht hatte, warf ich einen Blick auf den Garten der Tonnerres, der in weiten Stufen zum Strand hin abfiel. Das Anwesen, das zu Anfang des Jahrhunderts von einem Engländer erbaut worden war, wurde übrigens auch die Terrassenvilla genannt. Ich faltete sorgfältig meine Jacke zusammen und schob sie unter meinen Bauch (der Kleine Wilde hatte ein Kopfkissen benutzt), dann legte ich mich bäuchlings auf den Ast. Der Wind wiegte mich sanft und ließ mich bald in eine süße Träumerei verfallen. Wie unter Hypnose entspannte sich jede Faser meines Wesens. Zum ersten Mal seit mehr als zwanzig Jahren ließ Alexandre Eiffel sich gehen. Der laue Wind streichelte ihn ebenso sanft wie einst die Hand meiner Mutter, der Baum wiegte ihn, und das friedliche Rauschen des Meeres besänftigte ihn. Wenn mein Geruchssinn die Düfte, die mich umgaben, hätte wahrnehmen können, wären fünfundzwanzig Jahre körperlichen und seelischen Verfalls wie weggeblasen gewesen.

Ich schloß die Augen und sah den Kleinen Wilden vor mir, der in derselben Haltung auf Madame de Tonnerres mögliches Erscheinen gelauert hatte. Manchmal kam sie hinunter in ihren Garten. Dann hatte ich das Gefühl, daß mein Wunsch, sie zu sehen, sie angelockt hatte.

Inmitten dieser lebendig gewordenen Atmosphäre meiner Kindheit verspürte ich ein heftiges Verlangen, sie wiederzusehen, und zwar genau die unglaublich schöne Fanny von damals, als sie siebenunddreißig Jahre alt war. In der Ferne erklang eine

Stimme. Ich öffnete die Augen, und wie in einem Traum sah ich Madame de Tonnerre ihr Haus verlassen. Bei ihrem Anblick war ich verwirrt und erschrocken. Sie eilte über die Terrasse ihrer Villa und kam direkt auf meinen Baum zu, in der Hand schwenkte sie eine Badetasche. Meine Wünsche hatten ihre Allmacht wiedergefunden!

In meiner Pinie verborgen, beobachtete ich sie. Ihr Gesicht war nicht gealtert, es glich dem, das in meiner Erinnerung herumgeisterte. Ihre üppige Haarpracht, die kein Kamm zu bändigen vermochte, funkelte noch immer wie ein Feuer. In diesem Augenblick empfand ich genau das, was der Kleine Wilde hundertmal bei ihrem Anblick verspürt hatte: Mein Hals wurde trocken. Fanny de Tonnerre machte mich durstig.

Doch plötzlich hatte ich das Gefühl, einer optischen Täuschung zum Opfer gefallen zu sein. Träumte ich vielleicht? Es war nicht normal, daß Fanny, die jetzt nicht mehr siebenunddreißig, sondern sechzig Jahre alt war, sich nicht verändert hatte. Sie schien sogar jünger geworden zu sein. Dabei hätte sich doch ihr jugendliches Aussehen ein wenig verändern müssen.

Eine ältere Stimme riß mich aus meiner Verwunderung:

»Manon! Manon!«

Sie wandte sich um, und die Stimme fuhr fort:

»Bertrand hat angerufen. Er holt dich gegen sechs Uhr ab.«

Es war also nicht Fanny de Tonnerre, sondern ihre Tochter, die kleine Manon, die inzwischen eine Frau geworden war. Und die Stimme, die ich gehört hatte, war die ihrer Mutter.

»Ich bin gegen halb sechs zurück«, rief Manon.

Ihre Stimme hatte denselben Klang wie Fannys. Die rauhe Stimme einer verlebten Frau, die im Kontrast zu ihren reinen Gesichtszügen stand. Genau wie das Gesicht ihrer Mutter verriet auch das ihre Intelligenz. Ich war verblüfft angesichts der unglaublichen Ähnlichkeit der zweiunddreißigjährigen Manon mit jener Fanny, die ich gekannt hatte. Sie hatte ihre Figur, ihre Züge und ihre aufrechte Haltung. Das Schicksal führte mir

eine Frau zu, in der ich die von der Zeit unberührte Fanny de Tonnerre wiederfand.
Vorsichtig schob ich mich auf meinem Ast weiter vor, um in der Ferne die wahre Madame de Tonnerre auszumachen. Sie lag auf der Terrasse ihrer Villa in einem Liegestuhl. Meine Angebetete war von den Attacken des Alters nicht verschont geblieben. Ihr Gesicht hatte zwar nicht sehr gelitten, doch ihr Haar war jetzt grau meliert.
Manon hatte ihr sogar den Gang gestohlen. In ein Strandtuch gehüllt, das die Formen ihres Körpers nachzeichnete, verschwand sie hinter einem Bambusbusch. Meine Kehle wurde zur Wüste. Ich hatte Durst wie niemals wieder seit dem Verkauf der Villa Mandragore.
Plötzlich brach der Ast, auf dem ich lag.
Ich fiel aus drei Meter Höhe brutal auf die Erde. Ich hatte nicht bedacht, daß Monsieur Eiffel einige Kilo mehr wog als der Kleine Wilde . . .

»Was hatten Sie in dem Baum zu suchen?« fragte mich die Hotelbesitzerin kalt, die plötzlich aufgetaucht war.

»Ich habe heimlich eine Frau beobachtet, die mich seit meinem achten Lebensjahr fasziniert«, antwortete ich benommen. »Verzeihen Sie meine Offenheit, aber ich habe keine Lust mehr zu lügen. Auf Wiedersehen, Madame!«

Vor Verblüffung brachte sie keinen Ton heraus.
Daraufhin ging ich zurück zum Auto und zu Lily, aufgewühlt von jener inneren Bewegung, die aus einem plötzlichen Glückserlebnis resultiert. Es gab also eine neue Madame de Tonnerre! Sie hatte eine Reise durch die Zeit gemacht! Ihre Schönheit hatte sich fortgepflanzt! Ich war mindestens ebenso glücklich wie ein Blinder, der plötzlich das Augenlicht wiedergefunden hat.
Ich hatte eine Verabredung mit den Crusoes.

Als ich mich ans Steuer des Wagens setzte, überkamen mich Zweifel. Warum ging ich zu dieser Verabredung? Es war ganz klar, daß die anderen Crusoes sie vergessen hatten. Und wenn sich, wie durch ein Wunder, einer von ihnen daran erinnert haben sollte, hätte er sich höchstwahrscheinlich gesagt, daß er mit Sicherheit der einzige wäre, der daran gedacht hatte. Wenn ich dort hinfuhr, setzte ich mich einer vorhersehbaren Enttäuschung aus. Wäre es nicht besser, sich der Illusion hinzugeben, daß vielleicht ein Crusoe seinem Kinderschwur treu geblieben war?

Dann wieder kam ich zu der Ansicht, daß es zu nichts führte, den Spuren des Kleinen Wilden auf diese Art zu folgen. Er war ebenso tot wie mein Vater und meine Mutter, und die Villa Mandragore war in den Händen einer alten Megäre. Natürlich war es sehr befriedigend, in der Asche der Vergangenheit herumzustochern, doch dieses wunderbare Erlebnis wurde von einer unerträglichen Melancholie überschattet.

Ich befürchtete plötzlich, daß diese Reise in meine Jugend mir nur allzu bewußtmachen würde, daß das Leben von Alexandre Eiffel in keinster Weise meiner wahren Natur entsprach. Was sollte nur aus mir werden, wenn mein Alltag unerträglich für mich würde? Die Entdeckung einer vom Alter unberührten Madame de Tonnerre in Gestalt von Manon hatte mich schon in Verwirrung gestürzt, da sie das bißchen Zuneigung, das mir für Elke noch geblieben war, zerstört hatte. Ein flüchtiger Blick auf Manon hatte mein Herz mehr berauscht als all meine

trübseligen erotischen Darbietungen mit Elke. Wenn ich nicht unverzüglich den Süden verließ, bestand die Gefahr, daß die Existenz von Monsieur Eiffel Schiffbruch erlitt; und jener Wirbelsturm, den ich auf mich zukommen sah, beunruhigte mich.
So hätte Monsieur Eiffel gesprochen.
Doch der Kleine Wilde lehnte sich dagegen auf.
Er fürchtete das Abenteuer nicht. Du willst doch wohl nicht bis ans Ende deiner Tage in der Haut von Monsieur Eiffel stecken wollen! schrie er mich an.
Ich mußte also zugeben, daß nicht zur Verabredung der Crusoes zu gehen genausoviel bedeuten würde wie das Versprechen des Kleinen Wilden nicht ernst zu nehmen, weil er ein Kind war. Ich hatte nicht das Recht, ihn noch einmal so zu mißachten. Alexandre Eiffel hatte ihn schon zu oft verraten. Außerdem trieb mich eine geheimnisvolle Macht zu diesem Geheimtreffen.
Ich ließ also den Wagen an und fuhr in Richtung Collège Mistral. Das Blut pochte in meinen Schläfen. Zum ersten Mal seit Jahren war ich wieder stolz auf mich, und dieser Stolz mischte sich mit einem Gefühl der Erleichterung. Der Kleine Wilde war dabei, mich von dem Vernunftdenken der Erwachsenen zu befreien.
Lily flatterte fröhlich in ihrem Käfig herum, pfiff vor sich hin und wiederholte den einzigen Satz, den sie auswendig konnte. In ihrer Freude schien mir die meines Vaters zum Ausdruck zu kommen.
Und außerdem, sagte ich mir, während ich in eine von Olivenbäumen gesäumte Straße einbog, vielleicht kommt ja einer der Crusoes zu unserer Verabredung. Seit zwei Tagen hatte sich das Schicksal von einer so erstaunlichen Seite gezeigt, daß ich geneigt war, mir alles mögliche vorzustellen; und ich spürte verwirrt, daß meine Wünsche wieder ein wenig Einfluß auf die Realität gewannen. Benjamin, genannt Tintin, hatte sich sicherlich an unseren Schwur erinnert. Tintin war ein Kind, auf

das man sich verlassen konnte. Aber welche Art Erwachsener mochte er heute sein? Ich hatte Angst, einem vollkommen veränderten Mann gegenüberzustehen, an dem nichts mehr an seine Ähnlichkeit mit einer ständig herumschwirrenden Libelle, an seine Vorwitzigkeit und sein frohlockendes Ungestüm erinnern würde. Als kleiner Junge war er ein großer Erfinder von lustigen Spitznamen gewesen, ein richtiger Springinsfeld. Philippe und Pierre, die Zwillinge, sahen jetzt sicher nicht mehr so unverwechselbar aus. Hatte Philippe, genannt Philo, mit den Jahren seine Waghalsigkeit verloren, die ihm die Bewunderung des gesamten Schlafsaals eingebracht hatte? Und war Pierre noch immer das Opfer seiner Schüchternheit?

Ich parkte den Wagen am Rande des Parks, der das Collège umgab, ganz in der Nähe des Strandes. Das Internat befand sich in einem kleinen Schloß, das aus dem Second Empire stammte, ein prunkvolles Gebäude im gotischen Stil. Dieser Traum eines jeden Bourgeois lag oberhalb der Bucht. Auf dem abgetretenen Rasen, der mühsam auf dem Vorplatz zu wachsen versuchte, entdeckte ich mehrere Kinder, die atemlos einem Ball nachjagten. Weiter hinten, im Pinienhain, bauten ein paar Schüler eine Hütte. Einige Einzelgänger spazierten verträumt durch den Park. Ich beobachtete sie alle und war fasziniert von der Nostalgie, die diesem Ort anhaftete. Wenn es in meiner Macht gestanden hätte, mich für einen Augenblick wieder in dieses Bild einzufügen und mich noch einmal so zu fühlen wie damals als Schüler dieses Internats, wäre ich der glücklichste aller Erwachsenen gewesen.

Eine Glocke erklang, ein durchdringender Ton, den ich seit fünfundzwanzig Jahren nicht mehr gehört hatte. Ein alter Herr mit hochrotem Kopf erschien auf seinen Spazierstock gestützt auf der Freitreppe:

»Zum Donnerwetter noch mal! Ab unter die Dusche!« schrie er.

Es war Monsieur Arther, der Direktor, der seine allabendliche rituelle Formel ausstieß. Dann hörte ich, wie er einige Schüler zurechtwies. Seine Stimme war lauter als früher. Er schien unter einer leichten Schwerhörigkeit zu leiden.

> »Merlot, der Klügere rennt zeitig los! Schnell laufen ist verlorne Müh! Und was Sie betrifft, Santi, seien Sie jetzt ruhig, oder ich werde Sie ohne weiteres Besprechen und ohne Prozeß fressen!«

Monsieur Arther bediente sich immer gewisser Redensarten, die aus La Fontaines Fabeln stammten. Zu jedem Anlaß fand dieser unerbittliche Sonderling bei seinem Lieblingsautor eine passende Formulierung. Seine heftigen Vorhaltungen ließen uns oft vor Schreck erstarren, doch wir warteten begierig auf seine Schrullen. Als glühender Bewunderer von Robespierre ließ er sein Dienstmädchen am 14. Juli die Jakobinermütze tragen und bestand darauf, daß innerhalb der Mauern seines Instituts der Kalender der Revolution angewandt wurde. Oben auf unseren Arbeiten konnte man also so befremdliche Daten lesen wie 5. Frimaire oder 18. Vendémiaire des Jahres einhundertdreiundachtzig.

Die Schüler strömten durch die große Eingangstür und verschwanden im Schloß. Der Park war leer. Ich schlich mich heimlich zum Fluß hinüber, der hinter dem Wirtschaftsgebäude lag.

Man erreichte das Versteck der Crusoes, indem man in den Fluß sprang und dann, nach einigen Zügen unter Wasser, in einer unterirdischen Grotte wieder auftauchte, in der ein diffuses Dämmerlicht herrschte. In der Decke des Gewölbes gab es eine kleine natürliche Öffnung, durch die frische Luft und etwas Tageslicht hineindrangen. Tintin hatte den Zugang zu dieser Höhle zufällig entdeckt, als wir während unseres Turnunterrichts in dem kleinen Wasserlauf schwammen. Er hatte bei seinen allzu heftigen Schwimmbewegungen das Medaillon von seiner Erstkommunion verloren. Daraufhin war er von einem Felsen gesprungen, um es auf dem Grund des Flusses zu suchen, und dabei aus Versehen in der Grotte wieder aufgetaucht. Wir waren alle bleich geworden, als wir Tintin nicht wieder an die

Oberfläche kommen sahen. Unser Lehrer war ihm nachgesprungen, um ihn wieder nach oben zu holen. Einige Minuten später war Tintin von selbst wieder aufgetaucht und hatte nur gesagt: *Ich halte es sehr lange unter Wasser aus*; was ihm eine erhebliche Popularität im ganzen Collège eingebracht hatte. Am selben Abend noch hatte er den Crusoes seine Entdekkung enthüllt. *Die Grotte* wurde zu unserem Versammlungsort. Dort bewahrten wir alle vertraulichen Unterlagen unseres Geheimbundes auf, Protokolle, Mitgliedskarten, Auflistungen des Materials, das wir benötigten, um auf der Insel zu überleben, etc. . . . Wir seilten alles durch die Öffnung in der Granitdecke in die Höhle ab.

Ich ging am Fluß entlang und suchte die Stelle, von der aus wir ins Wasser gesprungen waren, um zu der Grotte zu gelangen. Als ich meinte, sie gefunden zu haben, band ich meine Krawatte ab, zog mein Jackett aus, legte Weste, Hemd und Manschettenknöpfe ab sowie die graue Flanellhose, die englischen Schuhe und die Baumwollsocken. Dann versteckte ich Alexandre Eiffels Habe hinter einem Baum. Nun stand ich, endlich von meiner Erwachsenen-Verkleidung befreit, in Unterhosen, ohne Kreditkarte und Terminkalender da, ganz so wie der Kleine Wilde.

Das Wasser war lauwarm. Ich tauchte unter und machte mit offenen Augen einige Züge, doch dann stieß ich mir plötzlich den Kopf an. Ich tauchte wieder auf, um Luft zu holen. Aber wo war die Höhle? Ich machte einen zweiten Versuch, der ebenso vergeblich war wie der erste. Gab es *die Grotte* überhaupt noch? Hatte man sie vielleicht zugemauert? Ich stand tropfnaß am Ufer, als mir plötzlich die Idee kam, nicht mit den Augen zu suchen, sondern mich auf mein Gedächtnis zu verlassen. Der Zugang lag in mir selbst. Ich schloß die Augen, hielt die Luft an und sprang wieder in den Fluß, auf den Grund meiner Erinnerungen, und ganz so, als würde mich ein inneres Auge leiten, tauchte ich in meiner Kindheit wieder auf, in der *Grotte*.

Das Licht war gedämpft. Keiner der Crusoes erwartete mich.

Ich war also der erste oder vielleicht auch der einzige, der gekommen war. Ich hatte plötzlich das Gefühl, als wäre der Raum um mich herum enger geworden, doch dann fiel mir auf, daß ich wahrscheinlich seit meinem dreizehnten Lebensjahr ein wenig gewachsen war ...

Seit einem Vierteljahrhundert hatte kein Mensch einen Fuß in die Höhle gesetzt. Das behelfsmäßige Mobiliar, das wir aus großen flachen Steinen gebaut hatten, war weder zerstört noch umgestellt worden, und das Archiv des Bundes stand noch immer auf dem großen Sandsteintisch. M., der Verräter unter den Crusoes, hatte Monsieur Arther also nicht das Geheimnis der *Grotte* enthüllt. Zweifellos hatte er die grausamen Vergeltungsmaßnahmen gefürchtet. Ein furchtbarer Eid verband die Mitglieder des Bundes: *Wenn ich die Lage der Grotte verrate, wird mir ein Hoden abgeschnitten. Wenn ich sie einem Mädchen verrate, werden mir beide abgeschnitten und dann von den anderen Crusoes den Ziegen zum Fraß vorgeworfen*, hatten wir im Schein einer Kerze an einem Abend im Monat Vendémiaire einer nach dem anderen wiederholt und dabei die rechte Hand gehoben. Sich einem Mädchen anzuvertrauen schien uns der Gipfel der Entehrung; *außerdem können Mädchen den Mund nicht halten*, hatte Tintin hinzugefügt. Glücklicherweise hatten auch die späteren Schüler des Collège die Höhle nicht entdeckt.

Ich hatte Lust, auf der Stelle das Heft durchzublättern, in dem der Kleine Wilde über jede Sitzung ein genaues Protokoll geführt hatte, doch ich hielt mich zurück. Tintin und die Zwillinge hatten vielleicht Verspätung. Ich fand es netter, auf sie zu warten.

Eine Stunde später war ich noch immer allein. Es war jetzt klar, daß die Crusoes nicht kommen würden. Ich öffnete das Heft und begann die Seiten durchzublättern, die sich wie Pappe anfühlten. Merkwürdigerweise war die Luft in der Grotte sehr trocken. Wahrscheinlich saugte das Kreidegestein der Wände die Feuchtigkeit auf.

Ich erkannte sofort die schöne Schrift des Kleinen Wilden, die er mit der linken Hand geschrieben hatte. Sie tanzte um die Linien herum, so als mache sie sich bewußt über solche Vorgaben lustig. Ehrlich gesagt waren die Protokolle des Crusoe-Bundes nicht von besonderem Interesse. Auflistungen von Werkzeug, das man mit auf die Insel nehmen mußte, gefolgt von Bastelanleitungen und speziellen Kochrezepten ... Es handelte sich um eine sehr genaue Gebrauchsanweisung, wie man das Abenteuer des großen Robinson nachzuleben hatte.

Aber auf einer der letzten handgeschriebenen Seiten las ich einen Satz, der meine Aufmerksamkeit erregte: IM JAHR 208 (JAHR 2000), WENN SICH DIE CRUSOES WIEDERTREFFEN WERDEN, LESEN!

Ich kann den Text, der dann folgte, nicht genau wiedergeben. Das Heft ist leider verlorengegangen, und ich vermag diese lange Verhaltensmaßregel nicht zu rekonstruieren, ohne die Wahrheit zu verfälschen, die sie enthielt. Hingegen sind mir die Gedanken, die der Kleine Wilde formuliert hatte, genau in Erinnerung geblieben. Sein Schrei war der eines Kindes, das im Alter von dreizehn Jahren spürt, daß es in die Erwachsenheit übergeht und das angesichts dieser Perspektive äußerst beunruhigt ist.

Schon in der ersten Zeile bat der Kleine Wilde den Mann, der er einmal sein würde, *radioaktiv* zu bleiben. Der Sinn, den er diesem Wort verliehen hatte, ist in einem Winkel meines Gedächtnisses verhaftet geblieben. Nach seiner Auffassung war die *Radioaktivität* eine Eigenschaft, die man bei Erwachsenen äußerst selten und bei Jugendlichen noch seltener fand. In seinen Augen waren all jene Wesen radioaktiv, die sich die Fähigkeit zum Erstaunen und zur Auflehnung bewahrt hatten, all jene wilden Naturen, welche die Energie haben, sich ihren Gewohnheiten zu widersetzen. Zu dieser Kategorie zählten weder kleinmütige Sauertöpfe noch ausgebrannte oder blasierte Langweiler.

Der Kleine Wilde warnte mich auch vor einer Haltung, die, ihm zufolge, das Schicksal fast aller Erwachsenen verdarb: *Sie glauben, daß sie zu etwas verpflichtet sind.* Er wunderte sich ernsthaft über die unendliche Zahl von fiktiven Verpflichtungen, die sich *die Großen* auferlegen, so als würden die tatsächlichen Zwänge des Lebens nicht schon ausreichen. Tausende von Fragen drängten sich in seinem Text. Warum sehen die meisten Paare das Leben zu zweit als eine pauschale Vereinbarung impliziter Pflichten an, die mit Sicherheit die Leidenschaft schwinden lassen? Er verstand den mysteriösen Grund nicht, aus dem sich fast alle Eheleute verpflichtet glaubten, jeden Abend dasselbe Bett zu teilen, dem anderen zu sagen, was sie den Tag über gemacht haben, und ihre Abwesenheit zu rechtfertigen ... War es nicht erlaubt, nach seiner Wahl zu lieben, ohne diese unsichtbaren Bande zu schaffen, die auf die Dauer aus der Liebe ein Gefängnis machen? fragte er sich mit einer Reife, die mich erstaunte. Wer hatte denn festgelegt, daß man Weihnachten nur einmal im Jahr feiern durfte und daß nur die Samstagabende zum Tanzen da waren? Wer verbietet uns, unserer Umgebung die Wahrheit zu sagen? Warum dürfen wir nicht alle Rollen spielen, die wir gerne ausprobieren würden? *Weil man glaubt, dazu verpflichtet zu sein,* empörte sich der Kleine Wilde, dazu verpflichtet, eng miteinander verbunden zu sein, den anderen nicht verletzen zu dürfen, die einmal gewählte Rolle bis zum bitteren Ende durchhalten zu müssen, gute Erzieher für unsere Kinder zu sein, vernünftige Angestellte, ehrbare Bürger, vorsichtige Familienväter und selbstverständlich wohlerzogen ... *Und natürlich auch,* so fügte er hinzu, *aus lauter Schiß. Aber du, du wirst dich später nicht deiner Angst unterwerfen*! Ich erinnere mich auch an jenen Satz, der mich beeindruckt hatte: *Die Großen scheinen sich nicht bewußt zu sein, daß sie frei sind. Sie haben keine Erwachsenen mehr im Nacken, und sie nutzen diese Freiheit nicht einmal! Aber du, du wirst sie nutzen*! Er verpflichtete mich dazu, mich nicht zu manipulieren, so wie es alle Erwachsenen tun, die sich selbst eine Falle stellen, weil sie in ihren eigenen Irrtümern verhaftet bleiben, nur um sie nicht zugeben zu müssen. *Sei nicht so wie diese Typen, die nur deshalb*

Arzt werden, weil sie jahrelang Medizin studiert haben, rief er mir zu und spielte damit auf eine unserer Cousinen an.
Letztendlich hatte ich keine Verabredung mit den Crusoes, sondern mit dem Kleinen Wilden.
Welch ein SCHOCK! Ein krampfartiges Zittern durchlief meinen Körper. Dieser subversive Brief, der sich an den Mann richtete, der ich jetzt war, brachte mein ganzes Versagen zutage. Alexandre Eiffel *glaubte sich verpflichtet,* sich diesen unzähligen vorgetäuschten Notwendigkeiten unterwerfen zu müssen, und lebte meilenweit von seinen wahren Neigungen entfernt, indem er sich beständig selbst belog. Jeder Vorwand war ihm recht, um nicht zugeben zu müssen, daß er Elke nicht mehr liebte, daß sein Stolz und seine Anstrengungen, den Aufschwung seiner Firma zu sichern, keinen Sinn hatten. Das Geld, das er verdiente, wurde von einem Mann eingestrichen, der nicht mehr genug Wünsche hatte, um es ausgeben zu können. Monsieur Eiffel war in keinster Weise mehr *radioaktiv.* Als Gefangener seiner Ironie hielt er es für kindisch, sich für etwas zu begeistern, und hatte vergessen, was das Wort Empörung bedeutete. Mit fast vierzig Jahren konnte ich diese absurde Komödie nicht länger fortsetzen. Es war Zeit, daß ich mich wieder meiner Kindheit zuwandte, ehe ich meine Vitalität ganz verloren hatte. Ich war jetzt in jenem Alter, das man zwar noch nicht als Lebensabend bezeichnet, doch dieser war immerhin schon so nahe gerückt, daß ich ihn klar erkennen konnte.
In der Grotte entschied ich mich, den Kleinen Wilden wieder zum Leben zu erwecken. Ich beschloß, mir Hals über Kopf den kleinen UNBERECHENBAREN Jungen zurückzuerobern, der ich einmal gewesen war, die Freuden der UNVORSICHTIGKEIT wieder zu genießen und meine ursprüngliche EINZIGARTIGKEIT wiederzuentdecken. Schluß mit den traurigen Gewohnheiten, dem moralischen Maulkorb, den tausend Vorsichtsmaßnahmen, welche die Menschen lähmen. Es lebe der Instinkt, der Elan und meine früheren Träume. Ich hatte den Wunsch, mich meiner neuerworbenen Ansichten zu ent-

ledigen und statt dessen die mir angeborenen wiederaufleben zu lassen. Aber vor allem wollte ich in mir wieder WÜNSCHE spüren, die intensiv genug waren, um die Realität zu überwinden.

Ich hoffte, daß mir diese Metamorphose so vollkommen gelingen würde, daß diejenigen, die mich als Erwachsenen gekannt hatten, mir auf der Straße nie mehr *Monsieur Eiffel* nachrufen könnten.

Es gab kein Verb, mit dem ich mein Vorhaben hätte bezeichnen können. *Infantil werden* oder *sich zurückentwickeln* klang abwertend und irgendwie ungesund, dabei fand ich, daß meine Absicht, mich neu zu erschaffen, ein legitimes und durchaus auch ein schwungvolles Vorhaben war. Also beschloß ich, ein Wort zu nehmen und einfach seinen Sinn zu verändern, so wie es der Kleine Wilde immer getan hatte. *Sich neu gebären*, das gefiel mir, doch in meinem Mund hatte dieses Wort nichts mehr mit der sogenannten kindlichen Unschuld zu tun. Unter *sich neu gebären* verstand ich eher, meinen Scharfblick und meine frühere Wildheit wiederzubeleben, denn es hatte vielleicht nie einen kleinen Jungen gegeben, der weniger unschuldig war als ich. Sind im übrigen Kindheit und Unschuld nicht gegensätzliche Worte? Doch wenn Kinder lügen, betrügen sie nicht, und wenn sie mogeln, so geschieht das nicht aus Berechnung, wie es bei den niederträchtigen Erwachsenen der Fall ist.

Ich wollte nicht wieder siebzehn Jahre alt sein, sondern ich sehnte mich nach der Zeit, als ich sieben Jahre alt gewesen war. Die Zeit als Jugendlicher mit ihrem endlosen Fluß von Ekelhaftigkeiten ist vielleicht das Alter, das am weitesten von der Kindheit entfernt ist, sagte ich mir, als ich an den desillusionierten und verkorksten jungen Mann dachte, der ich gewesen war und den seine Freunde Alex nannten. Diese Zeit flößte mir nichts als Abscheu ein. Alex war nicht besser als Monsieur Eiffel.

Mein Geist war in Aufruhr geraten, als ich jetzt das Heft der Crusoes zuklappte, es zurück auf den Tisch legte und ins Wasser tauchte, um wieder ans Ufer zu schwimmen. Ich hatte das Gefühl, dem Kleinen Wilden schon weniger untreu geworden zu sein und mich mehr im Einklang mit dem moralischen Erbe der Eiffels zu befinden. Seit Gustave hatte unsere Familie immer aus Männern und Frauen bestanden, denen es gelungen war, sich ihre *Radioaktivität* zu bewahren.

Ich muß zugeben, daß ich mich vielleicht nie entschlossen hätte, den Kleinen Wilden aus seinem Schlaf zu erwecken, wenn ich nicht einige Stunden zuvor eine Madame de Tonnerre gesehen hätte, an der die Zeit spurlos vorübergegangen war. Diese Erscheinung hatte in meinem Herzen wieder die Leidenschaft entfacht, die mir die nötige Energie gab, um mein Vorhaben zu verwirklichen.

Dennoch befand ich mich in einem Zwiespalt. Ich fühlte mich zwar voll und ganz zu dem Kleinen Wilden hingezogen, doch gleichzeitig hatte ich Angst, mein geregeltes Leben in Unordnung zu bringen. Man glättet nicht ohne weiteres die Falten seines gewohnten Alltags. Der Wirrwarr von Gewohnheiten, in dem ich steckte, diente mir gleichzeitig als Rückgrat. Dennoch mußte ich ein völlig neues Leben beginnen. Ich mußte Monsieur Eiffel in Paris zurücklassen, die Langweiler in seiner Umgebung meiden, deren Erwartungen mich dazu trieben, ihrer Vorstellung von mir zu entsprechen. Die Erwachsenheit zu verlassen, um mich neu zu gebären, schien mir nur dann angebracht, wenn ich mich außerhalb der Realität der Erwachsenen befand.

In meiner Feigheit wählte ich schließlich einen Kompromiß: Ich würde im Süden ein neues Leben beginnen und gleichzeitig meinen Rückhalt in Paris behalten. Monsieur Louis, meine rechte Hand, würde sich während meiner Abwesenheit um LES CLÉS EIFFEL kümmern. Das Wort Ehrlichkeit war im Zusammenhang mit seiner Person ein Pleonasmus, denn ich wußte, daß ich mich auf seine Kompetenz verlassen konnte. Statt meine Ehe aufzugeben, würde ich Elke lieber glauben machen, daß meine Geschäftsreise länger dauerte. Diese mittelmäßige Lüge erlaubte mir, hinsichtlich ihrer Person keine Entscheidung treffen zu müssen. Das kam mir sehr entgegen, denn ich hielt noch an dem Wahnsinn fest, der in meinen jetzigen Augen eine Bindung bis zum Tod bedeutete. Daß ich an meiner Ehe zweifelte, betrübte mich.

Der Kleine Wilde hätte mein vorsichtiges Vorgehen sicherlich verachtet, doch meine Kühnheit begann gerade erst zu erwachen. Mehr Mut konnte ich noch nicht aufbringen.

Zunächst hatte ich den Wunsch, die Mandragore, jene wundervolle Maschine, welche die Zeit stillstehen ließ, zurückzukaufen, um mir hinter ihrer Umzäunung eine Gegenwart zu erfinden, die meiner Kindheit ähneln würde und mir somit die Möglichkeit geben sollte, wieder an jene Jahre anzuknüpfen, in denen ich mir selbst so nahe gestanden hatte. Daß die Villa jetzt einer alten Megäre gehörte, schien mir nebensächlich. Ganz wie der Kleine Wilde fühlte ich mich wieder in der Lage, das Unmögliche möglich zu machen, um meine WÜNSCHE zu befriedigen.

Der Versuch, den kleinen Jungen, der ich einst gewesen war, noch einmal zum Leben zu erwecken, mag absurd erscheinen, doch ich sah keinen anderen Weg, die Sichtweise des Kleinen Wilden wiederzufinden, jenen zauberhaften und poetischen Zustand, in dem ich bis zum Tod meines Vaters geschwebt hatte. Ich war zu allem bereit, um wieder die Luft jener Zeit zu atmen, da ich noch Eltern hatte, da meine Mutter mir eine Liebe entgegenbrachte, die ich für ewig hielt.

Am Ufer des Flusses wurde es Nacht. Die Fenster des Collège waren erleuchtet. Im Speisesaal aßen jetzt wahrscheinlich die Nachfolger der Crusoes unter Monsieur Arthers Aufsicht zu Abend.

Ich zog mich wieder an, holte mein Feuerzeug heraus und verbrannte meine Krawatte und meinen Terminkalender, dann warf ich meine Uhr in den Fluß. Der Kleine Wilde lebte für den Augenblick und entwarf sein Leben in einer andauernden Gegenwart.

Dann zündete ich mir eine Zigarette an, wobei ich dasselbe Vergnügen wie der Kleine Wilde empfand, wenn er, vor den Blicken der Erwachsenen verborgen, heimlich paffte. Das Abenteuer begann.

Ich betrat mit entschlossenem Schritt die Eingangshalle der Villa Mandragore. In eine Rauchwolke gehüllt, hockte die Besitzerin auf einem Hocker hinter dem Empfangstisch. Sie dampfte in ihrem Schweiß vor sich hin und stellte die Krampfadern, die sich an ihren schlaffen Beinen entlangschlängelten, zur Schau.

»Was wollen Sie denn noch?« lispelte sie.

»Ihr Hotel kaufen.«

»Wie bitte?«

»Ich biete Ihnen zehn Millionen«, verkündete ich, ohne lange zu feilschen, »unter der Bedingung, daß Sie mitsamt ihren Gästen binnen drei Tagen von hier verschwunden sind.«

Natürlich besaß ich nicht einmal einen Bruchteil dieser Summe, aber ich hoffte, mit meiner Firma als Sicherheit, bei einer Bank einen Kredit aufnehmen zu können. Monsieur Louis würde mich sicher schelten, denn diese Unternehmung würde das finanzielle Gleichgewicht der Firma LES CLÉS EIFFEL gefährden. Aber ehrlich gesagt hatte ich Lust, unvorsichtig zu sein. Der Kleine Wilde hätte ohne zu zögern eine so gewagte Entscheidung gefällt.

Die erste Reaktion der Besitzerin war der Versuch, mich ohne große Umstände vor die Tür zu setzen. Doch ich beharrte auf meinem Vorhaben. Völlig verblüfft begriff sie schließlich, daß ich keine Witze machte. Dann begann die Diskussion. Nach sechs Stunden Gezeter unterschrieben wir mitten in der Nacht einen Vorvertrag. Ich wage es nicht, die Summe dieser Transaktion offen auszusprechen. Aber ich war zu ALLEM bereit, um mir meine Kindheit zurückzukaufen. Ab jetzt mußte sich die Realität meinen Wünschen fügen, sagte ich mir zum x-tenmal. Zehn Tage nach diesem Anfall von Wahnsinn riß ich das große Schild »VILLA EIFFEL*****« ab, welches das Tor zum Park verschandelte, und ersetzte es durch ein bescheidenes Schildchen, auf dem »LA MANDRAGORE« zu lesen war. Nun konnte sich der Rest der Familie Eiffel einfinden. Ich hatte dreiundzwanzig Jahre Entehrung ausgelöscht. Unsere Familie hatte ihr Zuhause wiedergefunden.

Ich bewaffnete mich mit Pinseln, und nach einigen Tagen fieberhafter Arbeit hatte ich dem Erdgeschoß wieder sein ursprüngliches Aussehen verliehen. Das Parkett, das zu Rutschpartien einlud, kam wieder zum Vorschein, ich verbrannte wie besessen den luxuriösen Teppichboden. Lily krähte ohne Unterlaß *Kleiner Wilder, du bist verrückt.* Diese Stimme, die aus dem Grab zu kommen schien, hallte durch unser leeres Haus und vermittelte mir manchmal das Gefühl, daß mein Vater im Nebenzimmer säße.

Ich wollte die Mandragore wieder schön machen, der Villa ihre früheren Farben zurückgeben, ehe ich diejenige zurückholte, welche die Fee dieser Örtlichkeiten, die Seele der Eiffels war und unsere Einzigartigkeit verkörperte: meine Großmutter. Ohne Tout-Mama konnte der Kleine Wilde nicht wiedergeboren werden. Sie allein würde die Weisheit meines Unterfangens verstehen, mich mit ihrer mütterlichen Sorge umgeben und mir erzählen, wie ich als kleiner Junge gewesen war. Denn im Grunde wußte ich nicht, wie der Kleine Wilde wirklich gewesen war.

Ich verständigte telefonisch die Frau von Alexandre Eiffel: *Meine Reise wird länger dauern als geplant. Ich weiß nicht, wann ich zurückkomme.* Ich hatte mir zur Grundregel gemacht, nichts mehr vorauszuplanen. Der Kleine Wilde begnügte sich mit der Gegenwart. Elke verlangte Erklärungen. Ich wich ihren Fragen aus, blieb vage:

»Was ist los? Du bist so seltsam. Sag mir, daß du mich liebst«, murmelte sie beunruhigt in den Hörer.

»Ich hasse den Typen, den du geheiratet hast.«

»Ich habe das Gefühl, mit einem anderen Mann zu sprechen.«

»Dabei bin ich diesmal wirklich ich selbst. Also, auf Wiederhören.«

Ich legte auf, ohne ihr meine Adresse zu geben. Erleichterung mischte sich mit einem dumpfen Schuldgefühl. Es war mir bewußt, daß ich grausam war – und ich litt darunter –, aber zugleich war ich auch nicht unzufrieden mit mir. Der Kleine Wilde hatte keine Angst, seine Umgebung zu kränken oder zu verletzen. Er konnte nur Zärtlichkeiten oder Ohrfeigen verteilen.

Ich wagte nicht, meiner Tante mitzuteilen, daß die Villa Mandragore wieder der Familie Eiffel gehörte. Ich wußte nicht, wie ich ihr begreiflich machen sollte, daß dieser Rückzug in die Kindheit meine Art der Weiterentwicklung war. Hingegen mußte ich Monsieur Louis erreichen, um ihm mitzuteilen, daß ich die Firma LES CLÉS EIFFEL vollkommen verschuldet hatte und ihm ab jetzt die Handlungsvollmacht übertrug. Er protestierte heftig, versuchte, *mich zur Vernunft* zu bringen, und rief mich so oft zurück, um mich für mein Verhalten zu tadeln, daß ich schließlich eine Schere nahm und das Telefonkabel durchschnitt. Diese Geste erfüllte mich mit großem Wohlbehagen. Jetzt konnte mich die Welt der Erwachsenen nicht mehr erreichen. Ich befand mich wieder in jenem Zustand der Ruhe wie der Kleine Wilde, der nicht durch Anrufe bei seinen Spielen gestört wurde.

Doch es ist nicht leicht, seine Gewohnheiten zu besiegen. Ich hatte mich noch nie wirklich – und sei es auch nur für eine Woche – ausgeruht. Und so verspürte ich von Zeit zu Zeit das Verlangen, das Telefon wieder anschließen zu lassen, um irgendwelche sogenannten wichtigen Geschäftssachen zu regeln. Die künstlichen Notwendigkeiten des Erwachsenenlebens . . . Doch ich hatte genug Willenskraft, um diesen Befehlen des Monsieur Eiffel, der sich noch manchmal in mir rührte, nicht nachzugeben.

Einige Kilometer von der Mandragore entfernt fand ich die Foxterrier-Zucht, wo mein Vater Marcel gekauft hatte. In einem engen Käfig bellte ein einäugiger, häßlicher Köter. Die Züchterin wandte ihr ganzes Verkaufsgeschick auf, um zu versuchen, mir einen anderen Hund aufzuschwatzen, doch dieser war so häßlich, daß er in etwa mit dem Hund des Kleinen Wilden zu vergleichen war. Ich kaufte also einen neuen Marcel. Durch Lilys Stimme hieß mein Vater diese Anschaffung gut:

»Kleiner Wilder, du bist verrückt.«

Manchmal, während ich meine Malerarbeiten ausführte, beschlichen mich furchtbare Zweifel. War mein Plan nicht unabwendbar zum Scheitern verurteilt? War ich nicht im Begriff, mich in einem sanften Wahnsinn zu verlieren? Der Hund, den ich Marcel nannte, war nicht Marcel, Lily verkörperte nur in meiner Phantasie den Geist meines Vaters, und jeder der in die Holzvertäfelung eingelassenen Spiegel der Mandragore erinnerte mich daran, daß ich kein kleiner Junge mehr war. Doch diese Anflüge von Hellsichtigkeit bestärkten mich nur in meinem Entschluß. Aus meiner Auflehnung gegen die Abnutzungserscheinungen der Zeit schöpfte ich eine unglaubliche Energie. Und das Wissen, daß am Ende des Gartens eine von der Zeit unberührte Madame de Tonnerre lebte, bestärkte mich noch in meiner Entschlossenheit. In meinem Überschwang überstrich ich mit einigen schnellen Pinselstrichen alle Spiegel im Haus mit weißer Farbe; so entzog ich ihnen das Recht, mich glauben zu machen, daß ich achtunddreißig Jahre alt wäre.

Jeden Tag ging ich wieder zu dem Baum des Kleinen Wilden und legte mich mit einem Kopfkissen unter dem Bauch auf einen Ast. Madame de Tonnerre ließ sich nicht blicken. Ich fürchtete ihr Erscheinen ebensosehr, wie ich es herbeisehnte. Mit ihr jene besondere Innigkeit wiederzufinden, die mich mit ihrer Mutter verbunden hatte, schien mir unmöglich. Doch ich hatte den unbestimmten Wunsch, mit ihr einen ähnlich reizvollen und zweideutigen Umgang zu pflegen wie damals mit Fanny. Wir hatten uns schon als Kinder gekannt. Manon war sechs Jahre jünger als ich. Der Kleine Wilde hatte sie fast immer vernachlässigt. Was war aus ihr geworden? Ich fürchtete vor allem, daß sich hinter Manons bezauberndem Äußeren lediglich eine dumme Pute ohne jegliche Anziehungskraft verbergen könnte. Den Körper meines Idols von einem hohlen Geist beherrscht zu sehen war mir eine schmerzliche Vorstellung.

Ich mußte sie treffen.

Eines Morgens, als ich mit Marcel im Park vor mich hin träumte, entdeckte ich Manon, die sich am Strand in der Sonne aalte. Meine Kehle wurde trocken. Mein Organismus reagierte ebenso wie der des Kleinen Wilden, wenn er Madame de Tonnerre beobachtete. Doch da ich heute ein Gefangener meiner Schüchternheit war, wußte ich nicht, wie ich sie ansprechen sollte. In diesem Augenblick beneidete ich die natürliche Art, mit der Kinder aufeinander zugehen, indem sie ganz einfach ihrer Zuneigung folgen. Wie die meisten Erwachsenen hatte ich das Geheimnis dieser Unbefangenheit vergessen. Jemanden kennenzulernen war für Alexandre Eiffel eine heikle Angelegenheit, die festen Regeln unterlag. Es schien ihm unmöglich, eine fast Unbekannte anzusprechen, ohne von einer dritten Person vorgestellt worden zu sein. Eine Frau auf der Straße nach dem Weg zu fragen war aufgrund eines gewissen Gewohnheitsrechts gestattet, doch sie ohne das Hilfsmittel eines Vorwandes anzusprechen wäre mir ungehörig vorgekommen und von daher ohne Verlegenheit kaum machbar.

Doch ich war entschlossen, mich von diesen künstlichen Fesseln zu befreien. Der Kleine Wilde beherrschte die Kunst, Leute durch Mittel und Wege kennenzulernen, die ihm im richtigen Moment einfielen. Ich beschloß also, mich auf mich selbst zu verlassen und meinen Impulsen zu folgen.

Ohne nachzudenken, zog ich meine Schuhe aus, setzte meine Sonnenbrille auf und ging wie in einem Traum auf die Frau zu, die ich in allen Frauen gesucht hatte, seit ich die Liebe kannte. Je mehr ich mir ihr näherte, desto größer wurde meine Angst. Der Kleine Wilde flüsterte mir keine galante Strategie zu, und ich sah mich außerstande zu improvisieren.

Der Strand war menschenleer. Im Badeanzug und von Sonnencrème glänzend, briet Manon mit halbgeschlossenen Augen in der Sonne. Es war tatsächlich der Körper von Madame de Tonnerre, der ausgestreckt vor mir lag. Ich hatte großen Durst. Plötzlich, als ich nur noch zwei Meter von ihr entfernt war, sah ich mich im Alter von zwölf Jahren in einer ganz ähnlichen Situation vor dem kleinen Mädchen stehen, das sie damals gewesen war. Der Kontakt meiner Fußsohlen mit dem warmen Sand hatte eine Erinnerung geweckt, die in meinem Gedächtnis verschüttet gewesen war. Wie es einst der Kleine Wilde getan hatte, begann ich mit meiner rechten Ferse den Grundriß einer Wohnung in den Sand zu malen: Manon lag in der Mitte dieser Wohnung.

Nach drei oder vier Minuten öffnete sie die Augen und stellte fest, daß sie sich in einem imaginären Haus befand. Ihr Blick verriet einen scharfen Verstand, und dieser Blick täuschte nicht. Alles in ihrer Physiognomie deutete auf Genußfähigkeit hin: der Schwung ihrer Lippen, die sich leicht blähenden Nasenflügel, die Wangenknochen, die kleinen Zähne . . .

»Wenn Sie das Haus verlassen wollen«, sagte ich schüchtern, »müssen Sie den ersten Gang rechts gehen und dann durch das Eß- und das Wohnzimmer hindurch; die Eingangstür ist hier.«

»Und wo bin ich jetzt?« fragte sie lächelnd.

Ihre Stimme ließ mich zusammenfahren, sie klang genau wie Fannys Stimme.

»In Ihrem Badezimmer«, antwortete ich.

»Dieses Spiel habe ich als kleines Mädchen an diesem Strand mit einem Jungen gespielt, der etwas älter war als ich . . .«

»Ich weiß.«

»Ach, das wissen Sie?« fragte sie ironisch.

»Ich kann hellsehen«, antwortete ich ernsthaft. »Ich kann Ihnen sogar sagen, daß Sie mit fünf Jahren Manouche genannt wurden. Sie hatten ein englisches Kindermädchen und ein kleines weißes Fahrrad, und sie trugen immer einen Strohhut.«

Manon richtete sich verblüfft auf:

»Kennen wir uns?«

»Glauben Sie nicht an Hellseherei?«

»Nein, doch ... warum eigentlich nicht, aber ... wer sind Sie?«

»Sie haben eine Narbe unter dem rechten Fuß. Sie haben sich an Ihrem siebten Geburtstag die Ferse an einem Felsen aufgeschnitten.«

»Sie können wirklich hellsehen, alle Achtung!«

»Und der kleine Junge, mit dem Sie an diesem Strand gespielt haben, war Ihnen vollkommen gleichgültig.«

»Nein, da täuschen Sie sich! Er war meine erste Liebe. Ich war verrückt nach ihm, aber ich habe es immer gut verborgen.«

Ich nahm meine Sonnenbrille ab.

Manon musterte mich aufmerksam. Ohne mich wirklich zu erkennen, wirkte sie leicht verwirrt, als sich unsere Blicke trafen, und für einen Augenblick schien sie in meinen Zügen vertraute Spuren zu sehen.

»Der kleine Junge ... war ich.«

Manon schwieg eine Weile, dann sagte sie leise:

»Das sind Sie?«

»Ja, ich bin Ihr alter und Ihr neuer Nachbar. Ich habe soeben die Mandragore zurückgekauft. Guten Tag, Manon.«

Ich setzte mich und streckte ihr die Hand entgegen. Sie ergriff sie und drückte sie kräftig. Das Wetter war sehr schön.

»Alexandre ...«, flüsterte sie, »Alexandre Eiffel, der Kleine Wilde ... Es tut mir leid, aber Sie haben sich ein wenig verändert. Und ich habe wirklich nicht damit gerechnet, daß ich Sie heute hier an diesem Strand als vermeintlichen Hellseher treffen würde . . .«

Sie brach in schallendes Gelächter aus.

Ich fand in Manon die reizvolle Anmut von Madame de Tonnerre wieder, ihre Wärme, ihre tiefe Stimme und ihre Ausstrahlung. Wenn auch nur undeutlich, so verrieten ihre Blicke doch, daß sie die Züge des Kleinen Wilden wiedererkannte, die bisweilen unter meiner Erwachsenenmaske aufblitzten. Ein Beben ihrer Lippen verriet, wie bewegt sie war. Eine Welle von Erinnerungen ließ sie erröten. Der Kleine Wilde hatte nie bemerkt, daß sich Manouche vor Liebe zu ihm verzehrte. Er hielt die Kälte des kleinen Mädchens ihm gegenüber für Verachtung und konnte sich nicht vorstellen, daß ihre Haltung auf Schüchternheit zurückzuführen war . . .

»Mein Gott, war ich als kleines Mädchen in Sie verliebt . . . ich meine in dich. Na ja, eine Kinderliebe eben . . .«

Und so als wolle sie sich selbst beruhigen, fügte sie hinzu:

»Aber all das gehört der Vergangenheit an! Was ist aus Ihnen . . . aus dir geworden?«

»Stört es Sie, wenn ich Sie weiter sieze?«

»Nein, nein . . .«, antwortete sie verwundert.

Der Kleine Wilde hatte es sich nie erlaubt, Madame de Tonnerre zu duzen.

»Nun ja, aus mir ist ein altes Arschloch geworden!« sagte ich fröhlich. »Aber das wird sich jetzt ändern. Darum bin ich ja auch hier.«

Bei diesen Worten zog ich den Ehering von meiner linken Hand und warf ihn unter Manons baß erstauntem Blick ins Meer. Mit einer Leichtigkeit, die mich selbst überraschte, hatte ich, der große Eheapostel, soeben etwas getan, das im krassen Gegensatz zu meiner Überzeugung stand, ohne mir der Ernsthaftigkeit meines Tuns auch nur bewußt zu werden. Welche Befreiung! Ich erschauderte vor Wohlbehagen.

Manon, die über meine Geste äußerst erstaunt zu sein schien, schwieg.

»Ich werde noch einmal von vorne anfangen«, fuhr ich fort, »ich werde meine Fehler korrigieren und wieder etwas Kindheit in mein Leben bringen. Und Sie?«

Manon studierte die Launen der Vulkane und widmete ihre Aufmerksamkeit den niederträchtigsten unter ihnen. In tiefen Kratern, genau über der flüssigen Lava, herumzuklettern, die von Schwefel erfüllte Luft einzuatmen, den vibrierenden Puls des Felsens zu fühlen, sich an der Gefahr zu berauschen – das war ihr Leben. Ein Vulkanausbruch war in ihren Augen ein heiliger Augenblick, das einzige Schauspiel, das es in seiner barbarischen Schönheit mit der Geburt eines Kindes aufnehmen konnte. Während sie über das Feuer sprach, offenbarte sie unbewußt ihr Temperament. Ohne meinen Gefühlen Zwang anzutun, begeisterte ich mich auf der Stelle für diese junge Frau, die von solchem Eifer beseelt war und über eine so beeindrukkende Fähigkeit zu kindlicher Begeisterung verfügte. In ihrer Seele atmete noch immer die kleine Manouche, ihr *radioaktiver* Blick war nicht erloschen. Sie beschrieb die flüssigen Lavaströme, ihre Dichte und ihre Geschwindigkeit mit einem fieberhaften Enthusiasmus, der mich ganz benommen machte. Ich erinnerte mich kurz an die kleine Manouche, die von ihrer Italienreise zurückkehrte. Mit acht Jahren hatte sie zufällig einen Ausbruch des Stromboli miterlebt. Ein Strom von Magma war aus einem Riß seitlich des Vulkans geströmt. Aus ihrem bewundernden Staunen war Gewißheit geworden: *Später werde ich Vulkankontrolleurin*, hatte sie ausgerufen.

Ich dachte an die Menschen in meiner Umgebung und sagte mir, daß Frauen um die Fünfunddreißig sich weniger zu ihrem Nachteil verändern als Männer und offensichtlich mehr auf das kleine Mädchen, das in ihnen steckt, hören und ihm mit mehr Respekt begegnen. Woher rührt diese Nachlässigkeit der Männer, diese Lust, den kleinen Jungen zu opfern? Herr, vergib ihnen, denn sie wissen nicht, was sie tun.

Manon lebte also im Rhythmus der Erde und packte ihren Koffer am Fuß jedes kranken Vulkans aus, heute in Japan, morgen in Mexiko. Jetzt war sie bei ihrer Mutter, um Urlaub zu machen und ein großes Ereignis vorzubereiten.

»Ich werde bald Bertrand, heiraten«, erläuterte sie.

Ganz spontan stellte ich ihr eine Frage, die mich selbst überraschte:

»Finden Sie nicht, daß es wunderbar wäre, wenn man sich gestatten würde, das zu sagen, was man wirklich empfindet, ganz so wie es Kinder tun?«

»Ja . . ., warum?« fragte sie, verwirrt durch meinen plötzlichen Ausbruch.

»Nun gut, ich werde Ihnen ganz ehrlich sagen, was ich empfinde: Wenn Sie heiraten, werde ich verzweifelt sein!«

Offensichtlich peinlich berührt, brach Manon in Lachen aus und fragte mich mit gespielter Ungezwungenheit:

»Machst du Witze?«

»Nein. Ich will nichts von Ihnen, nichts als Ihre Anwesenheit. Ich habe keine Lust, Sie zu berühren, aber ich wäre wirklich unglücklich, wenn Sie Ihren Bertrand heiraten würden.«

»Also, du hast ja eine komische Art, Annäherungsversuche zu machen!«

»Ich mache Ihnen nicht den Hof, Manon. Und ich erbitte keine besondere Gunst. Ich habe die Nase voll von den berechenbaren Beziehungen zwischen Männern und Frauen. Ich wünsche mir nur, daß wir zusammen spielen.«

»Und was?«

»Alles, außer erwachsen zu sein.«

Plötzlich entdeckte ich in der Ferne die Silhouette der wahren Madame de Tonnerre, die auf uns zukam. Die Vorstellung, meinem gealterten Idol wiederzubegegnen, versetzte mich in Panik. Sie mußte ebenso jung bleiben wie ihre Tochter, von der Zeit unberührt.

Ich stand auf und sagte zu Manon:

»Wenn Sie Lust haben zu entern, klopfen Sie einfach an meine Tür. Erinnern Sie sich noch, was das Wort bedeutet?«

»Ja.«

»Bis bald.«

Ich machte mich eilig aus dem Staub.

»Warten Sie doch, Mama kommt. Sie würde sich sicher freuen, Sie wiederzusehen.«

Ohne zu antworten, lief ich schnell zur Villa Mandragore hinauf.

Das Erdgeschoß erinnerte mittlerweile an unsere Villa von früher. Nur die Möbel fehlten. Es war Zeit, endlich Tout-Mama zu entführen, sie aus der Verwahranstalt für Alte zu befreien, um sie endlich wieder in die Umgebung ihrer Vergangenheit zu bringen, in der sie mehr als ein halbes Jahrhundert residiert hatte. Der Kleine Wilde hätte sie nie so lange in einem solchen Fegefeuer leiden lassen.

Ich stieg in meinen Mietwagen und fuhr Richtung Altenheim. Ich war entschlossen, meine Großmutter vor dem Alter und vor der Flut von Demütigungen zu retten.

Tout-Mama, die 1907 geboren wurde, hatte es im Jahr 1914 aufgegeben, ihr Glück in der Welt der Erwachsenen zu suchen. Der Krieg, den sich damals die Großen aus Frankreich und Deutschland lieferten, hatte ihr eine vollkommene Abneigung gegen alle menschlichen Lebewesen eingeflößt, die das zwölfte Lebensjahr überschritten hatten. Seit jener Zeit war sie bemüht, eine Distanz zwischen sich und der Welt aufzubauen. Nach der Heirat mit meinem Großvater Polycarpe Eiffel hatte sie sich in der Mandragore verschanzt und diese Villa in ein kleines Universum verwandelt, das ihr vor der Logik der erwachsenen Staatsbürger Schutz bot.

Sobald man durch das eiserne Eingangstor in den Park kam, spürte man eine unbeschwerte Atmosphäre wie in den großen Ferien. Bei Tout-Mama war der Nachmittagskaffee eine Mahlzeit, die mit allen Raffinessen zubereitet wurde. Es war verboten, die Nachrichten oder die seriöse Presse auch nur zu erwähnen. Ein gewisses Maß an Ungeniertheit gehörte zum guten Ton. Alle spielten mit derselben Ernsthaftigkeit, die Kinder bei ihren Beschäftigungen an den Tag legen.

Mein Großvater spielte den alten schwerhörigen Ehemann, der jeden Tag darauf bedacht war, sich nicht bei der Auswahl seiner Perücken zu vergreifen. Er besaß sieben Stück in derselben Haarfarbe, deren unterschiedliche Länge ihm ermöglichte, vorzutäuschen, daß sein Haar noch immer wuchs. Wenn er behauptete, beim Friseur gewesen zu sein – in Wirklichkeit hatte er einer alten Hure einen Besuch abgestattet –, achtete er sorgfältig darauf, sich die kürzeste dieser Perücken über seinen kahlen Schädel zu stülpen.

Wenn meine Eltern in die Villa Mandragore kamen, spielten sie Zusammenleben, sich lieben und uns erziehen. Mein Vater war Geologe. Die Bergbaufirma, bei der er beschäftigt war, stocherte in den Eingeweiden Afrikas herum. Tout-Mama sagte, er wäre Goldsucher. Sie konnte nicht anders, sie mußte die Menschen, die sie liebte, einfach glorifizieren. Mein Vater und meine Mutter, die ihn auf seinen Reisen begleitete, waren also oft weit von dem Kleinen Wilden entfernt, der seine Tage friedlich im Collège Mistral verbrachte. An den Wochenenden erwartete mich Tout-Mama in der Mandragore. Der Kontakt zu meinen Eltern war ebenso sporadisch wie wohltuend und märchenhaft. Wenn sie sich in Frankreich aufhielten, waren sie wirklich für mich da. Mein Vater verzauberte den Alltag. Alles diente ihm als Vorwand, kleine Feiern zu organisieren und Dummheiten zu machen. Mit ihm war das Leben ein Fest. Am 14. Juli tauchte er als Weihnachtsmann verkleidet auf; er erfand Tausende von imaginären Gefahren, um sich den Anschein zu geben, mich vor ihnen zu beschützen; er setzte eine alte Montgolfiere wieder in Gang mit dem Ziel, in 79 Tagen um die Erde zu reisen; am Strand errichtete er ein riesiges Katapult, um mich ins Wasser zu schleudern; an meinem Geburtstag mietete er eine Giraffe; er stellte gläserne Bienenstöcke auf, verbrauchte Unmengen von Feuerwerkskörpern, schenkte mir einen ausgestopften Bison . . . Als würdiger Sohn seiner Mutter inszenierte er täglich das Leben neu.

Tout-Mama war eine geborene Sauvage, eine *Wilde*, wie ihr Name besagte. Sie war es, die mir den Spitznamen der *Kleine Wilde* gegeben hatte, so als wollte sie unterstreichen, daß sie ihr Blut in meinen Adern pulsieren spürte. Die übertriebene Zuneigung, die sie für mich an den Tag legte, war mir manchmal peinlich. Am Tisch teilte sie mir mit schöner Regelmäßigkeit die größte Portion Nachtisch zu. Meine Cousins mußten sich mit einer kleineren zufriedengeben.

Seit ihrer Heirat im Jahr 1927 waren Tout-Mamas Willen keine Grenzen mehr gesetzt. Da sie gewohnt war, daß man ALL ihren spontanen Eingebungen nachgab, war meine Großmutter in fast allen Lebenslagen unangepaßt. Sie schien fröhlich über der Realität zu schweben. In ihren Augen galten die Gesetze der Republik weder für ihre Familie noch für ihr Haus, das sie als eine Art uneinnehmbares Heiligtum ansah. Während des Zweiten Weltkriegs hatten Offiziere der deutschen Wehrmacht versucht, eine Kommandatur in der Mandragore einzurichten. Tout-Mama, die sich der Gefahr in keinster Weise bewußt war, hatte sie vor die Tür gesetzt, indem sie sie einfach wie Lausbuben an den Ohren hinauszog. Sie hatte nichts mit der Wirklichkeit der Soldaten zu tun.
Als meine Eltern starben, hatte Tout-Mama ihre Märchenwelt verlassen und in ein Altenheim aus Beton ziehen müssen. Plötzlich hatte sie das wahre Leben wieder eingefangen. Das eiserne Gitter, das unseren Garten umgab, hatte sie nicht vor Armut und Alter schützen können.
Ich parkte mein Auto vor dem Heim, einem grauen Parallelflachbau von äußerst zurückhaltendem Charme. Ich war gekommen, um die Herrscherin über die Mandragore zu befreien, um Tout-Mama ihr Zepter und ihre Vergangenheit zurückzugeben.

»He, wo wollen Sie denn hin?« rief mir eine Krankenschwester nach, als ich im Laufschritt die Stufen der großen Treppe hinaufstürmte.

»Wo finde ich Madame Eiffel?«

»Auf der Terrasse im letzten Stock!«

Auf dem Dach des Hauses hatte man die unnützen Alten in Sessel verfrachtet und jeden unter einen mottenzerfressenen Sonnenschirm gesetzt. In ihrer Einsamkeit brabbelten einige von ihnen sinnentleerte Worte vor sich hin und führten Unterhaltungen mit dem Nichts. Andere verdorrten in ihren Stühlen und baten flehentlich um ein Glas Wasser. Alle halbe Stunde schob eine nachlässige Krankenschwester diese Scheintoten ein

Stück weiter, damit sie im Schatten blieben, denn man mußte das alte Fleisch ja schließlich auch vor der Sonne schützen. Um die Augen der Gebrechlichsten unter ihnen, die mit offenem Mund schliefen und ihr zerstörtes Gebiß zur Schau stellten, surrten zahlreiche Fliegen herum. Ihr ganzes Lebensende lang ließ man sie auf diese Weise um die Sonnenschirme herumwandern.

Meine Augen suchten Tout-Mama. Saß sie neben der Dame, die sich gerade durch ihren Stuhl hindurch erleichterte? Nein, das war sie nicht. Ein Mann, der offenbar noch im neunzehnten Jahrhundert geboren wurde, hielt mich fest:

»Hätten Sie nicht vielleicht eine kleine Kippe für mich? Nur eine winzig kleine . . .«

Ich ließ ihm die ganze Schachtel da.

Und all diese Mumien waren einst quirlige Kinder, dachte ich fröstelnd. Aber wo war meine Großmutter?

»Aaah, Monsieur Eiffel!« rief sie mit ihrer klaren Stimme.

Ich wandte mich um. Tout-Mama saß lächelnd vor einem Glas Scotch und schminkte sich gerade die Lippen. Selbst mit dreiundneunzig Jahren hatte sie noch immer nicht die Waffen der Verführung niedergelegt.

»Was verschlägt dich denn hierher, Monsieur Eiffel?« fragte sie mit leicht ironischem Unterton.

»Der Kleine Wilde kommt, um dich abzuholen. Ich habe die Mandragore für uns beide zurückgekauft. Ich nehme dich sofort mit!«

Tout-Mama hielt die Luft an. Langsam entspannten sich ihre Muskeln, und ein Ausdruck von Glück zeichnete sich auf ihrem Gesicht ab. Schließlich umspielte ein schüchternes Lächeln ihren Mund. Ihre Maske der Traurigkeit verflog. Ich sah wieder das strahlende Gesicht von früher.

»Du hast mich gerade aus einem langen Schlaf geweckt«, sagte sie leise.

Tout-Mama ergriff ihren Stock, stand auf und hakte sich bei mir ein, während sie in fröhlichem Ton sagte:

»Unterwegs müssen wir beim Möbellager anhalten.«

»Beim Möbellager?!«

»Als die Mandragore verkauft wurde, konnte ich mich nicht von meinen Sachen trennen, also habe ich sie in einem Möbellager untergestellt: meine Kommoden, mein Bett, alles . . .«

Angesichts meines verblüfften Gesichtsausdrucks fügte sie fast entschuldigend hinzu:

»Weißt du, im Alter hängt man an seinen Sachen . . . Ich weiß, es ist absurd . . . Aber nun hat es ja doch einen Sinn gehabt, gib mir einen Kuß! Wenn ich nicht so vorausschauend gewesen wäre, womit sollten wir dann jetzt die Mandragore einrichten?«

Ich küßte meine Großmutter und entführte sie wie ein Märchenprinz aus ihrer abscheulichen Gegenwart in unsere frühere Komplizenschaft. Im nachhinein glaube ich, daß diese Entführung – wenngleich sie egoistisch war – die schönste Tat meines ganzen Lebens gewesen ist.

Eine Zukunft, die ebenso schön wie unsere Vergangenheit war, erwartete uns; das hoffte ich zumindest.

Auf dem Weg zur Villa Mandragore erzählte ich Tout-Mama, wie Alexandre Eiffel beschlossen hatte, aus dem Leben zu scheiden, um die Wiedergeburt des Kleinen Wilden zu ermöglichen. Meine Entscheidung schien ihr zu unvernünftig, um weise zu sein.

Daß ich die Absicht hatte, wieder in die Vergangenheit einzutauchen, entzückte sie hingegen. Tout-Mama hatte immer versucht, mir eine romanhafte Vorstellung vom Leben zu vermitteln und meine Lust an der Auflehnung gegen die Grenzen der menschlichen Natur zu wecken. Sie glaubte, daß die Realität, von der die Erwachsenen sprachen, nur eine Illusion war, die sie sorgsam nährten, um dahinter ihre Feigheit, ihren Mangel an Phantasie und ihre emotionale Misere zu verbergen. *Ich kenne nur eine Wahrheit, und das ist die meiner Wünsche*, pflegte sie zu wiederholen.

»Weißt du«, sagte sie bewegt, »ich habe schon geglaubt, ich würde den Kleinen Wilden nie wiedersehen.«

Ich teilte ihr mit, daß die Mandragore, wenn sie einverstanden wäre, fortan unter ihrem Zepter stehen würde. Ich war bereit, ihr eine Bankvollmacht zu erteilen, damit sie an meiner Stelle die Schecks unterschreiben konnte. Der Kleine Wilde brauchte nur etwas Taschengeld. Ich hatte keine Lust mehr, mich um den Alltag zu kümmern. Sie würde – mit meinem Geld – die Gas- und Stromrechnungen sowie meine Steuern bezahlen und sich um all die tausend kleinen Unannehmlichkeiten kümmern, die das Juckpulver des Lebens sind.

Ich wollte mir keine Gedanken mehr darum machen, was es zum Essen gab, und mich mit keinem Klempner oder Versicherungsvertreter auseinandersetzen.

Tout-Mama war bereit, diese Aufgabe zu übernehmen, die ihr, wie sie mir sagte, endlich wieder das Gefühl vermittelte, gebraucht zu werden. Ich verfiel sogleich wieder in die leichtlebige Sorglosigkeit der Kinder zurück, die sich keine Gedanken über die alltäglichen Bedürfnisse machen. Wenn es Zeit zum Nachmittagskaffee wäre, brauchte ich mich nur in die Küche zu begeben, und dort würde ich mit Johannisbeergelee bestrichene Brotscheiben vorfinden, die Tout-Mama für mich vorbereitet hätte. Der Rasen würde von einem Gärtner gemäht werden, der auch den Park unterhalten würde, ohne daß ich auch nur annähernd wüßte, wieviel mich das kosten würde. Hatte ich überhaupt die Mittel, ihn anzustellen? Diese Frage interessierte mich ab jetzt nicht mehr. Auch der Kleine Wilde hatte sie sich nie gestellt.

Ich wußte zu jenem Zeitpunkt noch nicht, daß Tout-Mama durch meinen Plan Gelegenheit finden würde, in ihrer Phantasie glückliche Augenblicke an der Seite ihres Sohnes wiederaufleben zu lassen. Mit achtunddreißig Jahren sah ich meinem Vater erstaunlich ähnlich.

Tout-Mama entdeckte also meinen Vater in mir, ich sah in Manon eine Madame de Tonnerre, an der das Alter spurlos vorübergegangen war, und Manon war verwirrt, da sie den Kleinen Wilden unter meinem Männergesicht verborgen ahnte. Eine Mischung eigenartiger Spiegelungen . . . Aber beginnt das Herz nicht dann zumeist aufgeregt zu schlagen, wenn man etwas anderes hinter den Dingen sieht als das, was man real vor Augen hat?

Abends erreichten wir die Mandragore.

»Halt an!« trompetete Tout-Mama, als wir in die Platanenallee einbogen, die zu unserem Haus führte.

Ich bremste. Ihre Stimme hatte gezittert. Tout-Mama versuchte, ihre allzu heftige Rührung zu unterdrücken.

»Was hast du?«

Sie faßte sich wieder und sagte, um ihre Ergriffenheit zu überspielen:

»Dein Großvater Polycarpe hat es nie geduldet, daß ein Wagen vor dem Haus parkt. Du willst doch wohl jetzt nicht damit anfangen!«

Mein verstorbener Großvater nährte einen Haß gegen Automobile, der ebenso groß war wie der Kult, den er mit seinen Pferden betrieb. Als großer Pferdenarr beschuldigte er André Citroën, Henry Ford und seine Komplizen vehement, dem Reitsport den Todesstoß versetzt zu haben. Meine Großeltern väterlicherseits besaßen also niemals einen von einem Motor angetriebenen Wagen. Wenn sie zum Markt ging, fuhr Tout-Mama per Anhalter. Sie hatte die Angewohnheit, jene Autos, die ihr für ihre Beförderung würdig erschienen, anzuhalten, indem sie sich einfach mitten auf die Straße stellte. Wenn ich sie begleitete, sagte sie anschließend ihr rituelles Sprüchlein her, das mir jedesmal peinlich war: *Guten Tag, mein Herr, Sie sehen wie ein ehrenwerter Bürger aus. Sie müssen wissen, daß ich eine Großmutter ohne Auto bin, die sich bereit erklärt hat, ihren Enkel in die Stadt zu bringen. Wären Sie bereit, uns zu befördern?«*

»Halt hier an, und mach mir die Freude, diese Mietkarosse so schnell wie möglich zurückzugeben.«

Kaum hatten wir das Gartentor durchschritten, kam ihre exzentrische und majestätische Natur wieder zum Vorschein. Tout-Mama war zu bewegt, um ihre Rührung bezwingen zu können, und so tat sie einfach so, als würde sie nach einigen Stunden der Abwesenheit wieder nach Hause zurückkehren. Alles in ihrem Verhalten leugnete, daß dreiundzwanzig Jahre vergangen waren, seit sie das Haus verlassen hatte.

»Ich werde das Abendessen vorbereiten. Geh du inzwischen zur Dorfkirche, und hole mir ein paar Liter Weihwasser.«

Tout-Mama hatte immer Unmengen von Weihwasser verbraucht. Die Häufigkeit, mit der sie mit Hilfe eines

Buchsbaumwedels rituelle Waschungen und Weihwasserbesprengungen an ihren Enkeln vornahm, war verblüffend. Jedesmal, wenn sie ihren Mann betrogen hatte – ihr sexueller Appetit war unbändig –, übergoß sie ihren gesamten Körper mit Weihwasser. Sobald der Kleine Wilde den Anflug einer läßlichen Sünde begangen hatte, war es gleich an der Zeit, ihn mit Weihwasser zu besprengen. Wenn Zigeuner auf der Straße vor der Villa Mandragore vorbeizogen, wurden sämtliche Zimmer des Hauses mit einer Gießkanne *gereinigt* (!). Der Kleine Wilde hatte also mindestens einmal in der Woche die unangenehme Pflicht, Weihwasser zu holen. Er begab sich, mit leeren Whiskyflaschen bewaffnet – mein Großvater hatte eine Schwäche für schottischen Scotch –, zur Dorfkirche, um sie in die tiefen Weihwasserbecken zu tauchen und zu füllen. Ich haßte diese Aufgabe. Das Gluckern der Flaschen hallte in der ganzen Kirche wider. Die Idee, daß mich jemand dabei überraschen könnte, wie ich dem lieben Gott literweise Wasser stahl, versetzte mich in Panik.

Eine Cousine hatte mir eines Tages vorgeschlagen, die Flaschen in dem Fluß zu füllen, der durch den hinteren Teil des Parks floß. Das ersparte mir den langen Weg bis zur Kirche und den ermüdenden Rückweg mit der Ladung Weihwasser. Tout-Mama hatte also ihre Familie, ihren Garten und ihre Möbel mit Wasser aus dem Fluß gesegnet.

An jenem Abend mogelte ich ebenso. Zu meiner großen Freude ließ mich ein Schuldgefühl erschaudern. Diese Empfindung schien mir ein Echo meiner früheren Gefühle zu sein.

Als ich zur Villa Mandragore zurückkam, waren Tout-Mamas Augen gerötet. Sie hatte mich wohl zum Weihwasserholen geschickt, um ungestört weinen zu können. Wir sprachen nicht weiter darüber. Sie hatte den Tisch auf einer Platte gedeckt, die von zwei Böcken getragen wurde. Ihre Möbel würden erst am übernächsten Tag geliefert werden.

»Kleiner Wilder, du bist verrückt!« krächzte Lily.

»Diese Stimme . . .«, murmelte Tout-Mama.

Ich holte Lily aus dem Käfig und setzte sie auf den Tischrand vor eine Schale mit kleingeschnittenen Früchten. Tout-Mama ließ gebratene Eier auf unsere Teller gleiten.

»Kleiner Wilder, du bist verrückt«, wiederholte Lily.

»Ich habe das Gefühl, mit deinem Papa zu Abend zu essen . . .«, sagte Tout-Mama lächelnd.

Das Gesicht ihres Sohnes erkannte sie in dem meinen wieder, das sie vor sich sah, und die Stimme meines Vaters ertönte, sobald Lily den Schnabel öffnete. Marcel hatte sich auf meine Füße gelegt; ebenso wie es der Hund des Kleinen Wilden zu tun pflegte. Ich fühlte mich in jene Zeit zurückversetzt, da ich mit meiner Großmutter zu Abend aß, weit entfernt von dem Mann, zu dem ich geworden war. Die Holzvertäfelung der Villa Mandragore knarrte genauso wie früher. Madame de Tonnerres Gestalt geisterte mir im Kopf herum. Tout-Mama sprach von einem alten Streit mit unseren anderen Nachbarn, den Mortebize, der nie beigelegt worden war. Sie behauptete von jeher – wobei sie sich auf obskure Argumente berief –, daß die Hälfte ihres Gartens rechtmäßig uns zustehe. Mehrmals hatte sie schon versucht, die Beete zu annektieren, auf die sich ihr Begehren richtete.

»Dieses Mal«, rief sie aus, »kommt der ›Anschluß‹.«

»Tout-Mama, ich glaube, es ist besser, ein für allemal auf die Sache zu verzichten.«

»Läßt du mich im Stich? Es gibt keine Männer mehr! Es gibt keine Männer mehr!«

»Hör zu, die Grenzlinie ist Rechtens . . .«

»Für mich besteht Gerechtigkeit nur darin, die Menschen, die man liebt, zu verteidigen«, entgegnete sie gekränkt.

Nach dem Essen bestand Tout-Mama darauf, mich auf einer antiken Waage, die sie in einem der Badezimmer des Hauses gefunden hatte, zu wiegen. Mein Gewicht zu überwachen war für sie eine Möglichkeit, mit Genauigkeit die Liebe zu messen, die sie mir entgegenbrachte. Bis zum Alter von fünfzehn Jahren hatte sie regelmäßig über meine Gewichtsentwicklung gewacht.

Wenn ich so unvorsichtig war, unter ihrem Dach ein Kilo abzunehmen, bekam ich eine Ohrfeige; zwei Kilo weniger brachten mir zusätzliche Weihwasserprozeduren ein.

Im Trubel ihrer Extravaganzen wurde ich in frühere Zeiten zurückversetzt; doch ich war mir bewußt, daß meine Strategie, den Kleinen Wilden wieder zum Leben zu erwecken, künstlich blieb.

Da kam mir plötzlich eine Idee. Nur ein Liebesschock konnte mir meine Radioaktivität zurückgeben. Die Wiedergeburt des Kleinen Wilden würde nur stattfinden, wenn ich mir erlaubte, die Leidenschaft, die ich für Manon de Tonnerre hegte, zu pflegen. Verfällt man nicht wieder in die Poesie der Kindheit, wenn man von einer heftigen Neigung erfaßt wird? Manon . . . Manon . . ., ihr Name wirbelte in meinem Kopf umher und stachelte meine Phantasie an. Diese neue Madame de Tonnerre besaß die Schlüssel zu meinem Vorhaben, und das betrübte mich zutiefst. Ich hätte es so gerne gesehen, wenn meine Frau, wenn Elke meine Zukunft gewesen wäre.

Gleich am nächsten Tag verbarg ich mich mit einem Kissen, das ich mir unter den Bauch schob, in der Pinie des Kleinen Wilden. Das leichte Schaukeln des Astes wiegte mich hin und her, und dadurch wurde mein Ungestüm gezügelt. Als leidenschaftlicher Verfechter der Monogamie war ich noch nicht bereit, mich in die Ungewißheiten einer fleischlichen Bindung zu stürzen. Die Treue war die Grundlage der verknöcherten Persönlichkeit von Alexandre Eiffel. Elke zu betrügen würde mich so radikal verändern, daß ich diese Möglichkeit ebensosehr fürchtete, wie ich sie herbeisehnte.

Ich wollte lieber versuchen, mit Manon die Lust wiederzuentdecken, die einst der Kleine Wilde verspürt hatte, wenn er Fanny de Tonnerre streifte oder wenn er sich von ihrem subtilen Charme betören ließ. Diese einfachen Empfindungen, der erste flüchtige Entwurf meines sinnlichen Lebens, schienen mir wesentlich überwältigender als jeder Koitus, den Alexandre Eiffel jemals erlebt hatte.

Außerdem hatte ich nicht die Absicht, mich den Liebesregeln der Erwachsenen zu unterwerfen. Wo stand denn geschrieben, daß alles zwangsläufig in Unzucht enden mußte? Ich wünschte mir nur eine Beziehung zu Manon, die dieselbe Unbeschwertheit hatte wie der charmante Umgang mit ihrer Mutter Fanny, ehe sie den Kopf verlor.

Diesen Gedanken hing ich nach, als ich Manon in einem knappen Badeanzug entdeckte. Ihr Anblick ließ mich erschaudern. Sie ging barfuß auf den Damm des kleinen Privathafens zu, der zu den beiden Villen gehörte. Zwei Löwenstatuen verteidigten seine Zufahrt. Meine Kehle wurde trocken. Beim Anblick dieser Madame de Tonnerre verspürte ich ebensolchen Durst wie in meiner Erinnerung. Sie sprang an Bord des kleinen blauen Bootes, das noch immer im Besitz ihrer Familie war, vergewisserte sich, daß der Tank voll war, und rief:

»Komm!«

Ich sah in den Garten der Tonnerres. Niemand war zu sehen.

»Komm! Komm schnell«, wiederholte sie.

Wen konnte sie nur rufen? Manon kramte in ihrer Strandtasche, zog etwas hervor, das aussah wie ein kleiner Spiegel, und ... ließ die Sonnenstrahlen in meine Richtung reflektieren. Ich war einen Augenblick lang geblendet.

»Alexandre! Ich warte auf dich!«

Verblüfft stieg ich von meinem Baum und ging zu ihr hinüber. Der Motor des Boots lief bereits.

»Gehen wir entern?« rief sie mir zu.

Ohne zu überlegenn stieg ich in das Boot. Sie löste die Leine.

»Wie haben Sie mich entdeckt?« fragte ich, noch immer erstaunt.

»Ich kannte dein Versteck. Als wir Kinder waren, hast du stundenlang in diesem Baum gehockt. Und weißt du, wo ich mich zu dieser Zeit versteckt habe?«

»Nein.«

»Genau gegenüber in dem Mammutbaum! Ich postierte mich dort, um dich heimlich zu beobachten.«

736/96	Jardin, Alexandre Düsseldorf u.a.: Econ,	Gesch. 1993

U	Sept. 1996

Der kleine Wilde : Roman

310	22 OKT. 1998		
139192	-5 NOV. 1998		
554	3 DEZ. 1998		
430	-9 JAN. 1997		
129194	8 APR. 1997		
320	18 AUG. 1998		

Manon warf die letzte Leine auf den Kai, lenkte das Boot in den Hafen und dann hinaus aufs Meer. Daß Manouche den Kleinen Wilden ohne sein Wissen beobachtet hatte, während er ihre Mutter betrachtete, verblüffte mich. Die plätschernden Wellen wiegten uns hin und her. Ich saß in dem blauen Boot von Madame de Tonnerre, zusammen mit ihrem Geist – und welch einem Geist! Manons Körper bot dem Betrachter ein irreelles Inkarnat, das ebenso wie ihre Kurven und Formen dazu angetan war, die Kehle eines Mannes austrocknen zu lassen. Ich hatte das Gefühl, daß die meine zur Wüste Sahel wurde.

»Hast du das nie bemerkt?« fuhr sie fort.

»Nein . . .«

»Wenn ich in meinem Mammutbaum hockte, war ich manchmal so verliebt, daß ich mir die Lippen blutig biß, um nicht laut zu schreien.«

»Warum haben Sie mich gerufen?«

»Früher ist meine Mutter oft den ganzen Tag mit dir in diesem Boot davongefahren. Ich war schier wahnsinnig vor Eifersucht!«

Sie fügte lächelnd hinzu:

»Jetzt bin ich dran . . .«

Ihre rauhe Stimme effektvoll einsetzend, fügte sie hinzu:

»Aber keine Angst, ich werde dich nicht vergewaltigen. Es ist nur eine Laune . . . die Rache eines kleinen Mädchens.«

»Wohin bringen Sie mich?«

»Wohin bist du mit Mama gefahren?«

»Hinter das Kap von Camarat. Wir haben in den kleinen Buchten gefischt. Haben Sie Tauchermasken und Harpunen dabei?«

»Die sind immer im Boot.«

Sie hielt jetzt zügig auf den Leuchtturm von Camarat zu. Die Ausbrüche dieser Sonnentochter faszinierten mich. Wie das Gesicht ihrer Mutter, so verhieß auch das von Manon, daß sie zu jenen verführerischen Frauen gehörte, die eine starke Neigung für die Leidenschaften der körperlichen Liebe haben, die den Gott der Zärtlichkeit verehren und von denen sich die Männer eine erotische Offenbarung erhoffen dürfen. All das roch ich; ich konnte es in ihrer Physiognomie lesen, die geschaffen schien, Lust und Schmerz auszudrücken. Doch ich war entschlossen, meinen Schwung zu zügeln. Ich wollte den Problemen der geschlechtlichen Liebe entgehen; ich wollte mich nicht mehr dem unangenehmen Dilemma von Treue und Ehebruch aussetzen. Außerdem wollte ich nicht wieder eine dieser Bindungen der Großen eingehen, die – wie ich wußte – mit Sicherheit die Leidenschaft erstickten.

Ehrlich gesagt, Manon war keine vollkommene Schönheit. Es gab eine Menge von Details in ihrem Gesicht, die, jedes für sich genommen, dagegen sprachen, sie zu lieben. Ihre Zähne waren schief, ihr wilder Blick konnte beunruhigend wirken, und ihre Züge waren fast unregelmäßig; doch von diesen Unvollkommenheiten ging eine Sinnlichkeit aus, die mich in Erregung versetzte. Darüber hinaus war die Ähnlichkeit mit ihrer Mutter ein Argument, das in meinen Augen wichtiger war als Elkes Schönheit.

Manons Offenheit erleichterte unseren Umgang. Sie erschwerte sich das Leben nicht mit jenen Vorreden, die jegliche Aufrichtigkeit unmöglich machen, und sie sprach lieber über das, was sie empfand, als sich über Ereignisse auszulassen, die nichts mit ihr zu tun hatten. Unser Gespräch drehte sich also um die Gefühle, die unser Lebensweg in uns auslöste.

Ich legte ihr ehrlich die Gründe für meine Wandlung dar, erklärte ihr, warum ich das Telefonkabel in der Villa Mandragore durchgeschnitten hatte und deutete meine Entschlossenheit an.

Sie lächelte und schien mich zu verstehen, dann sagte sie:

> »Wenn ich mich einem Vulkan nähere, dann habe ich das Gefühl zu leben. Letzten Monat bin ich mit einem Schlauchboot über den Kratersee des Kawa Jjen in Indonesien gefahren. Der See enthält Schwefelsäure, Vitriol.

Wir mußten seine Tiefe messen und Proben entnehmen. Bei der geringsten Beschädigung des Boots wären wir von der Säure zerfressen worden . . .«

Dann fügte sie hinzu:

»Nun, da habe ich gelebt! War ich verrückter als du? Jedenfalls auf diesem See fuhr ich durch meine Jungmädchenträume!« rief sie.

Neben ihr überkam mich ein eigenartiges Gefühl. Der Meereswind verstärkte noch den Eindruck, daß ihr Haar in Flammen stand. Ich überließ mich ganz dem wohligen Gefühl, das der Kleine Wilde in der Gesellschaft von Madame de Tonnerre empfunden hatte, wenn wir unter ähnlichen Umständen alleine waren. Ich erlebte mit ihrer Tochter ein Gefühl der Verbundenheit, das jenem glich, das der Kleine Wilde auf diesem Boot verspürt hatte. Manon-Fanny warf mir von unten ein schüchternes Lächeln zu, das mich so glücklich machte, daß mir fast schwindelig wurde.

Leider mischten sich meine Sinne in diese erneut aufkeimende Zuneigung. Wenn Manon mir kühler gegenübergetreten wäre, hätte ich vielleicht meine Triebe beherrschen können; doch sie hörte nicht auf, mir durch einen Gesichtsausdruck, der mich quälte, das Vergnügen zu zeigen, das ihr meine Anwesenheit bereitete. Jeder ihrer Blicke verriet ihr Verlangen nach meiner Haut. Ich konnte mich auch nicht davonmachen, denn wir befanden uns auf offener See.

Ich spürte, daß sie die Vorzüge ihres Bertrands nur deshalb so hervorhob, um sich selbst davon zu überzeugen, daß sie ihm noch immer verbunden war. Und die Hartnäckigkeit, die sie in dieser Frage an den Tag legte, hielt ich für eine raffinierte Methode, mich zu bitten, sie nicht in Versuchung zu führen.

Bis sie plötzlich ganz einfach sagte:

»Ich habe LUST, mit dir . . . zu schlafen.«

Dann lächelte sie genießerisch.

»Ah . . .«, sagte ich mit trockener Kehle.

Wenn wir uns näher an der Küste befunden hätten, wäre ich ins

Meer gesprungen. Manons plötzliche Offenheit brachte mich mehr aus der Fassung, als ich zu zeigen wagte. Ich war nicht zu ihr in das Boot gestiegen, um sie zu verführen, sondern in der Hoffnung, die gleiche Verwirrung zu spüren, die der Kleine Wilde jahrelang beim Anblick ihrer Mutter empfunden hatte, jenes wundervolle Prickeln, das aus einer engen Beziehung, die auf Distanz geknüpft wurde, entstand.

»Ich habe Lust, aber ich will nicht«, erklärte sie.

»Ah . . .«

»Das würde zwei Monate vor meiner Hochzeit alles durcheinanderbringen . . . Ich wollte nur die Wahrheit sagen, sie aussprechen können, ohne daß das ein Problem zwischen uns aufwirft, ich wollte mir diese Freiheit nehmen. Das ist es doch, was du willst, nicht wahr?«

»Ja . . . halt, hier war es, hier in der Igelbucht haben wir Seeigel gefischt.«

Manon fuhr in die Bucht hinein, brachte das Boot zum Stehen, warf den Anker und sprang mit einem Kopfsprung ins Wasser. Ich zog mein Hemd und meine Hose aus, nahm eine Taucherbrille und sprang in Unterhosen ins Wasser. Manons Beine streiften die meinen. Erinnerungen an ein altes Lustgefühl überkamen mich. Das Meer war lau. Ich badete in einem Strom der Verzückung und schwamm um sie herum. Es waren wirklich Madame de Tonnerres Schenkel, die ich durch meine Taucherbrille erblickte. Welch ein Glücksgefühl, sie so in meiner Nähe zu spüren. Die Rundung ihrer Brüste war der ihrer Mutter zum Verwechseln ähnlich.

»Wo sind denn die Seeigel?« fragte sie.

»Da unten!«

Ich tauchte auf der Suche nach den Algenweiden, den großen Streifengnus, den Korallenriffen und den bunten Fischen, die in meiner Erinnerung noch lebendig waren, doch ich fand nichts von alldem wieder, nichts als nackte graue Felsen. Hatte ich mich in der Bucht geirrt? Nein. Die Wasserverschmutzung hatte diese Wunder vernichtet.

»Alles ist verschwunden«, sagte ich voller Bedauern.
Wir schwammen zum Boot zurück. Manon warf mir lange Blicke zu. Ihre Augen waren wie Fannys, und sie schienen mir voller Verlangen nach dem Kleinen Wilden, den sie in mir entdeckte.

Ich stieg als erster in das Boot und reichte ihr die Hand, um sie hineinzuziehen, als plötzlich ihre Beine meine Hüften umklammerten. Ich taumelte, zwang mich, meine Tugend zu verteidigen, vergebens. Sie vergewaltigte mich ohne Umschweife. Das heftige Wogen ihres Beckens brach meinen letzten Widerstand. Welch eine Brandung! Eine letzte Welle, von unseren Schreien begleitet, überwältigte mich. Mit achtunddreißig Jahren hatte ich soeben in Manon-Fannys Armen entdeckt, was das Wort Ekstase genau auszudrücken sucht. Diese sinnliche Protestantin, die in der Welt der Parfüms aufgewachsen war, hatte mich aufs neue meine Männlichkeit fühlen lassen.

Manon schloß sanft die Augen. Ich hatte den Eindruck, daß sie sich jetzt vollkommen zurücknahm, nachdem sie sich ganz hingegeben hatte, und zwischen uns jene Entfernung schaffte, ohne die kein neues Verlangen entstehen kann. Niemals zuvor hatte ich das Gefühl gehabt, mich so intensiv mit einer Frau vereinigt zu haben, und plötzlich war ich ihrer vollständig beraubt. Instinktiv verstand es Manon, sich in jenem Augenblick zuückzuziehen, in dem die meisten Geliebten den Fehler begehen, ihr Herz auszuschütten.

Dann begann sie, mit ihren Lippen mein Geschlecht zu streicheln, erregte es so sehr, daß es sich für ihre Attacke aufgeschlossen zeigte, nahm es mit viel Glut und Zärtlichkeit zwischen ihre kleinen Zähne, liebkoste es und begann schließlich, daran zu saugen. Was für ein ORGASMUS! War es Manons Mund oder Fannys? Gestern und Heute verschmolzen ineinander. Ich schwebte im Paradies der erfüllten Phantasien. Dabei ging es keinesfalls um eine einfache sexuelle Befriedigung, sondern um die vollkommene Glückseligkeit. Wie ihre Mutter trank auch Fanny fünfundzwanzig Jahre später alles. Fanny-

Manon, die Taube mit den zwei Köpfen, die Frau, die unbeschadet die Reise durch die Zeit überstanden hatte . . .

»Ich dachte, Sie wollten nicht mit mir schlafen?« murmelte ich lächelnd.

»Das ist wahr . . ., aber ich konnte nicht anders! Darum war es auch so gut!«

Völlig unverblümt fügte sie hinzu:

»Mit dir mache ich das so gerne! Es war GUT, gut, wirklich gut!« wiederholte sie lächelnd.

Ich war bezaubert von dieser jungen Frau, die sich das Recht nahm, das auszusprechen, was ihr Körper empfunden hatte. Manon überwand ihr protestantisches Schamgefühl mit einer Fröhlichkeit und Freiheit, die umwerfend war. Sie zu lieben war belebend.

Von jenem Augenblick an gab es einen Zwiespalt in meinem Inneren. Indem ich mit diesem jungen Mädchen geschlafen hatte, das nicht meine Frau war, hatte ich gegen eines der Prinzipien verstoßen, welche die Existenz von Alexandre Eiffel aufrechterhielten. Mit dieser Handlung, die in Anbetracht der Ausführungen, die ich mehr als tausendmal dargelegt hatte, ein Quasidelikt war, gebar ich mich neu und befreite mich von jener steifen Persönlichkeit, die ich mir zugelegt hatte, um den Tod meines Vaters und kurz darauf den meiner Mutter zu überleben.

In diesem Moment begriff ich, daß es ohne Inkohärenz kein wahres Leben gibt. Jene Männer und Frauen, die ständig versuchen, einem Bild von sich selbst zu entsprechen – welches es auch immer sein mag –, sind bereits halb tot. Der Freigeist kommt erst dadurch zum Vorschein, daß man den Genuß der Untreue entdeckt. Der in der Monogamie gefangene Ehepartner blüht erst dann wieder auf, wenn er das Risiko des Ehebruchs eingeht. Kohärenz verstümmelt; Inkohärenz regeneriert. Meine Freude wurde von keinerlei Schuldgefühlen beeinträchtigt. Plötzlich schien mir der Rausch der Sexualität nicht mehr als eine Hölle. Ich fühlte mich als würdiger Enkel von Tout-

Mama, die es immer verstanden hatte, die gegensätzlichsten Ansprüche in sich selbst zu pflegen. Sie war bigott und verbrauchte Unmengen von Weihwasser, doch sie hatte nie aufgehört, dem Verlangen ihrer Sinne nachzugeben. Mein Großvater ist sicherlich einer der meistbetrogenen Männer Europas gewesen. Bei Tisch bediente Tout-Mama sich geschickt ihres Fischmessers und befolgte peinlich genau sämtliche Benimmregeln des vergangenen Jahrhunderts, doch einmal in der Woche aß sie ein komplettes Mittagessen nur mit den Fingern, und zwar so unappetitlich wie nur möglich, um dem wilden Tier, das in ihr schlummerte, freien Lauf zu lassen. Diese besonderen Mahlzeiten trugen den Namen *Mortebize-Essen*. Es war eine Hommage an unsere Nachbarn, die sich in ihren Augen wie Schweine benahmen. Zu diesen Anlässen gestattete sie es sich sogar zu rülpsen.

»Ich habe Hunger!« rief Manon.

»Und ich Durst . . .«

Wir fuhren zurück zu dem kleinen Hafen. Per Anhalter lotste mich Manon in die Stadt, in ein kleines italienisches Restaurant. Unter Tout-Mamas Einfluß hatte ich den Mietwagen zurückgegeben, und Manon wollte nicht mit mir in das Auto ihres Bertrand steigen. Er war von Beruf Arzt und arbeitete tagsüber im Krankenhaus in der Stadt.

»Wenn mich plötzlich die Lust überkommt, mit dir zu schlafen«, sagte mir Manon ganz offen, »dann wäre es mir peinlich, wenn wir uns in seinem Auto lieben würden.«

Untreue Frauen haben ihre eigenen Arrangements mit ihrem Gewissen . . . Die Fahrt per Anhalter begeisterte mich. Ich hatte seit jener Zeit, da Tout-Mama elegante Autofahrer anhielt, damit sie uns beförderten, nie mehr am Straßenrand gestanden und den Daumen gehoben.

Im Restaurant brachte uns der Ober die Karte.

»Was nehmen wir?« fragte sie.

»Was du nehmen würdest, wenn du heute acht Jahre alt wärest. Ich lade dich ein. Ich möchte dem kleinen Mädchen, das du einmal warst, eine Freude machen, und ich möchte, daß du dir immer erlaubst, die kleine Manon zu sein, wenn du mit mir zusammen bist. Die große Manon überlasse ich gerne Bertrand!«

»Wollen wir ein Essen nur mit Desserts machen?«

»Wer sollte uns daran hindern? Leg deine Uhr ab. Die Zeit der Erwachsenen geht uns nichts an!«

»Nein, ich darf meinen Termin nicht versäumen. Ich muß um fünfzehn Uhr auf der Bank sein.«

»Manon, ich möchte, daß das alles nicht mehr zählt, wenn wir zusammen sind. Ging es uns denn schlechter, als wir sechs Jahre alt waren und keine Uhr und keinen Terminkalender hatten?«

Manon lächelte, nahm ihre Uhr ab und steckte sie in die Tasche ihrer Bluse.

»Fühlst du dich so nicht freier?«

»Doch.«

»Also, suchen wir jetzt Desserts aus?!«

Manon bestellte zur Verwunderung des Obers, der versuchte, unsere Wahl auf ernsthaftere Menüs zu lenken, sieben Desserts und ich vier.

»Da ich mit dir das Recht habe, acht Jahre alt zu sein«, sagte Manon, »möchte ich, daß wir niemals Pläne machen, daß wir nur für den Augenblick leben. Pläne habe ich mit Bertrand schon viel zu viele.«

»Abgemacht!«

Sie streckte die Hand aus, und ich schlug ein.

»Und als erstes werden wir nach dem Essen in ein Kaufhaus sausen und uns all das leisten, was unsere Eltern uns nicht kaufen wollten.«

Ich hob mein Glas, wir stießen an, und ich fügte hinzu:

»Wir bringen all unsere Einkäufe in unsere Hütte.«

»In unsere Hütte?«

»Mit dir möchte ich eine Hütte in einem Baum haben und kein Haus.«

Der Ober hatte sich abgewandt. Niemand sah zu uns herüber. Manon stahl mir heimlich einen Kuß. Wir spielten schon, daß wir uns liebten.

»Versprich mir, daß wir uns nie in einem Bett lieben werden«, flüsterte sie.

Ich schwor feierlich, ihr nur an den unwahrscheinlichsten Orten Seufzer der Liebe zu entlocken, wobei ich allerdings Aufzugkabinen ausschloß (ich leide an Klaustrophobie). Wir unterhielten uns prächtig, als wir uns schließlich vorstellten, welche Art Kinder die Gäste im Restaurant früher einmal gewesen waren, was auf die Feststellung hinauslief, daß sie sich alle selbst verraten hatten. Denn kein Kind hatte davon geträumt, den Rücken vor einem Abteilungsleiter zu beugen, seine Sozialversicherung zu bezahlen, und es gab nur wenige, die sich nach der Rolle eines Steuerzahlers mit Doppelkinn sehnten. Hingegen sahen wir keine hübschen Prinzessinnen, furchtbaren Piraten und Entdecker. Alle sahen eher so aus, als ob sie regelmäßig ihre Rentenversicherung bezahlen würden.

Nach elf Desserts benutzten Manon und ich das Geländer der Rolltreppe im Kaufhaus als Rutschbahn, um in die Lebensmittelabteilung zu gelangen. Manon bemächtigte sich all der Schokoladensorten, nach denen sie verrückt war, schnappte sich zwanzig Pakete Paprikachips und packte zehn Kilo Baiser ein.

»Unsere Hütte muß ganz schön groß werden«, rief sie mir zu, ehe sie einen Verkäufer bat, den Berg Lebensmittel zur Mandragore zu liefern.

Dann suchte sich Manon drei hautenge Abendkleider aus, drei Modelle, die dazu bestimmt waren, Schultern und Hüften von Greta Garbo zu umhüllen. Seit ihrem achten Lebensjahr hing sie einem Traum nach, der eigentlich völlig banal war und in den Köpfen der meisten kleinen Mädchen herumspukte: Sie wollte berühmt sein und auf der Straße wiedererkannt werden. Wenn sie sich die Garderobe eines Filmstars zulegte, wäre das vielleicht ein Anfang . . . Daß Manon den Mut hatte, mir diese Dummheiten einzugestehen, steigerte nur meine Liebe zu ihr.

Während sie noch mit ihrer Anprobe beschäftigt war, ging ich in die Heimwerkerabteilung. Ich brauchte einiges an Werkzeug, um unsere Hütte zu bauen. Dann erstand ich eine Steinschleuder, ein Schweizer Taschenmesser und eine elektrische Eisenbahn, die ebenso lang war wie diejenige, die mein Vater dem Kleinen Wilden zu seinem siebten Geburtstag geschenkt hatte.

»Alles wird noch heute abend geliefert«, versicherte mir der Verkäufer.

In der nächsten Abteilung blieb Manon vor einem weißen holländischen Fahrrad stehen:

»Ich hatte früher genau dasselbe!« rief sie, »nur etwas kleiner!«

»Du hast dasselbe«, berichtigte ich sie fröhlich und zückte mein Scheckheft.

Ich kaufte auch ein rotes Fahrrad, das dem glich, auf dem der Kleine Wilde das Radfahren gelernt hatte. Noch nie hatte es mir so viel Spaß gemacht, Geld zu verprassen. Je mehr Geld ich verpulverte – *das Sparschwein schlachten*, nannte der Kleine Wilde das –, um so näher fühlten Manon und ich uns unserer Kindheit.

Ich fand sie im Schneidersitz auf einem der Betten in der Bettenabteilung.

»Wir werden Fahrrad fahren, eine Hütte haben und keine Uhr mehr tragen!« faßte sie zusammen.

»Hör auf, von der Zukunft zu sprechen. Wir haben ausgemacht, daß wir spontan jeden Augenblick genießen wollen!« sagte ich und warf sie nach hinten auf die Matratze.

Eine Verkäuferin, die anscheinend das Schlimmste befürchtete, wollte eingreifen, doch Manon richtete sich auf und flüsterte mir zu:

»Erinnere dich an dein Versprechen, niemals in einem Bett!«

»Wo dann?«

»In deinem Baum!« antwortete sie, und ein Lächeln

umspielte ihre Lippen. »Da, wo du warst, als ich dich beobachtete.«

Wir fuhren auf den Fahrrädern zurück zur Villa Mandragore, ich auf meinem roten und Manon auf ihrem weißen. Sie zeigte mir die Schleichwege in der Gegend. Einen Augenblick lang glaubte ich, daß meine Nase einen Mimosenduft ausgemacht hätte, doch er war lediglich meiner Erinnerung entsprungen. Mein Geruchssinn blieb auch weiterhin gestört.

Manon hielt außer Atem auf einem Hügel an. Ihr Gesicht verdüsterte sich, und auf ihrer hohen Stirn zeichneten sich zwei tiefe Falten ab:

»Ich habe einen Verlobten, und du hast eine Frau . . .«

»Das stimmt«, sagte ich gleichgültig.

»Ist das alles, was dir dazu einfällt? Wir haben doch wohl eine Dummheit begangen.«

»Meine Frau hat einen Typen geheiratet, der mich nicht im geringsten interessiert.«

»Aber ich liebe Bertrand wirklich! Ich will kein Doppelleben. Im übrigen weiß ich gar nicht, was ich hier zu suchen habe. Ich habe heute den Kopf verloren. Du hast mich mit deinen Kindergeschichten eingelullt. Aber ich will an die Ehe glauben. Wir hören sofort mit der ganzen Sache auf!«

»Ich finde dich wunderbar, wenn du das Gegenteil von dem behauptest, was du wirklich möchtest.«

»Hör mal zu, mein Kleiner, ab jetzt kannst du mir tausend Rendezvous vorschlagen, ich werde nicht mehr kommen!«

»O doch, du wirst kommen, und zwar im Laufschritt.«

»Du bist unglaublich eingebildet . . . sei dir deiner nur nicht so sicher.«

»Manon, du machst das gerne mit mir.«

»Angeber . . . und das schlimmste ist, daß du recht hast! *Bei mir muß es aus dem Bauch kommen . . .*«

Nachdem wir noch einige Hügel hinauf- und hinuntergefahren

waren, liebte Manon mich, fünf Meter über dem Boden, in meinem Baum. Jeder Stoß ihres Beckens half dem Kleinen Wilden, wiedergeboren zu werden, stellte meine *Radioaktivität* ein wenig mehr her. Die Inkohärenz meines jetzigen Verhaltens und meiner früheren Ausführungen über die Ehe steigerten mein Verlangen und das Gefühl der Befreiung nur noch mehr. Der Treueapostel war nur noch im Ehebruch er selbst, doch diese Untreue hatte einen besonderen Geschmack, denn die Frau, die unter mir stöhnte, hatte die Züge der Madame de Tonnerre, und wir befanden uns in der Pinie meiner Kindheit, von der aus ich sie so oft bewundert hatte. Wenn sich der Kleine Wilde hätte vorstellen können, daß sie zu ihm heraufkletterte, um sich solchen Exzessen hinzugeben . . . Trotz unserer unbequemen Stellung traten wir eine lange Reise zum Höhepunkt an.

»Manon«, murmelte ich, »ich habe von Anfang an gemogelt. Ich muß dir die Wahrheit sagen.«

»Was?«

»Hast du dir nie überlegt, warum der Kleine Wilde so viel Zeit in diesem Baum verbrachte?«

»Nein.«

»Während du mich von gegenüber, von deinem Mammutbaum aus, beobachtet hast, hatte ich hier Posten bezogen, um deine Mutter zu betrachten.«

»Mama?!« rief sie fassungslos.

»Ich war verrückt nach ihr.«

Sie schwieg einen Augenblick.

»Du ähnelst ihr so sehr«, fügte ich hinzu.

»Und wen hast du gerade geliebt?« fragte sie kalt.

»Möchtest du eine angenehme Antwort, oder soll ich weiterhin ehrlich sein?«

»Du Schwein.«

»Warum? Und du, mit wem warst du vor fünf Minuten zusammen? Mit mir oder mit der Erinnerung an deine erste Liebe?«

»Willst du es wirklich wissen? Nun gut, ich war mit dem Kleinen Wilden zusammen! Aber ich hatte wenigstens genug Takt, es nicht zu sagen.«

»Ich habe dich nicht gebeten, mich zu schonen. Von Lügen habe ich die Nase voll. Verdammt noch mal, wenn wir beide nicht einmal ehrlich zueinander sind, zu wem sollen wir es dann sein?«

»Alexandre, wozu soll das gut sein, sich gegenseitig zu verletzen?«

»Wenn dir an Halbheiten und lauwarmem Wasser gelegen ist, dann kannst du gleich gehen. Auf mich brauchst du nicht zu rechnen, um große Gefühle, seien sie nun gut oder schlecht, zu verstecken. Ich will leben. Ich will genauso lebendig sein wie als Kind auf dem Pausenhof.«

Eine Weile lang betrachtete mich Manon schweigend, dann umarmte sie mich.

»Ich sehne mich nach meiner Grausamkeit und meiner Großzügigkeit von früher . . .«, murmelte ich, die Lippen an ihren Hals gepreßt.

Im Garten der Tonnerres erklang eine Stimme. Ein Mann rief Manon.

»Bertrand . . .«, sagte sie verlegen.

Sie zog ihren Rock zurecht, kletterte eilig von dem Baum und rief mir zu:

»Fang schon mal ohne mich mit der Hütte an. Ich verabscheue dich, du nervst mich, aber es stimmt, daß ich das gerne mit dir mache.«

Manon verschwand.

Plötzlich überkam mich ein Gefühl der Atemnot, das ich schon seit zwanzig Jahren nicht mehr erlebt hatte. Das Asthma des Kleinen Wilden lebte wieder in meinen Bronchien auf. Diese plötzliche Rückkehr eines Leidens aus meiner Kindheit verwirrte mich. Ich litt unter Atemnot, doch ich weinte vor Glück. Mein Körper erinnerte sich an diese leichten Anfälle, die der Kleine Wilde bekam, wenn er sich verlassen fühlte, so zum

Beispiel jedesmal, wenn seine Eltern wieder nach Afrika fuhren, oder an gewissen Abenden im Collège Mistral, wenn ich einsam war.
Der Wind streichelte mich, und mein Atem wurde wieder regelmäßiger. Von neuer Kraft erfüllt, ging ich zurück zur Villa Mandragore. Ich hatte vor, mein Pariser Leben aufzugeben, mir jede Möglichkeit zur Umkehr abzuschneiden. Zum Teufel mit der Vorsicht! Ich wollte wieder unentschlossen, nicht mehr meinen früheren Entscheidungen *verpflichtet* sein.
Es war schmerzlich für mich, daß Manon Bertrand heiraten wollte, doch ich hatte keineswegs die Absicht, sie ihm wegzunehmen. Ich schlug Manon keine Zukunft vor, nur eine Gegenwart, kein Haus, sondern eine in den Bäumen verborgene Hütte. Ich wollte mit ihr fröhlich unsere Liebe spielen, lachen und mich mit ihr in einer unvorhersehbaren Zukunft weiterentwickeln, und vor allem wollte ich nicht, daß sich die Leichtigkeit unseres Umgangs veränderte. Die Vorstellung, wieder dem Ernst einer Verbindlichkeit zu verfallen, schreckte mich. War ich kindisch? Natürlich! würden die gesetzten Erwachsenen sagen, jene falschen Weisen, die in der Erwachsenheit versunken waren. Na und? antwortete der Kleine Wilde in meinem Inneren, wird man denn geboren, um reif zu werden, wenn reif werden doch nur bedeutet, angesichts all der Verknöcherungen zu resignieren, die unsere Gefühle lähmen? Ist es nicht die wahre Reife, sich jeden Tag neu zu gebären? Es lebe die Bewegung! Ich hielt an meiner anspruchsvollen Art des Kindischseins fest. Ich strebte nur eine Rolle an, und das war die des Geliebten.
Ich verstand plötzlich den Elan der Jungen und Mädchen, die sich im Mai 1968 auf den Barrikaden an ihrem Gebrüll berauscht hatten. Wie recht sie hatten, über die Groteske der Rhetorik hinaus, die Welt der Erwachsenen durcheinanderbringen zu wollen! Welch ein Frühling für unsere verknöcherte Gesellschaft! Natürlich waren diese Jungen und Mädchen, die aus wohlhabenden Familien stammten und auf einmal den

Überfluß mit Füßen traten, lächerlich. Doch ich bewunderte plötzlich ihre heftige, deutliche Verweigerung, sich betäuben zu lassen, ihre Lyrik, die ebenso unbedeutend wie anrührend war, ihre Revolte gegen die ungeheure Langeweile des Daseins, das man ihnen vorbestimmt hatte.

Im Grunde genommen war mein Vorhaben eine Art persönlicher Mai 1968.

In Tout-Mamas Wohnzimmer traf ich auf Monsieur Louis, der mich bereits ungeduldig erwartete. Die Tatsache, daß meine Telefonleitung unterbrochen war, hatte ihn offensichtlich verärgert. In einem viel zu großen Anzug aus grauem Flanell, der um seinen schmächtigen Leib schlotterte, saß er mit ernsthafter Miene an einem Tisch, auf dem er geöffnete Akten ausgebreitet hatte. Kurven und Graphiken tummelten sich auf kariertem Papier.

»Monsieur Eiffel«, brachte er übertrieben würdevoll hervor und nahm seine Brille ab, »der Kredit, den Sie aufgenommen haben, um dieses Hotel zu kaufen, steht in krassem Widerspruch zu der Politik der Entschuldung, die wir seit drei Jahren verfolgen. Ihre Unbesonnenheit – denn ein anderes Wort kann ich für Ihr Verhalten nicht finden – bringt unsere Bilanz ernsthaft aus dem Gleichgewicht.«

»Endlich etwas Unvorhergesehenes!«

»Wie bitte?«

»Was haben Sie zum Nachmittagskaffee getrunken, als Sie acht Jahre alt waren?«

»Ich spreche von IHREN Bilanzen!« sagte er irritiert.

»Milch oder Tee?«

»Ein Glas Milch, warum?«

Ich lief in die Küche, kam mit zwei Tassen, einer Flasche Milch, Brot und Schokolade zurück.

»Monsieur Louis, Sie sollten die Sitte des Nachmittagskaffees wieder bei sich einführen!«

Ich goß ihm eine Tasse Milch ein und stellte sie vor ihn.

Verwirrt nahm er sie. Ich begann, an einem Riegel Schokolade zu knabbern.

»Milch ist sehr wichtig«, fuhr ich fort.

»Sie müssen dieses Hotel sofort wieder verkaufen!«

»Schreiben Sie lieber auf, was ich Ihnen jetzt diktieren werde. Schicken Sie diesen Brief an die entsprechende Rubrik in verschiedenen Tageszeitungen.«

Irritiert zog Monsieur Louis einen Schreibblock aus seinem Aktenkoffer.

»Sehr geehrte Herren«, begann ich. »Bitte veröffentlichen Sie folgenden Text:

In tiefer Trauer
gibt Madame Eiffel, geborene Sauvage,
den Tod ihres Enkels,
Alexandre Eiffel,
bekannt, der letzten Donnerstag von uns ging.
Die Beisetzung findet
im engsten Familienkreis statt.

Schreiben Sie noch eine höfliche Schlußformel dazu, und legen Sie einen Scheck bei.«

Monsieur Louis hörte auf zu schreiben.

»Wenn das ein Scherz sein soll, ist er nicht besonders gelungen.«

»Sehe ich so aus, als würde ich Scherze machen? Der Mann, mit dem Sie zu sprechen glauben, ist heute zwischen den Schenkeln einer Frau gestorben. Es ist alles noch ganz frisch.

Und es ist gut, daß die Leute, die ihn gekannt haben, von seinem Tod erfahren.«

»Was soll das für ein Spiel sein?«

»Ich möchte, daß mich alle Bekannte von Alexandre Eiffel vergessen.«

»Und Ihre Familie?«

»Sagen Sie meiner Tante die Wahrheit.«

»Und Ihre Frau?«

»Ich beauftrage Sie, unsere Scheidung einzureichen. Sagen Sie Elke, daß der Mann, den sie geheiratet hat, nicht mehr existieren will.«

Monsieur Louis musterte mich mit plötzlicher Besorgnis:

»Sie machen doch wohl keine Dummheiten?«

»Doch, nichts als Dummheiten«, rief ich lächelnd.

»Und die Bilanz?«

»Ich verkaufe Ihnen LES CLÉS EIFFEL. Sie werden den Betrag innerhalb der nächsten fünfundzwanzig Jahre abzahlen.«

»Hören Sie, ich glaube, es ist besser, wenn wir später, mit etwas Abstand, noch einmal über die Sache sprechen. Nehmen Sie sich Zeit zum Nachdenken.«

»Vorsichtige Entscheidungen interessieren mich nicht mehr. Ich will jetzt, auf der Stelle, leben. Wenn Sie das Angebot annehmen wollen, bereiten Sie einen Kaufvertrag vor. Ansonsten suchen Sie einen anderen Käufer.«

Noch ganz unter dem Schock der Ereignisse, musterte er mich:

»Ich erkenne Sie nicht wieder!«

»Ein schöneres Kompliment konnten Sie mir gar nicht machen.«

»Sind Sie verrückt oder was?« fragte er plötzlich.

»Nein, im Gegenteil, die anderen, die, die nicht auf das Kind in ihrem Inneren hören, sind verrückt.«

Ich streckte ihm die rechte Hand entgegen, doch dann korrigierte ich mich und nahm die linke.

»Auf Wiedersehen, Monsieur Louis. Kann ich mich auf Sie verlassen?«

»Ja«, sagte er voller Bedauern.

Ich drückte ihm die Hand. Ich begleitete ihn bis zur Eingangstür und sagte ihm in aller Aufrichtigkeit:

»Ich wünsche Ihnen, daß Sie Ihre Frau betrügen. Der Ehebruch ist das einzig Wahre!«

Monsieur Louis sah mich ratlos an, stieg in sein Auto und verschwand am Ende der Allee in die Welt der Erwachsenen. In dem Moment hatte ich das Gefühl, daß Alexandre Eiffel langsam in mir abstarb, und diese Empfindung war wie eine große Erleichterung; aber dennoch war die Wiedergeburt des Kleinen Wilden noch nicht vollzogen.
Ich stieg auf mein rotes Fahrrad und strampelte bis zur Post im nächsten Dorf, wo ich mit Hilfe von Telefonbüchern die Anschriften der Mitglieder des Crusoe-Bundes herausbekam. Ich zögerte einen Augenblick, ob ich auch die des Verräters M. suchen sollte, doch dann befand ich sein Vergehen für zu niederträchtig, als daß er noch immer einen Anspruch darauf hätte, zu den Crusoes zu zählen. Schließlich schrieb ich folgende Zeilen an Tintin und die Zwillinge Philo und Pierre:

TREFFEN
GLEICHER ORT, GLEICHE ZEIT,
AM 2. JUNI

Der Crusoe-Bund

Der 2. Juni war am nächsten Tag. Ich hatte es eilig, wieder an meine Kindheitsträume anzuknüpfen, und meine Entscheidung, die letzten Bande zu durchtrennen, die mich noch an die Welt der Erwachsenen fesselten, empfand ich als sehr weise. Die einzigen Verpflichtungen, an die ich mich gebunden fühlte, waren diejenigen, die der Kleine Wilde eingegangen war gegenüber anderen und . . . sich selbst.

Gegen Abend hatte ich alles beisammen, um mit dem Bau der Hütte zu beginnen; doch Tout-Mama bestand darauf, daß ich sie zum Friedhof begleitete. Ihre neunzigjährigen Beine trugen sie noch recht gut. Sie hatte keine Angst vor langen Spaziergängen.

Wir brachen gemeinsam auf. Sie stützte sich leicht auf meinen Arm, nicht so sehr weil es nötig war, sondern eher weil es ihr gefiel. So hatte ich sie auch immer mit meinem Vater gesehen. Ich spürte, daß sie das Gefühl hatte, am Arm ihres Sohnes Pascal zu gehen.

Nach einem einstündigen Marsch durch die Strauchheide erreichten wir den Friedhof, auf dem die Eiffels sich von jeher mit ihren Toten zu unterhalten pflegten. Ich betrat ihn zum ersten Mal, seit meine Eltern mich auf dieser Erde zurückgelassen hatten. Ihr Grab zu sehen war mir immer als unnötiger Schmerz vorgekommen. Ich wiegte mich lieber in der Illusion, daß sie nur abwesend waren, daß sie eines Tages zurückkommen und mich in ihre Arme schließen würden.

»Hallo Gustave«, rief Tout-Mama einfach, als wir an dem Grabstein vorbeikamen, der zum Gedenken an unseren berühmten Vorfahren errichtet worden war.

Dann fragte sie mich in vertraulichem Ton:

»Weißt du eigentlich, warum er den Eiffelturm gebaut hat?«

»Nein.«

»Damit die Erwachsenen wieder das Staunen lernen. Aber

das darfst du nicht weitersagen, es ist ein Familiengeheimnis.«

Tout-Mama blieb vor einem Grabstein stehen. Es war das Grab ihres Gatten, der aus Angst, daß nach seinem Ableben ein Spötter eines Tages seine Toupets finden könnte, sich mit seinen sieben Perücken hatte beisetzen lassen. Tout-Mamas altes Gesicht verzog sich schmerzlich. Die Tränen perlten wie ein trauriger Wasserfall über ihre Falten. Ich schloß meine liebe kleine Großmutter in die Arme.

»Ich habe Polycarpe so sehr geliebt. Ich habe ihn oft betrogen«, gestand sie plötzlich, »aber ich habe ihn so sehr geliebt . . .«

Ich strich über ihr weißes Haar.

»Es gibt keine Männer mehr, es gibt keine Männer mehr . . .«, wiederholte sie voller Bedauern.

Seit sie Witwe war, hatte kein Mann mehr mit ihr das Bett geteilt. Aus Sehnsucht nach der Wärme eines männlichen Körpers hatte sie sich angewöhnt, mit einer Wärmflasche zu schlafen; und manchmal fuhr sie sich mit Sandpapier über ihre nackten Schultern, um wieder das Gefühl zu haben, daß ein schlechtrasiertes Männerkinn sich an ihr rieb.

Als ich ihren Kummer sah, kam mir die Idee, ihr einen anonymen Liebesbrief zu schreiben, der so abgefaßt sein müßte, daß er ihre alten Tage verschönen würde. Ihr großes Frauenherz sehnte sich nach heftiger Leidenschaft, nach Schwärmerei und nach einfacher Romantik. Ich war bereit, ihr dieses Herzklopfen, diese letzten Augenblicke des inneren Aufruhrs zu schenken.

Nicht weit von uns entfernt lag im Schatten einer Pinie eine große Grabplatte aus rosafarbenem Marmor.

Tout-Mama trocknete ihre Tränen und führte mich dorthin.

In den Marmor waren folgende Worte eingemeißelt:

IN MEMORIAM
PASCAL UND FANOU
(1929–75) (1930–77)
EIFFEL

Die Eltern des Kleinen Wilden würden also nie mehr von ihrer großen Reise zurückkommen.
Tout-Mama drückte meine Hand und flüsterte mir zu:
»Sie werden für immer jung, schön und verliebt bleiben.«
Allein die Liebe war also in der Lage, die Zeit zu besiegen.
Die dicken Wurzeln der Pinie schoben sich unter die Grabplatte, so als wollten sie sich vom Fleisch meines Vaters und meiner Mutter nähren. Oben im Baum, hoch über dem Grab, entdeckte ich einen Bienenschwarm, der an einem Zweig hing. Das Summen des Lebens erfüllte die Luft.

An diesem Abend schlummerte ich voller Wohlbehagen in meinem Bett ein, ließ mich im Halbschlaf treiben und sank schließlich, ohne ein Schlafmittel einnehmen zu müssen, in Morpheus Arme.
Dieses auf den ersten Blick unbedeutende Ereignis erweckte in mir ein wahres Glücksgefühl. Ich war schon seit Ewigkeiten nicht mehr ohne Schlafmittel eingeschlafen. Alexandre Eiffel kannte nur den schweren chemischen Schlaf, der niemals ganz die Bürde der angestauten Müdigkeit zu vertreiben mag.
Mein Schlummer war dem des Kleinen Wilden ebenbürtig – tief, erholsam und reich an richtigen Träumen. Was für ein Schläfchen!

Am nächsten Morgen sprang ich im Morgengrauen aus dem Bett – so wie der Kleine Wilde am Tag nach Weihnachten – und lief hinunter ins Wohnzimmer, wo ich unter Freudengeschrei den Karton mit meiner elektrischen Eisenbahn öffnete. Sie war am Vorabend geliefert worden.

Seit mindestens fünfundzwanzig Jahren war ich nicht mehr von selbst so früh aufgewacht. Ich hatte Lust zu spielen, ich, der ich noch drei Wochen zuvor keine Wünsche, kein Verlangen und zu nichts Lust gehabt hatte. Meine Entscheidung, die Firma loszuwerden und Elke ihre Freiheit zurückzugeben, vermittelte mir das Gefühl, in den großen Ferien zu sein; und außerdem war ich verliebt, wahnsinnig verliebt, wahnsinnig, wahnsinnig! Allein diese Herzensstimmung hätte schon genügt, um mich neu zu gebären, denn es ist wahr, die Leidenschaft befreit den Menschen von der Erwachsenheit.

In dem großen Salon türmten sich Stapel von gebügelter Wäsche. Tout-Mama hatte ihre Angewohnheit, morgens um zwei Uhr aufzustehen, um die häuslichen Arbeiten zu erledigen, die ihr auf die Nerven gingen, nicht aufgegeben. Dann ging sie wieder zu Bett. Das gab ihr die Möglichkeit, ihre Tage gemächlich zu verbringen und sich ganz ihrem Vergnügen zu widmen. Ich installierte das Schaltpult in der Halle und verlegte die Schienen quer durch das ganze Erdgeschoß. Auf diese Weise ergriff der Kleine Wilde von der Villa Mandragore wieder Besitz. Mit kindlicher Freude schloß ich die Weichen an, verlängerte die Schienen und baute Brücken zwischen den

Heizkörpern. Marcel beobachtete mich mit wedelndem Schwanz.

»Kleiner Wilder, du bist verrückt!« wiederholte Lily immer wieder.

Als die elektrische Eisenbahn aufgebaut war, machte ich mich an den Bau der Hütte in dem Baum des Kleinen Wilden. Ich wollte, daß die Arbeit schon ein Stück vorangeschritten war, wenn Manon kommen würde.

Der Boden war schnell gezimmert und befestigt. Meine Hände, vor allem die linke, gewannen beim Verknoten der Schnüre und beim Gebrauch des Handwerkszeugs ein wenig von ihrer früheren Geschicklichkeit zurück. Wenn mich einer der Bankiers der Firma LES CLÉS EIFFEL so gesehen hätte, wie ich pfeifend und mit nackten Oberkörper vor mich hin hämmerte, hätte er sicherlich geglaubt, jemand anderen als Monsieur Eiffel vor sich zu haben. Meine Steifheit verlor sich allmählich. Meine soziale Dressur fiel langsam von mir ab.

Ich wollte gerade von der Pinie steigen, um mit Tout-Mama zu frühstücken – ich hatte denselben Heißhunger wie im Alter von acht Jahren –, als ein Schrei mich zurückhielt. Nach einer Weile begriff ich, woher er kam . . . aus dem Mammutbaum gegenüber von meinem Baum. Wie früher die kleine Manouche, so beobachtete mich jetzt Manon von ihrem Versteck hinter den Zweigen aus.

Ich sprang auf den Boden und lief hinüber zum Mammutbaum. Manon, die ein luftiges Kleid trug, saß tatsächlich einige Meter über meinem Kopf rittlings auf einem dicken Ast. Zwei große Ohrringe schimmerten an ihren Ohren.

»Kommst du rauf?« rief sie.

Ich kletterte zu ihr auf den Baum. Sie floh lachend ein wenig höher hinauf. Ihre nackten Beine ließen meine Kehle trocken werden. Ich verfolgte sie. Sie stieg höher und höher. Ich kletterte ihr immer eiliger nach. Jedesmal, wenn ich sie fast erreicht hatte, floh sie erneut. Wir spielten Katz und Maus. Je öfter sie mir entkam, desto heftiger wurde mein Verlangen.

Als wir die Baumkrone erreichten, rief sie voller Freude:

»Der Kleine Wilde in MEINEM Baum!«

Genüßlich trieb sie mich in eine äußerst gefährliche Position, die ich lieber nicht allzu genau wiedergeben will. Das Auf und Ab ihres Beckens, ihre mitreißende Glut, ihre unmäßige Vorliebe für gewisse akrobatische Erfindungen, ihre Anmut in der Hingabe, all das stürzte mich in unermeßliche Sinnesfreuden. Wenn ich im höchsten Vergnügen meine Augen schloß, versetzte Manon mir jedesmal eine Ohrfeige und wiederholte:

»Mach die Augen auf! Du bist mit Manon zusammen! Manon! Manon!«

Ihr siebter Orgasmus, der unglaublich geräuschvoll war – er erinnerte an das Pfeifen einer Dampflokomotive –, beendete unsere ausgelassenen Luftspiele.

»Ich habe Hunger«, murmelte sie, »wollen wir beim alten Clamens Kirschen klauen?«

»Lebt der immer noch?!«

»Ja. Komm, gehen wir. Zur Zeit sind sie sehr süß.«

Der alte Clamens, ein Bauer von griesgrämigem Naturell, besaß etwa zehn Kirschbäume, die alljährlich von den Kindern der Umgebung geplündert wurden. Der Kleine Wilde und Manouche hatten zu dem Schwarm von Schülern gehört, der jeden Sommer über seinen Obstgarten herfiel. Diese Unternehmung war nicht ganz ungefährlich. Der alte Clamens, ein ehemaliger Indochina-Kämpfer, hielt rund um die Uhr mit einem Auge – das andere hatte er verloren –, einem mit grobem Salz geladenen Luftgewehr und seinem ebenso dummen wie blutrünstigen Köter Wache.

Wir fuhren mit dem Fahrrad zu seinem Obstgarten. Ich hatte meine Steinschleuder mitgenommen, um notfalls unseren Rückzug decken zu können. Manon machte eine Räuberleiter und leistete mir Hilfestellung, so daß ich über die Mauer klettern konnte. Dann reichte ich ihr die Hand und zog sie hinauf. Ich hatte vergessen, daß ich achtunddreißig Jahre alt war. Die Heidenangst, die in mir aufstieg, als ich mich auf dem verbotenen Terrain voranpirschte, entfernte mich weit von der Erwachsenheit.

»Paß auf«, flüsterte Manon, »er versteckte sich oft hinter dem Mäuerchen.«

Ich warf einen Stein in die Richtung der kleinen Mauer aus Feldsteinen.

»Kein Mensch da«, flüsterte ich.

Ich wandte mich um; Manon war nicht mehr zu sehen. Dann platschte eine Kirsche auf mein Ohr.

»Da, iß«, sagte sie.

Sie saß schon in einem der Bäume und stopfte sich die Taschen mit dunklen Kirschen voll, die so groß waren wie kleine Aprikosen. Ich wollte gerade zu ihr hinaufklettern, als ein Schuß losging. Mein Hintern brannte wie Feuer, und ich brüllte:

»Ah! Ich bin getroffen!«

»Der Ausflug ist zu Ende, wir hauen ab«, rief Manon.

Ein uralter Köter kam auf uns zugerast. Sein Kläffen ähnelte einem heiseren Gebrüll, und seine Zahnstummel schwammen in einer Flut von Sabber. Wir hatten gerade noch Zeit, über die Mauer zu springen und so seinem Heißhunger zu entkommen. In der Aufregung hatte ich nicht die Geistesgegenwart gehabt, meine Steinschleuder herauszuholen.

»Ich bin zu alt für solche Sachen«, keuchte ich.

»Steig auf dein Fahrrad, und sieh zu, daß du wegkommst, du Greis!«

Ich radelte im Stehen, um mein Hinterteil zu schonen. Über einen holprigen Weg ergriffen wir eiligst die Flucht. Als wir außer der Reichweite des Köters waren, überholte mich Manon, schnitt mir den Weg ab und bremste ganz plötzlich. Ich landete im Sturzflug in einer Bambusstaude.

»Aua, du spinnst wohl«, schimpfte ich.

Sie lachte.

»Los, zeig mir deinen Hintern!«

Sie untersuchte sorgfältig mein Hinterteil und kam zu dem

Schluß, daß es sich bei meiner *Verwundung* nur um ein paar Kratzer handelte.

»Wenn er uns geschnappt hätte«, japste ich, »hätten wir fein dagestanden. Ab in den Knast! Hausfriedensbruch et cetera! Wir sind keine Gören mehr, wir haben das achtzehnte Lebensjahr überschritten!«

»Ganz ruhig«, sagte sie und setzte sich rittlings auf mich. Es fiel uns schwer, nicht übereinander herzufallen, wenn wir nicht überwacht wurden. Es war eigentlich keine Absicht. Die Reibung unserer Körper war eine Notwendigkeit, ein Zwang, dem wir uns nicht entziehen konnten. Unser Fleisch verlangte seinen Tribut.

»Scheiße!« schrie Manon plötzlich, gerade in dem Augenblick, als die Lust sie zu überwältigen schien.

»Was?«

»Meine Ohrringe, ich habe einen verloren!«

In seinem Elan behindert, fiel mein Geschlecht in die Nullstellung zurück.

Und Manon begann zu kreischen, geriet in Panik, regte sich auf. Die Ohrringe stammten von ihrer Großmutter, die wiederum hatte sie von . . .

»Ein etruskisches Schmuckstück . . .!«

Ich mußte Anteilnahme und Betroffenheit zeigen, mit ihr noch einmal unseren Weg abgehen und das Unterholz durchforsten. Drei Stunden lang suchten wir vergeblich. Manon gab sich erst vom Schicksal geschlagen, nachdem wir jeden Stein auf dem Feldweg, über den wir gefahren waren, umgedreht hatten.

Auf dem Rückweg kamen wir durch ein Dorf, das in der mittäglichen Sonne vor sich hin döste. Auf den Bänken saßen einige Greise und warteten auf den Tod. Andere – sie waren allerdings in der Minderzahl – versuchten, ihre Verabredung mit dem Hades zu vergessen, indem sie Boule spielten. Auf einem Zigarettenstummel kauend, warfen sie schweigend ihre Kugeln.

Ich betrat einen Zeitungsladen, kaufte die Morgenzeitung und schlug sie auf.

»Was suchst du?«

»Ich sehe nach, ob ich wirklich tot bin . . . Ja, da ist es, das wäre geschafft. Ab jetzt wird man in der Vergangenheit von mir sprechen!«

Verblüfft kam Manon näher und warf einen Blick auf die Seite mit den Todesanzeigen.

»Was soll das bedeuten?«

»Monsieur Eiffel weilt nicht mehr unter uns. Siehst du, es steht sogar in der Zeitung!«

»Für einen Geist bist du noch ganz schön lebendig . . . Nein, aber im Ernst, was hat das zu bedeuten?«

»Ich habe Lust zu spielen, daß ich tot bin!«

»Was ist denn mit dir los?«

»Wenn du an der Straßenecke der kleinen Manouche begegnen würdest, was würde sie von der Frau halten, die aus dir geworden ist?«

»Ich denke, sie würde ihr gefallen.«

»Du hast Glück, denn wenn der Kleine Wilde Monsieur Eiffel treffen würde, würde er ihn anspucken! Ich will nicht mehr dieser berechenbare Herr sein. Ich habe ihn in den Augen der Welt getötet, ich meine in den Augen meiner Welt. Ich verkaufe meine Firma, ich lasse mich scheiden, ich breche alle Brücken ab und fange von vorne an, ich bin wie neugeboren! Das habe ich dir zu verdanken . . .«

»Und . . . was willst du jetzt mit deinem Leben anfangen?«

»Es leben, wirklich leben, und zwar Hals über Kopf!«

Ich radelte auf meinem roten Fahrrad davon. Manon folgte mir.

»Und was soll das genau heißen?«

»Leben, hier und jetzt.«

»Und ich, komme ich in deinen Plänen auch vor?«

»Nein.«

»Aha . . .«, sagte sie.

An der Art, wie sie es sagte, spürte ich schlechtverborgene Enttäuschung.

»Du kommst nicht vor, weil ich keine Pläne mehr machen will. Ich habe meinen Terminkalender verbrannt.«

»Und was machen wir in den nächsten dreißig Sekunden?«

»Wir gehen entern!« rief ich und fuhr den langen Abhang hinunter.

Endlich glich mein Dasein einer kindlichen Eskapade. Der Mistral, den ich aus meiner Kindheit noch so gut kannte, blies mir ins Gesicht. Ich lebte jetzt fast in der Aufrichtigkeit des Kleinen Wilden; doch dieses Gefühl blieb vage und unvollkommen. Mein Geruchssinn funktionierte noch immer nicht. Die einzigen Gerüche, die ich wahrnehmen konnte, waren diejenigen, die ich anhand meiner Erinnerung rekonstruieren konnte, ähnlich wie ein Musiker sich an eine Kantate erinnert. Wenn ich an einem Eukalyptusblatt roch, erfreute ich mich nur an einem vorgestellten Geruch, den meine Nase jedoch nicht spürte. Ich hatte zwar begonnen, Monsieur Eiffel zu liquidieren, doch ich hatte noch etliche Etappen hinter mich zu bringen, ehe ich den Kleinen Wilden wieder voll und ganz zum Leben erweckt hätte.

Am Ortseingang eines kleinen Dorfs hielt ich vor einer Klinik an.

»Diese Klinik gehörte Doktor Blanchot«, sagte ich zu Manon.

»Sein Sohn hat sie übernommen.«

»Er war ein Freund unserer Familie.«

Ich erzählte Manon, wie der Kleine Wilde eines Tages Wind von den finanziellen Schwierigkeiten des Doktor Blanchot bekommen hatte. Dem armen Mann mangelte es erheblich an Unfällen, Beinbrüchen und anderen rentablen Krankheiten. Die Jahreszeit war schlecht. Keine Grippeepidemie griff um sich, um seine Einkünfte aufzubessern; wie er immer zu sagen pflegte, waren die Viren heutzutage nicht mehr das, was sie *früher einmal* gewesen waren. Herzinfarkte wurden seltener, und das Krankenhaus stahl ihm hinterhältig seine Krebskranken. Der

Kleine Wilde, dem das Schicksal des Doktors zu Herzen gegangen war, hatte sich, mit seiner Steinschleuder bewaffnet, hinter der Mauer vor der Klinik auf die Lauer gelegt und war fest entschlossen, schleunigst den Umsatz der Einrichtung zu steigern. Ehrlich gesagt, hatte er im Verdruß des alten Blanchot vor allem eine Gelegenheit gesehen, guten Gewissens die Passanten mit Steinen zu beschießen. Schließlich dienten die Attacken auf meine Opfer einem guten Zweck. Die wirtschaftliche Effizienz dieser Initiative war ebenso spektakulär wie kurzfristig. Es floß viel Blut, doch nach zwei Tagen schnappten mich die Gendarmen.

»Wie man hört, ist Blanchots Sohn auch in Schwierigkeiten . . .«

»Sollen wir ihm helfen?«

Ich hatte Lust, die Grausamkeit des Kleinen Wilden wieder zu spüren.

Manon lächelte mir zu.

Wir versteckten uns mit unseren Fahrrädern hinter einer Mauer. Ich zog meine Steinschleuder hervor und zielte, um mich ein wenig zu trainieren, auf die Porzellanummantelung eines Telegraphenmastes.

»Es könnte zwar besser sein, aber es wird schon gehen . . .«

Fünf Minuten später teilte Manon mir mit, daß sich eine alte, mit Einkaufstaschen beladene Dame näherte.

»Nein, also wirklich nicht . . . sie ist zu alt«, murmelte ich.

Dann tobten Kinder die Straße herunter.

»Nein«, flüsterte ich, »sie sind noch zu klein.«

Ich begriff, daß ich nicht mehr dieselbe Grausamkeit besaß wie in meiner Kindheit. Die Vorstellung, meinem Nächsten Leid zuzufügen, bereitete mir nicht mehr das geringste Vergnügen, und ich fühlte mich nicht einmal in der Lage, ein Insekt zu quälen. Was war aus meinen Instinkten geworden?

»Da, jetzt kommt ein Erwachsener«, zischte Manon, »nun aber los!«

Ich spannte meine Schleuder bis zum Zerreißen, so als wollte ich mir beweisen, daß ich noch der Brutalität des Kleinen Wilden fähig war, und ließ das Gummiband losschnellen. Der unschuldige Passant stieß einen Schrei aus und brach leblos auf dem Gehsteig zusammen. Sein Gesicht blutete stark.

»Scheiße, Scheiße, Scheiße!« rief ich und verfiel in Panik, »ich habe ja jetzt die Kraft eines Mannes. Los, haun wir ab!«

Ich warf meine Steinschleuder in eine Mülltonne, sprang auf mein rotes Fahrrad und entfernte mich eilig. Manon, die ebenso bleich war wie ich, folgte mir dicht auf den Fersen.
Außer Atem, bremste ich plötzlich.

»Wir können ihn nicht einfach da liegenlassen!«

Von plötzlichen Gewissensbissen überfallen, drehte ich um, lud den blutenden Mann auf meine Schultern und trug ihn mit Manons ineffektiver Hilfe in die Notaufnahme der Klinik.

»Ich habe ihn vor Ihrer Tür gefunden, er lag bewußtlos auf der Straße«, stotterte ich, als ich mich an eine Krankenschwester wandte.

Der Mann kam wieder zu sich und bedankte sich überschwenglich bei mir.

»Das ist doch nicht der Rede wert, ich bitte Sie«, brummte ich beschämt.

Die darauffolgende Untersuchung bestätigte, daß ihm gesundheitlich nichts fehlte. Nur seine Augenbraue war einige Zentimeter aufgeplatzt . . .
Als wir die Klinik verließen, schwor ich mir, künftig meinen Eingebungen nicht mehr so leichtfertig zu folgen und mich nicht blind von dem Kleinen Wilden beherrschen zu lassen. Dieser Lausbubenstreich mußte der letzte gewesen sein.
Auf der Straße sagte Manon mit einer Ernsthaftigkeit, die ungewöhnlich für sie war:

»Alexandre, das gefällt mir zwar überhaupt nicht, aber . . . ich glaube, also ich habe den Eindruck, daß . . .«

»Was?«

»Ich liebe dich!«

»Ja, und nun?« fragte ich mit einer Lässigkeit, die nur schlecht meine Bestürzung verbarg.

»Nichts, ich liebe dich einfach«, antwortete sie verunsichert.

»Sehen wir uns morgen?«

»Nein, Montag. Ich fahre über das Wochenende mit Bertrand nach Italien.«

»Ciao«, rief ich ihr zu und bog ab.

Ohne sie zum Abschied geküßt zu haben, radelte ich allein durch die Allee, die zur Villa Mandragore führte.

Manons Gesichtsausdruck hatte mich plötzlich beunruhigt. Sie hatte sich mit jenem folgenschweren Blick angesehen, mit dem Frauen kundzutun pflegen, daß ihre Zuneigung die klaren Gewässer des Vergnügens verlassen hat, um in das trübere der Leidenschaft einzutauchen. Ich wollte nicht, daß die Märchenwelt, in der wir uns bewegten, in eine Erwachsenengeschichte ausartete. Mehr denn je hatte ich vor, unsere Beziehung vor der Falle eines Paardaseins zu bewahren.

Einen Augenblick lang dachte ich an Elkes Schicksal, die ein Opfer der Lügen geworden war, die ich mir selbst vorgemacht hatte. Die Ärmste hatte wirklich an die Person des Alexandre Eiffel geglaubt, an seine energischen Ausführungen über die Ehe und die damit eingegangenen Verpflichtungen. Sicherlich hatte sie nie vermutet, daß ich mich selbst manipulierte. Mein unvorhersehbares Verschwinden mußte ihr unerklärlich scheinen . . .

War ich ein Lump, ein leichtfertiger Mensch, ein Wortbrüchiger? Die Paare, mit denen Elke und ich verkehrt hatten, würden es nicht versäumen, ihr das zwischen einer Partie Bridge und einem Polospiel einzureden. Dabei war ich ganz anders: Ich brannte darauf, meine Sinne zu spüren. Das Leben konnte doch nicht aus einer Summe von Gewohnheiten bestehen, aus einer Abfolge von hohlen Augenblicken. Ich war nicht dazu geboren, um in einer perfekten Ehe auf kleiner Flamme vor mich hin zu schmoren. Sich zu lieben mußte immer eine Art Rausch bleiben, ein überwältigendes Fest! Ich hatte Elke sicherlich ernsthaft verletzt, aber hätte ich nicht noch eine größere Sünde begangen, wenn ich weiter neben ihr hergelebt und mein wahres Ich verleugnet hätte?

Nach dem Nachmittagskaffee, den mir Tout-Mama zubereitet hatte (mit Johannisbeergelee bestrichene Brotscheiben und eine Tasse Schokolade . . .), hatte ich meine Verabredung mit den Crusoes.

Ich lieh mir Manons Boot aus und fuhr an der Küste entlang zum Collège Mistral. Der Crusoe-Bund brauchte ein *Schiff*, damit unser Kindertraum endlich Gestalt annehmen konnte. Wir konnten die Apfelbauminsel, die etwa fünfzehn Seemeilen vom Festland entfernt lag, nicht schwimmend erreichen.
Ich untersagte mir jeglichen Zweifel daran, ob die anderen Crusoes zu unserer Verabredung kommen würden. Von nun an sollten meine WÜNSCHE die Realität bestimmen! Die Tatsache, daß seit unserem Schwur fünfundzwanzig Jahre vergangen waren, erschien mir nebensächlich. Für mich war es klar, daß sich meine alten Gefährten ohne jede Diskussion zur Apfelbauminsel einschiffen würden, denn jetzt gab es schließlich keine Erwachsenen mehr, die sich unserem Plan widersetzen könnten. Und sollte sich wider Erwarten einer von ihnen ablehnend zeigen, würden mir schon die passenden Worte einfallen, um ihn an seine Verpflichtungen zu erinnern, die er als Kind eingegangen war!
Ich wollte jene Umsicht ablegen, die das Wesen Alexandre Eiffels gezügelt hatte. Der Kleine Wilde kannte das Geheimnis dieser vitalisierenden Leichtfertigkeit, die manchmal die Wirklichkeit zurechtbog. Tout-Mama hatte ihm öfter die Geschichte jenes römischen Generals erzählt, der eine als uneinnehmbar geltende Zitadelle erobert hatte, weil ihm ihr Ruf nicht bekannt war. Dieses Beispiel begeisterte mich jetzt erneut.
Ich erreichte das Ufer des Collège, als die Dämmerung hereinbrach. Ich trug keine Uhr mehr, doch als ich einen Blick auf das

Schloß warf, wußte ich, daß ich zu früh dran war. Die Fenster des Schlafsaals waren noch erleuchtet; doch die Crusoes versammelten sich erst in der Grotte, wenn die Lichter ausgeschaltet waren.

Ich setzte das Boot auf Grund, zog es an den Strand und versteckte es hinter den Bambusstauden in der Nähe des Strandes. Dann schlich ich wie ein Wiesel (das Totem des Kleinen Wilden), zum Fluß, zog mich eilig aus und tauchte in meine Erinnerungen ein.

Ich kam gleich beim ersten Versuch in *der Grotte* aus. Ich fand den Weg jetzt wieder instinktiv. Das befriedigte mich sehr. Es war fast vollkommen dunkel in der Grotte. Ich hatte vergessen, ein Feuerzeug mitzunehmen, um die alten Kerzen anzuzünden. Plötzlich hörte ich hinter mir ein Plätschern, das in dem Gewölbe widerhallte. In der Dunkelheit unsichtbar, schnappte ein Mann nach Luft.

»Philo?« rief ich beklommen.

»Nein, hier ist Benjamin, ich meine . . . Tintin. Sei gegrüßt, Crusoe«, sagte er und sprach damit den Satz aus, der früher unsere rituelle Begrüßungsformel gewesen war.

»Tintin!« rief ich und ging auf den Schatten zu, der aus dem Wasser auftauchte. »Sei gegrüßt, mein alter Crusoe! Es ist unglaublich, aber deine Stimme hat sich nicht verändert.«

»Ich war ja auch auf dem Collège schon im Stimmbruch. Aber du . . . bist du Pierre oder Alexandre? Deine Stimme sagt mir nichts.«

In der Grotte war es stockfinster.

»Rate.«

»Können wir kein Licht machen?«

»Ich habe vergessen, ein Feuerzeug mitzunehmen. Hast du eins?«

»Nein, ich habe seit dem Internat nie wieder geraucht. Es ist wirklich unglaublich, ich kann nicht sagen, ob du

Alexandre, Philo oder Pierre bist.«

»Wenn ich Pierre wäre, was glaubst du, was ich heute machen würde?«

»Auf alle Fälle wärst du nicht verheiratet! Du warst so schüchtern und trautest dich nicht, den Mund aufzumachen.«

»Und wenn ich Alexandre wäre?«

»Also, das ist sonnenklar. Dein Leben war vorbestimmt. Du hast deine Madame de Tonnerre geheiratet – mein Gott, hast du uns mit dieser bourgeoisen Tante genervt – und bist Nase in ihrer Parfümeriefabrik geworden!«

»Ich bin Alexandre.«

»Alexandre! Der Kleine Wilde!«

Er schloß mich in die Arme und murmelte gerührt:

»Der Anführer der Crusoes . . . Na und, bist du Nase geworden?«

»Nein, ich habe meinen Geruchssinn verloren. Ich bin schließlich in der Schlüsselindustrie gelandet, Schlösser und so . . . Und du?«

»Tintin ist nicht Reporter geworden. Ich verkaufe in einem kleinen Büro in Marseille Reisen, die ich nicht mache. Die anderen reisen an meiner Stelle durch die Welt . . . Und ich bleibe hinter meinem Schreibtisch hokken.«

Einen Moment lang herrschte Schweigen. Wir hatten beide unsere Kinderträume aufgegeben.

Das Plätschern des Wassers vertrieb unsere bedrückte Stimmung.

»Die Zwillinge? Philo? Pierre?« rief Tintin.

»Seid ihr es?« fragte ich.

»Ich bin's, Philo.«

Nach einem kurzen Schweigen fügte er hinzu:

»Pierre ist tot, er ist vor zwanzig Jahren bei einem Motorradunfall ums Leben gekommen. Seid gegrüßt, ihr Crusoes!«

Ein Frösteln lief uns über den Rücken. Diese Neuigkeit traf mich wie ein Schlag. Dann überkam mich ein eigenartiges, unbeschreibliches Gefühl. Ich überraschte mich dabei, daß ich Pierre um sein Los beneidete, denn er hatte keinen einzigen der Verzichte hinnehmen müssen, die ja die eigentliche Niederlage des Lebens sind. Mit zwanzig Jahren sterben, was für ein Privileg . . .

Philo räusperte sich und sagte:

»Wenn er älter geworden wäre, hätte er mir sicherlich ähnlich gesehen. Und nachdem ich hier bin, ist es fast ein wenig so, als wäre er heute abend bei uns. Warum macht ihr kein Licht?«

»Wir haben kein Feuerzeug.«

»Ich habe eins mitgebracht.«

Man hörte ein Geräusch, aus dem man schließen konnte, daß Philo eine Plastiktüte auseinanderfaltete. Ein Funke glühte in der Nacht auf. Ich hielt den Atem an. Gleich würden plötzlich die Freunde aus meiner Kindheit vor mir stehen, die jetzt Erwachsene waren. Schließlich leuchtete eine Flamme auf, sie verbreitete ein diffuses Licht, das unsere riesigen Schatten an die Wände der Grotte warf.

Stumm musterten wir uns gegenseitig.

Wir waren alle drei in Unterhosen.

Der schmächtige Tintin hatte sich in einen wohlbeleibten Vierzigjährigen verwandelt. Seine breite Brust war mit einem üppigen Haarwuchs bedeckt, der an einen Teppich erinnerte. Ein Wulst aus einem doppelten, dreifachen, ja sogar vierfachen Kinn stützte seinen Unterkiefer. Zu viele Kilos wabbeligen Fleisches belasteten seine zusammengesunkene Anatomie. Die graziöse Libelle, die ständig umherwirbelte, hatte sich in eine sanftmütige, von Bier aufgedunsene Kröte verwandelt.

Philo hingegen war spindeldürr wie ein Insekt, er hatte einen ausladenden Schnurrbart, und sein Haar war schon ziemlich gelichtet. Nur ein dünner Kranz zierte noch seinen schmalen Kopf. Ein außergewöhnlich vorspringender Adamsapfel zeichnete sich unter der weißen Haut seines Hühnerhalses ab. Seine knochigen Wangen waren von den Folgen einer starken Akne entstellt. Dabei hatte man seiner Gesichtshaut im Alter von dreizehn Jahren diese bevorstehende ästhetische Entgleisung nicht ansehen können.

In ihren Augen war ich wohl kaum besser erhalten.

Von einer unerklärlichen Gnade erfüllt, entdeckte ich plötzlich unter ihrem lädierten Äußeren die reizenden kleinen Jungen wieder, die sie einmal gewesen waren. Ich sah den quirligen Tintin in dem Dickhäuter, der jetzt vor mir stand, und ich erkannte in Philo den kleinen Jungen mit den langen Haaren, der er nicht mehr war.

»Gott sei Dank ist uns der Sinn für Humor geblieben«, rief Philo, bemüht, seine Rührung zu verbergen.

»Das ist aber auch alles, was uns geblieben ist!« fügte Tintin lachend hinzu.

»Habt ihr euch an unsere erste Verabredung erinnert?« fragte ich.

»Ja, aber ich bin nicht hingegangen, weil . . . ich dachte, daß ihr es vergessen hättet«, antwortete Tintin.

»Ich auch«, sagte Philo.

Alle Crusoes waren also der Verpflichtung, die sie ein Vierteljahrhundert zuvor eingegangen waren, treu geblieben, zumindest in Gedanken! Ich war betroffen. Alexandre Eiffel hingegen hätte nie daran gedacht, wenn er nicht zufällig – aber war es überhaupt ein Zufall? – das Geheimdokument gefunden hätte.

Jetzt stellten die beiden ihrerseits zufrieden fest, daß die *Grotte* nicht von späteren Schülern des Collège entdeckt worden war.

»Alles ist noch so, wie es war«, murmelte Philo, während er eine der alten Kerzen des Crusoe-Bundes anzündete.

Ich nahm das Heft und bat sie, sich auf die Sitze, die wir damals aus flachen Steinen gebaut hatten, zu setzen, jeder auf seinen angestammten Platz. Pierres Sitz blieb leer, doch durch seinen Bruder war er in gewisser Weise bei uns.

Bewegt begann ich zu lesen:

»Im Jahr zweitausend lesen, an jenem Tag, an dem sich die Crusoes wiedertreffen . . .«

Im Schein der Kerzen aus ihrer Kindheit hörten sie den Brief des Kleinen Wilden an, ohne mich zu unterbrechen. Als ich fertig war, herrschte eine Weile Schweigen.

»Ich weiß nicht, wie es euch geht . . . aber ich bin nicht mehr sonderlich radioaktiv. . .«, gestand Tintin.

»Aber ich bin es noch!« rief Philo. »Seit dem Tod meines Bruders lebe ich für zwei. Jeden Morgen, wenn ich mich im Badezimmerspiegel ansehe, versuche ich, mich zum Lachen zu bringen.«

»Was arbeitest du denn?«

»Ich führe ein Abenteurerleben«, sagte Philo. »Das Leben eines Westentaschen-James-Bond. Ich bin ein ›paparazzo‹. Ich spioniere den Stars nach, verkleide mich mit falschen Bärten, springe in Flugzeuge und führe geheime Untersuchungen durch. Und zack, mache ich ein indiskretes Foto! Und schon habe ich Geld verdient!«

»Aber das ist ekelhaft«, stieß Tintin hervor.

»Das stimmt. Ich leide übrigens darunter. Aber ich lebe wenigstens, ich fühle mich durch nichts *verpflichtet.* Ich spiele von morgens bis abends. Letztlich bin ich nicht unmoralischer als ein Kind.«

»Also, Crusoes, was machen wir? Fahren wir auf die Insel?«

Wieder herrschte Schweigen.

Tintin stotterte, daß er nur aus Nostalgie zu unserer Verabredung gekommen sei. Er habe eine Frau, der gegenüber er seine Abwesenheit rechtfertigen müsse, Kinder, die ihn zum Vater gemacht hatten, eine Mitgliedskarte in einer politischen Partei, und er könne sich nicht vorstellen, auf einer einsamen Insel Robinson Crusoe zu spielen.

»Und dein Schwur?« entgegnete Philo.

»Hör mal, damals waren wir dreizehn Jahre alt. Nun seid

doch mal ernst, Jungs. Wie würden wir denn heute dastehen? Wie spätpubertäre Typen. Nein, also wirklich, könnt ihr euch das vorstellen, wir sitzen mit einer Steinschleuder und in Lammfellen rum und schlafen in einer Hütte?«

»Und hast du dir vielleicht mit dreizehn Jahren vorgestellt, daß du eines Tages von neun Uhr morgens bis sechs Uhr abends in einem Reisebüro hockst und Flugtickets verkaufen würdest?« fragte ich ruhig.

»Verdammt, schließlich hat man nicht jeden Tag Gelegenheit, einen Kindheitstraum wahr werden zu lassen!« rief Philo.

»Aber wir sind keine Kinder mehr!«

»Und schämst du dich nicht dafür?«

»Jetzt gibt es keine Erwachsenen mehr, die uns etwas verbieten könnten, die Chance muß man nutzen!« fuhr ich fort.

»Ich habe im Augenblick keinen Urlaub«, sagte Tintin.

»Dann fahren wir eben am Wochenende!«

»Aber meine Frau, was soll ich denn meiner Frau erzählen? Wenn ich Liliane die Wahrheit sage, wird sie mir nicht glauben; und wenn ich lüge, denkt sie, ich würde sie betrügen. Und wenn das rauskommt, wie stehe ich denn dann da?«

»Weißt du, Tintin«, sagte ich leise, »vor fünfundzwanzig Jahren warst du der König des Schlafsaals, und du bist in Pfützen gesprungen. Heute tust du mir leid mit deiner Liliane, die dich fest am Gängelband hat. Du siehst aus wie ein vorsichtiger Mensch, wie jemand, dessen Tun berechenbar ist, ein gehorsamer Steuerzahler und ein gut dressierter Ehemann. Du bist genau der Typ geworden, den du mit dreizehn Jahren verachtet hast. Also, wenn du etwas von deiner Radioaktivität zurückerobern willst, dann solltest du wirklich mit uns kommen und Robinson Crusoe spielen. Wir fahren schließlich nicht auf diese Insel, um Pfadfinder zu spielen, sondern um wenigstens einmal in unserem Leben des Kindes würdig zu sein, das wir einmal waren. Hast du kapiert?«

»Und auch, um uns zu amüsieren!« fügte Philo hinzu.

»Gut, gut . . .«, brummte Tintin.

»Was heißt gut, gut?«

»Ich . . . ich komme mit, aber nur für dieses Wochenende!«

»Inzwischen, Crusoes, hätte ich Lust, mal einen Blick ins Internat zu werfen«, sagte Philo. »Schauen wir uns mal den Schlafsaal an? Heimlich . . .«

»Bist du verrückt?« gab Tintin zu bedenken. »Wir sind keine Kinder mehr. Wenn man uns erwischt, kriegen wir's mit der Polizei zu tun. Einbruch und so weiter.«

»Sei unbesorgt«, gab Philo zurück. »Einbruch, das kenne ich. In meinem Job bin ich schon über mehr als eine Mauer gesprungen. Man hat mich nie erwischt!«

»Und Schlösser aufmachen, das kann ich«, sagte ich lächelnd, »ich habe schließlich genügend davon hergestellt.«

»Wer mich liebt, der folgt mir!«

Philo sprang in den Fluß. Ich folgte ihm. Wir tauchten außerhalb der Grotte wieder auf, Tintin kam ein paar Sekunden später nach.

»He, wartet, Jungs!«

Wir robbten auf dem Bauch zum Chemiesaal, wo sich die Crusoes zu jener Zeit, als sie die Grotte noch nicht entdeckt hatten, nachts immer versammelten. Dieses Zimmer, das im Erdgeschoß lag, bot drei Vorteile. Es war weit genug vom Zimmer der *Pfeifen*, also der Aufseher, entfernt. Dank der großen Fenster konnte man es leicht lüften, wenn die Crusoes genußvoll ihre *Zigarren* gepafft hatten, die sie aus den weggeworfenen Kippen der Lehrer selbst herstellten. Und der letzte Vorteil dieses Raumes war nicht der geringste: Hier standen erhebliche Vorräte an Gläsern mit Säuren und Fläschchen herum, die verschiedene Substanzen enthielten und derer wir uns unter Anleitung von Pierre, dem verstorbenen Zwilling, bedienten. Pierre hatte von seinen Eltern ein Lernspiel bekommen, das uns alle faszinierte: *Der kleine Chemiebaukasten*. Er hatte die hervorragende und gefährliche Idee gehabt, die Gebrauchsanweisung dieses sagenhaften Kastens heimlich ins Collège zu schmuggeln. Nachts konnten wir im Chemiesaal also nach Lust und Laune gewisse *Rezepturen* ausprobieren. So braute uns Pierre bei jeder Versammlung des Bundes einen Liter einer sogenannten Limonade, von der ein gelblicher Rauch aufstieg und die einen ähnlichen Geschmack hatte, wie ich mir den von Dynamit vorstellte. Ein einziges Glas dieses teuflischen Gebräus rumorte uns eine Woche lang durch die Eingeweide, doch wir waren verrückt danach.

»He, Jungs«, murmelte Tintin, »ziehen wir uns nicht an?«

»Warum?« fragte ich ihn. »Es ist doch warm.«

»Wir werden uns doch wohl nicht in Unterhosen ins Collège begeben?«

»In Unterhosen sind wir alle gleich, wie früher«, sagte Philo, »keine sozialen Unterschiede!«

»Aber wenn sie uns erwischen, dann stehen wir ja fein da!« fuhr Tintin fort.

»Dann kommt es auf etwas mehr oder weniger auch nicht mehr an«, gab ich zurück und beugte mich über das Schloß der verglasten Tür zum Chemielabor.

Dann wandte ich mich an Philo:

»Mach mal dein Feuerzeug an, ich kann nichts sehen.«

Im Schimmer der Flamme konnte ich die Marke des Schlosses lesen: EIFFEL . . .

»Philo, Tintin! Das ist unglaublich, es ist ein Schloß der Marke EIFFEL!«

»Was meinst du damit?«

»Ich habe es selbst erdacht, den Entwurf gezeichnet und in meiner Fabrik bauen lassen.«

»Also so was!«

Im Handumdrehen öffnete ich mit Hilfe eines alten Nagels das Schloß, ohne es zu beschädigen. Zuhaltung und Feder blieben unversehrt. Selbst ein äußerst geschickter Schlosser hätte das nicht geschafft.

»Ausnahmsweise ist mein Beruf mal wirklich nützlich«, flüsterte ich und drückte die Tür auf.

Wir sahen uns an: Dieselbe Angst, die wir als Kinder immer verspürt hatten, packte uns – die große Panik, von einer *Pfeife* erwischt zu werden; und durch diese Angst fühlten wir uns um fünfundzwanzig Jahre zurückversetzt.

»Wenn sie uns erwischen, stehen wir ja fein da ...«, wiederholte Tintin, und seine Stimme klang erstickt.

Philo wagte sich als erster in unser altes Klassenzimmer vor. Tintin und ich folgten ihm. Die gekachelten Tische blitzten noch immer im Mondlicht. Im Regal standen die Gläser, Pipetten, Retorten und Phiolen an ihrem alten Platz. Alles war noch da, selbst James Dean, das Skelett. Sicherlich hatten es die neuen Schüler inzwischen umgetauft, doch in unseren Augen war es noch immer James Dean, der uns mit seiner ewig spöttischen Miene musterte.

»Hallo Dean«, rief Philo spontan aus.

Gerührt setzten wir uns, ohne ein Wort zu sagen, jeder automatisch auf *seinen Platz*. Ich fuhr mit der Hand über die Unterseite des Tisches, so wie es der Kleine Wilde zu tun pflegte, um einen seiner ausgekauten Kaugummis, die er ständig im Mund hatte, dort hinzukleben oder wieder abzuziehen. Und tatsächlich stießen meine Hände auf einen steinharten Kaugummi. Hatte er dem Kleinen Wilden gehört? Natürlich nicht, aber ich wurde von einem unglaublichen Verlangen erfaßt, ihn in meinen Mund zu schieben.

Tintin räusperte sich und sagte:

»Erinnert sich noch einer von euch an das Rezept für die Limonade?«

»Es war Pierres Rezeptur ...«, sagte ich und schlug die Augen nieder.

»Das finden wir schon wieder«, versicherte Philo. »Und dann stoßen wir auf meinen Bruder an!«

Philo ergriff einige Flakons und begann nach seinem Gutdünken die berüchtigte *Limonade* der Crusoes zusammenzubrauen. Plötzlich sahen wir Pierre vor uns, wie er wohl als Erwachsener ausgesehen hätte, der jetzt gerade eine »Limonadenflasche« schüttelte. Für eine Weile schien er mir nicht wirklich tot. Die Angst, von einer *Pfeife* geschnappt zu werden, versetzte mich in jenen fieberhaften Zustand, der dem Kleinen Wilden natürlich gewesen war. Es war tatsächlich wieder ein Kinderherz, das jetzt zum Zerspringen in meiner Brust pochte.

Philo goß seine Mischung in drei Reagenzgläser und sagte leise:

»So, hier ist die Limonade . . .«

»Bist du dir der Formel sicher?« fragte Tintin beunruhigt.

»Das ist total verrückt, aber sie ist mir wieder eingefallen, einfach so . . . Die Stimmung, die Erinnerungen . . . und zack, mein Gedächtnis ist wieder erwacht!«

Wir hoben unsere Reagenzgläser.

»Auf Pierre!« rief Philo und versuchte, seine Rührung zu verbergen.

»Auf Pierre!« sagten Tintin und ich.

Wir stießen an. Durch den Zusammenprall der Gläser schwappte ein Tropfen *Limonade* aus meinem Reagenzglas auf den Tisch und fraß sich in die Tischplatte! Ich beugte mich vor, um sicher zu sein, daß ich nicht einer Sinnestäuschung erlegen war.

»He Jungs, da ist ein Loch! Die Limonade hat die Tischplatte zerfressen!«

Wir betrachteten unsere Reagenzgläser, die offensichtlich mit einem netten Säurencocktail gefüllt waren . . . Dann sahen Tintin und ich Philo an.

Der zuckte verlegen die Schultern und sagte:

»Die Dosen waren vielleicht ein wenig stark . . .«

»Jetzt ist aber Schluß mit dem Unsinn«, brummte Tintin und schüttete sein Glas *Limonade* in den Spülstein.

Philo und ich folgten seinem Beispiel.

»Gehen wir in den Schlafsaal?« schlug Philo vor.

»Reicht das nicht vielleicht für heute Abend?« hielt ihm Tintin entgegen.

»Du mußt ja nicht . . .«

Wir verließen leise das Labor und schlichen uns in unseren Unterhosen zur Haupttreppe. Tintin schloß sich uns, wie immer, an. Wenn er sich auch in seinen jungen Jahren zeitweise als äußerst kühn erwiesen hatte, gehörte er doch nie zu denen, die große Krawalle anzettelten.

In der weitläufigen Halle des Collège kamen wir am Kriegerdenkmal zu Ehren der Gefallenen »Ehemaligen« vorbei. Es war ein Flachrelief aus Bronze, das die Vorstellungskraft des Kleinen Wilden schon immer sehr angeregt hatte. Der Bildhauer hatte auf ergreifende Art einen Soldaten im Todeskampf dargestellt, umringt von seinen weinenden Sprößlingen. Ich erinnerte mich gut daran, daß ich im Alter von sieben oder acht Jahren bei der Betrachtung dieser bewegenden Szene gedacht hatte: *Mein Gott, muß es furchtbar sein, einen toten Papa zu haben . . .* Doch zu jener Zeit war der Tod nur ein kleines leeres Wort für mich, ein Vorwand, um Denkmäler zu errichten. In meiner Umgebung bissen nur Kinohelden ins Gras oder die alte Großmutter einer unbeliebten Brillenschlange, die in der siebten Klasse sitzengeblieben war, und vielleicht noch die Küchenschaben, die wir auf dem Weg zum Speisesaal zertraten . . . Väter starben zu jener Zeit nicht mehr, weil es keinen Krieg mehr gab.

Mangels tödlich verlaufender Auseinandersetzungen hatte die Direktion des Collège Mistral im Jahr 1975 die seltsame Entscheidung getroffen, auch die Namen jener Lehrer auf dem Denkmal zu verewigen, die auf dem *Felde der Ehre* gefallen waren, sprich während der Ausübung ihres Amtes, oder die nach dieser Bewährungsprobe im Ruhestand das Zeitliche gesegnet hatten. Monsieur Berthier, der im Collège bekannt war, weil er nur einmal pro Woche das Hemd wechselte, kam als erster in den Genuß dieses neuen Erlasses. Als Lateinlehrer war er stilvoll, während er den Beginn eines Verses von Vergil rezitierte, den er niemals beenden sollte, einer Herzattacke erlegen. Seine Schüler waren stolz darauf gewesen, einen Lehrer gehabt zu haben, dessen Name auf der Marmorplatte verewigt wurde.

Ich blieb einen Augenblick alleine vor dem Flachrelief stehen. Der sterbende Soldat war noch immer von ebenso bewundernswertem Mut, und seine Sprößlinge schienen auch in der Zwischenzeit noch keinen Trost gefunden zu haben. Sie haben schon ein eigenartiges Schicksal, diese Statuen, die jahrhundertelang weinen, sich umarmen, schreien oder einen Arm heben, ohne sich jemals ausruhen zu dürfen . . . Die Auflistung der Verstorbenen war inzwischen unter dem Namen Gabriel Berthier länger geworden:

Lucette Miro (1928–1992)
Chantal Bouvier (1940–1996)
Robert Pilonard (1934–1998)
Jacques Merlot-Vitochon (1932–1999)

Am Collège Mistral erfreute man sich offensichtlich keines langen Lebens.

Tintin blieb hinter mir stehen und sagte statt einer Trauerrede:

»Oh, Merlot-Vitochon hat es auch erwischt . . . Er hat das neue Jahrtausend knapp verpaßt!«

»Ja, stimmt, Vitochon war schon ein komischer Kauz«, fügte Philo hinzu. »Auf alle Fälle ist James Dean der einzige, der auch in fünfzig Jahren noch dasein wird!«

Philo konnte nicht anders, er mußte, wenn ihn etwas berührte, Witze reißen. Der Tod seines Bruders ging ihm einfach zu nahe, und das würde auch immer so bleiben.

»Also los«, sagte er, »wir sind schließlich nicht hergekommen, um Leichen zu zählen.«

Ich wollte gerade die große Treppe hinaufsteigen, als wir ein Geräusch hörten: Eine Tür schlug zu. Binnen einer Sekunde erwachten die Schülerreflexe wieder in uns, und wir verbargen uns in der Garderobe.

Eine in einen Morgenmantel geschnürte Sechzigerin schritt, mit einer Kaffeetasse in der Hand, durch die Halle, dann stieg sie mechanisch die Stufen hinauf, die zum ersten Stock führten. Ich erkannte diese Frau an dem Angstgefühl, das ihr dumpfer Schritt, der an einen Roboter erinnerte, in mir aufsteigen ließ.

»Der Treppengeist . . .«, murmelte Tintin erschaudernd.

Diesen Spitznamen hatten wir der gefürchteten Mademoiselle Rabutin verliehen, einer alten Jungfer, deren Aufgabe es war, über die Ordnung in den Schlafsälen des ersten und zweiten Stocks zu wachen. Allnächtlich wandelte sie über die Treppen. Ihrer gestrengen Wachsamkeit zu entgehen verlangte schon außergewöhnliche Gerissenheit. Bei jeder unserer nächtlichen Eskapaden fürchteten wir alle, in ihre feuchten Hände zu fallen. Und zwar aus zwei Gründen: Der erste war, daß wir das Gefühl von Angst einfach liebten; es gab kein wahres Abenteuer ohne Gefahr, selbst wenn sie nur eingebildet war. Wenn sie uns erwischte, erzählten wir gewöhnlich unseren Kameraden hinterher, daß wir das Opfer ihrer sogenannten *asiatischen* Folter geworden waren. Wenn man dieses Wort aussprach, waren einem ansehnliches Mitleid und dauerhafter Ruhm sicher. Das angebliche Opfer stand augenblicklich in dem Ruf, dem Tode entronnen zu sein. Der zweite, wesentlich prosaischere Grund war der, daß der Treppengeist tatsächlich zu sadistischen Anwandlungen neigte. Allerdings beschränkte sich die *asiatische* Folter, die sie uns auferlegte, im allgemeinen auf einige kräftige Schläge mit dem Lineal auf die Fingerkuppen.

Auf Zehenspitzen schlichen wir dem Treppengeist nach. Natürlich meckerte auch dieses Mal Tintin wieder leise vor sich hin:

»Wenn sie uns schnappt, stehen wir ja fein da, in unseren Unterhosen . . .«

Mademoiselle Rabutin klopfte an die Tür des Zimmers, das früher unser Sportlehrer Monsieur Bernay bewohnt hatte. Wir nannten ihn Dalli-Dalli, denn das war ein Wort, das dieser untersetzte Mann über alles liebte und zu jedem seiner gebellten Befehle hinzufügte. Dalli-Dalli öffnete! In eine Türnische gedrückt, erkannte ich ihn ganz deutlich. Die Jahre hatten nicht allzu viele Spuren bei ihm hinterlassen, doch seine Korpulenz beeindruckte mich heute nicht mehr. Der Treppengeist näherte sich ihm und küßte ihn völlig überraschend leidenschaftlich auf den Mund! Dann verschwand sie in seinem Zimmer.

Die Crusoes sahen sich fassungslos an. Wir waren alle davon überzeugt gewesen, daß der Treppengeist Jungfrau war und es auch bis zu seinem Tod bleiben würde. Daß sie sich mit Dalli-Dalli paaren könnte, schien uns genauso absurd, wie wenn Rotkäppchen dem bösen Wolf unzüchtige Anträge gemacht hätte.

Philo drückte das Ohr an Dalli-Dallis Tür und sagte verblüfft:

»Und es scheint ihr auch noch Spaß zu machen . . .«

Wir nutzten die Gelegenheit und setzten unseren Streifzug zum Schlafsaal der Crusoes fort. Nur mit einer Unterhose bekleidet, deutete nichts auf unsere Zugehörigkeit zu der einen oder anderen sozialen Schicht hin. Für eine Nacht befreiten wir uns von jenen Unterscheidungen, die tagsüber zwangsläufig eine unsichtbare Schranke zwischen uns errichtet hätten. Ich war – leider – noch Firmendirektor, Tintin bekleidete eine bescheidene Stelle in einem Reisebüro, Philo war Fotograf. Aber an diesem Abend fanden wir spontan wieder zu jener Verbundenheit zurück, die unter Internatsschülern herrscht, die auf Standesunterschiede pfeifen. Mir wurde bewußt, daß Alexandre Eiffel die Geselligkeit verlernt und die Kunst, echte Freundschaften zu schließen, vergessen hatte. Er hatte nur noch mehr oder weniger nützliche Beziehungen. Sicher, sein Adreßbuch enthielt zahlreiche Namen von Kunden, zu denen er freundschaftliche Beziehungen pflegte, reizende Lieferanten, denen er jedes Jahr eine Weihnachtskarte schickte, *befreundete Ehepaare,* die zum Bridgespielen unabdingbar waren . . . Aber keiner von ihnen hätte ihn liebevoll in die Arme geschlossen, um ihn zu trösten, wenn er einmal Kummer hatte, und keiner von ihnen hätte ihm seine Tür geöffnet, wenn er plötzlich kein Dach mehr über dem Kopf gehabt hätte. Es gab keine Freundschaft mehr in seinem Leben. Das Wiedersehen mit Philo und Tintin ließ mich wieder auf den Geschmack kommen.

In unserem ehemaligen Schlafsaal herrschte Stille. Durch die Glastür warfen wir einen Blick auf die Kinder, die in unseren Eisenbetten schliefen. Noch immer wurde der Raum von einer grünen Nachtlampe erhellt. Hinter der Scheibe, die mich von ihnen trennte, fühlte ich mich wie ein Gefangener, der ausgeschlossen wurde. Ich hatte plötzlich Lust, durch die Tür zu gehen, um unter ihnen zu sein, um meine Batterien wieder aufzufüllen.

»Gehn wir rein?« flüsterte Philo.

»Du bist verrückt, wie stehen wir denn da, wenn einer von ihnen aufwacht?« antwortete, na, Sie wissen schon wer.

»Es zwingt dich ja niemand«, sagte ich und öffnete lautlos die Tür.

»Gut, ehm . . . ich bleibe hier, stehe Schmiere«, murmelte Tintin.

Philo ging durch die erste Bettenreihe, und ich folgte ihm. Mein Bett war das siebte in der ersten Reihe, seines das sechste. Ich war wieder acht Jahre alt und in einer Stimmung, in der mir die Eigenartigkeit der Situation nicht bewußt wurde. Ich folgte nur meinen Instinkten, ohne weiter nachzudenken.

»Riech nur!« sagte Philo leise. »Dieser unnachahmliche Geruch, der in einem Schlafsaal herrscht . . . Diese Mischung aus Strümpfen, Schweiß und Desinfektionsmittel, einfach unverkennbar . . .«

Meine Nase versagte mir auch weiterhin den Dienst, doch das leise Schnarchen, die Stimme eines Kindes, das im Schlaf vor sich hin redete, das Knarren der alten Bettgestelle, all das versetzte mich in das nächtliche Universum des Kleinen Wilden zurück.

Ich blieb vor meinem Bett stehen. Ein kleiner Junge schlief auf einer Kissenrolle, auf der vielleicht auch ich schon geschlafen und mit der ich mir denkwürdige Schlachten geliefert hatte. Ich hatte Lust, den Jungen zu wecken, um ihm zu sagen, was ihm die Zukunft bringen würde; ich hätte allerdings gelogen, denn die Wahrheit ist unerträglich. Mein Kleiner, glaub nicht all den verbitterten und verletzten Seelen, die dir die Zukunft grau in grau ausmalen. Du wirst Lehrer haben, die dich zu dir selbst führen, die unaufhörlich das Unberechenbare und Besondere in dir fördern. Fürchte nicht, der Erwachsenheit zu verfallen. Die Zeit ist der Freund des Menschen. Nichts wird sich ändern. Du wirst immer rebellisch bleiben, immer in der Lage sein, dich zu empören und zu begeistern. Deine Neigungen werden dich nicht beeinträchtigen. Das Feuer erlischt nie. Wenn man älter wird, nimmt die Zahl der wahren Freundschaften zu. Einsamkeit und Tod sind Worte, die man erfunden hat, um Kindern angst zu machen, Worte, hinter denen sich nichts verbirgt. Mein Kleiner, sich zu binden bedeutet nicht, auf etwas anderes zu verzichten. Du wirst jeden Tag genug Energie haben, um deinem Leben eine neue Wende zu geben, so als wäre es für immer ein unbeschriebenes Blatt Papier. Glaub mir, du wirst mit Leichtigkeit in allen Lebenslagen Achtung vor dir selbst bewahren, und dein Beruf wird dir keine Niederträchtigkeiten abverlangen. Das Geld trennt die Menschen nicht. Du wirst die Unbeschwertheit deines Herzens und deine fröhliche Unbesorgtheit nicht verlieren. Nie wirst du den verschlungenen Wegen eines Schicksals ausgeliefert sein, das nicht mehr in deiner Hand liegt. Die Erwachsenheit ist süß, reich an Frauen und treuen Freunden. Wehmut gibt es nicht und auch keine Erschöpfung. Die Großen werden nur selten von der Angst befallen, das wenige, was sie erreicht haben, zu verlieren. Du wirst unerschrocken bleiben. Du wirst weder deine Neugier noch deinen Schwung oder deine Wünsche verlieren. Wenn sich zufälligerweise das, was ich dir gerade zugeflüstert habe, als falsch erweisen sollte, zeige dich dessen würdig, was du heute bist: AKZEPTIERE NICHTS.

Ein leises Geräusch riß mich aus meinem inneren Monolog. Philo war dabei, das Nachtkästchen des Jungen zu durchwühlen, der in seinem Bett schlief. Plötzlich drehte er sich zu mir um und schwenkte ein kleines Paket durch die Luft.

»He!« zischte er leise. »Er hat Knallerbsen! Ich hatte auch welche in meinem Nachtschrank. Sollen wir ihm nicht einen Plan von der *Grotte* dalassen? Er könnte vielleicht den Bund wieder ins Leben rufen.«

»Bist du verrückt?« flüsterte ich. »Und was ist mit unserem Schwur!«

Der Junge, der in meinem Bett lag, brummte in seinem unruhigen Schlaf einige Worte und drehte den Kopf zu uns. Würde er aufwachen? Wir hatten ein wenig zu laut geredet.

Philo und ich duckten uns und waren bereit, jederzeit unter unseren ehemaligen Betten zu verschwinden, als Tintin im Schlafsaal auftauchte. Sein aufgelöstes Gesicht verhieß eine Katastrophe.

»Achtung«, rief er leise. »Der Treppengeist ist im Anmarsch!«

»Alle Mann auf Tauchstation!« ordnete ich an.

Sofort glitt jeder von uns unter sein früheres Bett. Regungslos und mit angehaltenem Atem lauschte ich auf den mechanischen Schritt von Mademoiselle Rabutin, der auf uns zukam.

»Was soll diese Schwatzerei!« trompetete sie.

Der Treppengeist schien keine ausgedehnten erotischen Abenteuer zu schätzen. Zehn Minuten hatten ausgereicht, um sich auszuziehen, Dalli-Dalli auf die Matratze zu werfen und sich wieder anzukleiden. Bei ihr ging der Koitus offensichtlich schnell vonstatten.

Die großen Füße des Treppengeistes, die in Pantoffeln steckten, waren jetzt nur noch wenige Meter von mir entfernt.

»Bouillanne, es hat gar keinen Sinn, so zu tun, als würden Sie schlafen! Ich weiß ganz genau, das waren SCHON WIEDER Sie!«

Offensichtlich wandte sie sich dabei an den kleinen Jungen, der friedlich über mir schlief und der auf den Namen Bouillanne hörte. Daß sie gesagt hatte, das waren SCHON WIEDER Sie, entzückte mich. Bouillanne war also ein würdiger Erbe des Kleinen Wilden, ein echter Internatslümmel. Vielleicht hatte er schon, wie ich früher auch, riesige Schüleraufstände angezettelt, historische Krawalle entfacht. Eine flüchtige Erinnerung schoß mir durch den Kopf. Ich sah mich wieder mit Philo – der zu jener Zeit noch Haare hatte – als Anführer einer großen Flucht, die wir generalstabsmäßig organisiert hatten. Eines Nachts hatten sich alle dreihundert Schüler des Collège Mistral aus dem Staub gemacht, um in den Wäldern der Provence unterzutauchen. Sogar die Kleinen hatten sich uns angeschlossen. Unter Anwendung indianischer Listen und Pfadfindertricks war es uns gelungen, die Polizei drei Tage lang an der Nase herumzuführen, und wir hatten uns erst ergeben, als uns die Lebensmittel, die wir aus der Küche entwendet hatten, ausgingen. Welch ein Epos! Keiner hatte damals die Namen der Anführer verraten.

Der Treppengeist kam näher und drohte Bouillanne:

»Wenn Sie nicht aufhören zu schwatzen, werden Sie bestraft! Ich werde an der Tür zum Schlafsaal stehen und aufpassen!«

Sie entfernte sich.

Wir saßen in der Falle. Mademoiselle Rabutin versperrte den einzigen Zugang.

»Was sollen wir machen?« murmelte Tintin, während er zu mir herüberrobbte.

»Wir versuchen rauszukommen, indem wir einen Krawall anzetteln . . .«, flüsterte Philo.

»Einen Krawall?« wunderte sich Tintin.

Da erklang die Stimme des Treppengeistes:

»Bouillanne!«

Philo nahm eine Schere aus dem Nachtkästchen des Knaben, der in seinem Bett schlief, klemmte sie zwischen zwei Schuhsohlen und steckte die Spitze der Schere in die Steckdose!

Überrascht sahen Tintin und ich uns an. Der Kurzschluß ließ die Funken sprühen. Die grüne Nachtlampe erlosch. Vollkommene Dunkelheit umgab uns.

»Was machst du denn da?« fragte Tintin leise.

Und Philo gab zurück:

»Achtung Jungs, gleich knallt's!«

Er riß ein Streichholz an, setzte den Docht der Knallfrösche in Brand und warf sie in den Schlafsaal. In Sekunden weckten die Explosionen die gesamte Zimmerbelegschaft.

»Alle Mann an die Kissen!« brüllte Philo mit einer hohen Kinderstimme.

Im Halbdunkel erkannte ich die Umrisse von Philo, der auf den Betten herumsprang und die Kinder durch kräftige Schläge mit einem Kissen aufstachelte. Ich wußte nicht, was ich tun sollte. Die Ereignisse nahmen eine eigenartige Wendung. Ich bekam ein Kissen in den Magen. Um mich herum entbrannte eine riesige Kissenschlacht. Berauscht von der Stimmung, die sich mehr und mehr aufheizte, hielt ich das Kissen fest, das mir eine unbekannte Hand zugeworfen hatte. Ich war bereit, den Kleinen Wilden freizulassen, damit er sich austoben konnte, doch irgend etwas hielt mich zurück. Ich war in meinem steifen Erwachsenenkörper gefangen, und es wollte mir nicht gelingen, die erste Bewegung zu machen. Doch da bekam ich plötzlich einen heftigen Schlag mit einem Kopfkissen auf die Nase. Sofort stürzte ich mich in das lärmende Getümmel. War es wirklich Alexandre Eiffel, der wie verrückt mit seinem Kissen auf unsichtbare Gegner von zehn oder zwölf Jahren eindrosch? Inmitten der Menge der Internatszöglinge fand ich wieder zu den altvertrauten Gesten, zu der Lebendigkeit eines jungen Fohlens, das herumtollt. Der Saft stieg in meinen Gliedern auf und drang bis in mein Gehirn vor. Im Schutz der Nacht vergaß ich den Erwachsenen in mir und schlug fröhlich um mich, wirbelte mein Kissen durch die Luft, sprang herum.

»He, Crusoes«, schrie Philo, »wir hauen ab!«

Schließlich standen wir glücklich und atemlos im Schein des

Mondlichts im Flur des zweiten Stocks. Selbst Tintin hatte sich von der Kissenschlacht mitreißen lassen. Unsere fast vierzig Lebensjahre schienen nicht mehr auf uns zu lasten.

»Statten wir der Wäschekammer schnell einen Besuch ab?« rief Tintin enthusiastisch.

»Warum?« fragte ich.

»Wir müssen doch Bettücher für die Segel klauen, oder?«

»Los geht's«, rief Philo und schwang sich auf das Geländer der großen Treppe.

Wir rutschten bis zur Waschküche hinunter. Die Crusoes waren im Begriff, wieder sie selbst zu werden, dank des *großen Krawalls,* der uns innerhalb weniger Sekunden wieder zu Kindern gemacht hatte. Wir waren alle drei von dem Verlangen erfüllt, leichtsinnig, ausgelassen und vorwitzig zu sein. Meine Kameraden würden diese Trunkenheit vielleicht schon am nächsten Morgen vergessen. Ich mußte ihre Stimmung nutzen, um die Vorbereitungen für unser Abenteuer voranzutreiben.

Philo zündete ein Streichholz an. Wir gingen in die Wäschekammer des Collège, die wir vor fünfundzwanzig Jahren schon einmal betreten hatten, um Laken zu entwenden. Mehrere hundert Paar lagen ordentlich zusammengefaltet in den Holzregalen. Ich befühlte eines davon, die Stoffqualität war besser geworden, aber sie war noch immer genauso dick: ein hervorragend geeignetes Tuch, um daraus die Segel zu machen, die uns auf unsere Insel bringen würden.

»Wie viele nehmen wir?« fragte Tintin.

»Überhaupt keins!« antwortete eine Stimme.

Starr vor Schreck, wandten sich die Crusoes um. Der Lichtkegel einer Taschenlampe blendete uns. Nach einer Weile erkannten wir den alten Monsieur Arther, der seinen Revolver auf uns richtete.

»Sehr raffiniert, meine Herren, einen Kurzschluß zu verursachen, um dann nach Lust und Laune das Schloß auszuräumen!« rief er mit grimmiger Miene. »Geraubt wird oftmals, wer zu rauben glaubt!«

»Wir können Ihnen alles erklären, Monsieur Arther«, sagte ich und versuchte, mich wieder zu beruhigen.
»So, so . . . man kennt meinen Namen! Keine Bewegung, oder ich durchlöchere Ihnen ohne weiteres Besprechen und ohne Prozeß das Fell!«
»Sie werden alles verstehen.«
»Oh, aber die Sache ist schon vollkommen klar, abgesehen von einem Punkt. Ich nehme an, daß Sie die Kissenschlacht im Schlafsaal angezettelt haben. Mademoiselle Rabutin hat mir gesagt, sie hätte Männerstimmen gehört. Als Vorspiel zu einem Einbruch ist das doch recht ungewöhnlich. Auf alle Fälle scheinen Sie vergessen zu haben, daß die Vorsicht die Mutter der Weisheit ist.«
»Erkennen Sie uns denn nicht wieder?« fragte Philo.
»Nein, mein Herr, ich habe nicht das Vergnügen, Sie zu kennen. Aber Sie werden ausreichend Gelegenheit haben, Ihre Namen und Vorzüge bei der Polizei darlegen zu können! Los, vorwärts!«
»Monsieur Arther«, fuhr ich fort, »der Crusoe-Bund, sagt Ihnen denn das nichts mehr? Vor fünfundzwanzig Jahren . . .«
»Die Crusoes . . .«, murmelte er nach einigen Sekunden des Nachdenkens.
»Das waren wir. Ich bin Alexandre Eiffel.«
»Und ich Philippe Bigance.«
»Eiffel, Bigance . . .«, wiederholte Monsieur Arther, so als würde er in seinem Gedächtnis nach diesen Namen suchen.
»Und ich, ich bin Benjamin Falsifet.«
»Eiffel, Bigance, Falsifet . . . die Crusoes. Zum Donnerwetter! Sind Sie es wirklich?« rief er und ließ seine Waffe sinken.
»Ja«, antworteten die drei Crusoes.
»Aber es fehlt doch einer.«
»Mein Bruder ist tot.«

»Aber was zum Teufel tun Sie hier? Und noch dazu in einem solchen Aufzug?!«

Ich legte Monsieur Arther kurz die Ursache unserer Anwesenheit in dieser Wäschekammer dar, warum wir die Kissenschlacht angezettelt hatten und den Grund unseres Wiedersehens: Nach einem Vierteljahrhundert wollten wir unser Kindheitsversprechen einlösen und unseren alten Traum verwirklichen.

Auf dem Gang, der zur Wäschekammer führte, hörte man Schritte.

»Monsieur Arther, sind Sie da?« fragte der Treppengeist.

»Ja!« sagte er und ging mit seiner Taschenlampe zur Tür.

Instinktiv verbargen Tintin, Philo und ich uns hinter einem Regal. Mademoiselle Rabutin hielt einen Knüppel in der einen und einen alten Kerzenleuchter in der anderen Hand. Im Schein der Kerze hatte ihr faltiges Gesicht einen diabolischen Ausdruck.

»Haben Sie sie gefunden?«

»Nein, Mademoiselle Rabutin«, erwiderte Arther. »Hier ist niemand. Sehen Sie doch mal im Nordflügel nach.«

Sie ging mit ihrer Keule davon.

Monsieur Arther kam wieder zu uns.

»Kommen Sie mit«, sagte er.

Beunruhigt folgten wir ihm durch das Labyrinth der Regale, welche die Wäschekammer füllten. Er öffnete einen Schrank, zog zwei Paar Bettlaken heraus und reichte sie uns.

»Hier, die eignen sich besser für Segel, sie sind fester als die anderen.«

Verblüfft sahen wir uns an.

»Und bedanken Sie sich ja nicht«, fügte Monsieur Arther hinzu.

Ich nahm die Bettücher, ohne zu begreifen, warum dieser Mann, der sich unserem Vorhaben einst so vehement widersetzt hatte, sich jetzt so entgegenkommend zeigte. Seine legendäre Strenge hätte ihn eher dazu treiben müssen, uns von der Polizei einsperren zu lassen.

»Warum helfen Sie uns?« fragte Philo.

Mit wenigen Worten, die von erschütternder Aufrichtigkeit waren, gestand Monsieur Arther, daß ihn unser Plan rührte. Jedesmal, wenn es im Collège Mistral ein Ehemaligentreffen gab, schüttelte er Erwachsenen die Hand, in denen er praktisch nicht die geringste Spur von den Kindern wiederentdeckte, die sie einst gewesen waren, und das betrübte ihn. Unter seiner rauhen Schale hatte er seinen Schülern gegenüber immer eine aufrichtige Zuneigung empfunden, da sie für ihn so etwas wie eine Familie waren. Die Zeit nahm ihm unerbittlich eines *seiner Kinder* nach dem anderen. An diesem Abend hatte er zum ersten Mal das Gefühl, drei seiner Schüler, ja beinahe drei verlorene Söhne, wiedergetroffen zu haben.

Um die Gefühle, die in ihm aufstiegen, zu unterdrücken, befahl Monsieur Arther:

»Und jetzt verschwinden Sie! Und lassen Sie sich ja nicht von Mademoiselle Rabutin erwischen. Sie hat noch immer Kraft, wenn sie mit ihrer Keule zuschlägt. Und des Stärkeren Recht ist immer das beste. Machen Sie sich aus dem Staub, zum Donnerwetter!«

Er richtete den Lauf seines Revolvers auf uns.

Wir verschwanden augenblicklich mit unseren Bettlaken.

»Mademoiselle Rabutin!« schrie er in den Gang, »ich habe sie gesehen, halten Sie sie auf!«

In panischer Angst stürzten wir aus dem Collège. Monsieur Arther wußte ganz genau, daß er uns keine größere Freude hätte machen können, als uns das Gefühl zu vermitteln, vom Treppengeist verfolgt zu werden, der in unserer Phantasie einen Platz irgendwo zwischen der Hexe aus Schneewittchen und dem Riesen aus dem Däumling einnahm.

Als wir uns wieder angezogen hatten, verflog die märchenhafte Stimmung dieses Abends. Tintins abgetragener Anzug war mit weniger Sorgfalt geschneidert als diejenigen, welche Alexandre Eiffel zu tragen pflegte. Philos – eher auffällige – Kleidung zeigte, daß er an seinen Paparazzo-Fotos nicht schlecht verdiente. Durch unsere Kleidung fügten wir uns mit Körper und Geist wieder in die Gesellschaft der Erwachsenen ein. Philo und Tintin legten ihre Uhren wieder an und überprüften mit einer fast automatischen Geste, ob ihre Kreditkarte und ihr Schlüssel in der Tasche steckten.

Ich dachte daran, daß ich mich ab jetzt zwingen würde, den Augenblick zu leben, daß Tout-Mama meine Rechnungen bezahlen würde und daß ich keine Schlüssel mehr brauchte, die Türen zur Villa Mandragore standen immer offen.

»Bis morgen, Crusoes!« rief Tintin.

»Wir treffen uns in der *Grotte*«, sagte Philo.

Ich verabschiedete mich und kehrte an Bord von Manons blauem Boot wieder zu Tout-Mama zurück. Morgen würde das Abenteuer beginnen, von dem der Kleine Wilde geträumt hatte.

An jenem Abend verfaßte ich vor dem Einschlafen einen anonymen Liebesbrief, den ich an Tout-Mama schicken wollte. In altmodischen und ein wenig geschraubt klingenden Wendungen schrieb ich ihr all die Schmeicheleien, die es vermögen, ein großes Frauenherz zu rühren. Sie brauchte einen Mann, der es verstand, ihr Feuer zu erwidern, sie mußte für einen sinnlichen Menschen schwärmen – selbst wenn es ein Unbekannter war.

Ich war sicher, daß dieser leidenschaftliche Brief sie trunken machen würde. Sie würde ihn mit keinem Wort mir gegenüber erwähnen, aber sie würde auf einen zweiten, dann auf einen dritten hoffen, jeden Morgen ungeduldig auf den Briefträger warten und versuchen, die Identität ihres unbekannten Verehrers zu enthüllen. Ihr ganzes Wesen wäre nur noch Qual. Sie würde, endlich, wieder leben! Und vielleicht würde sie anfangen, davon zu träumen, ihre Wärmflasche eines Tages durch einen Mann zu ersetzen, durch ein männliches Wesen aus Fleisch und Blut, bereit, sie in seine Arme zu schließen.

Nachdem ich meinen Brief beendet hatte – ein Meisterwerk der Manieriertheit –, fiel mir plötzlich auf, daß ich ihn, ohne abzusetzen, mit der linken Hand geschrieben hatte. Unser Ausflug ins Collège hatte mir die Fähigkeit zurückgegeben, wieder die Hand zu gebrauchen, mit welcher der Kleine Wilde seine Hausaufgaben erledigt hatte! Ich war verblüfft, denn nach Beendigung meiner Schulzeit hatte Alexandre Eiffel es vollkommen verlernt, mit links zu schreiben.

Ich las mir meinen Brief noch einmal durch: Meine linkshändige, schöne, schräge und aufsteigende Handschrift erinnerte mich an die von jemand anderem; aber an wen?
Ich nahm den Füller wieder in die linke Hand und wollte ein paar Worte niederschreiben, wobei ich mir wirklich Mühe gab:

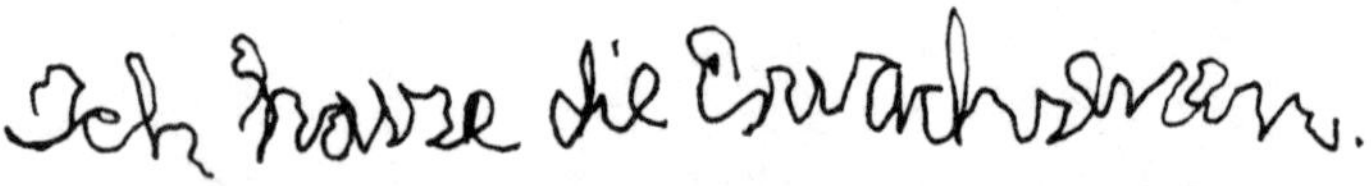

Das Ergebnis war niederschmetternd . . . linkisch. Meine Finger hatten den Füllfederhalter verkrampft umklammert, mein ganzer Unterarm hatte gezittert. Also kam ich, von einer seltsamen inneren Eingebung getrieben, auf die Idee, einfach meine linke Hand schreiben zu lassen.
Ich ergriff erneut meinen Füller, und anstatt meiner Hand zu befehlen, dieses oder jenes Wort zu schreiben, legte ich sie auf ein weißes Blatt Papier und versuchte, ihren Bewegungen zu folgen. Sehr bald begann sie gewandt, Sätze niederzuschreiben, die ich ihr nicht diktierte. Ihre Schrift war schön, nach rechts geneigt und aufsteigend; die von Alexandre Eiffel war in allen Punkten das genaue Gegenteil. Es war die Handschrift des Kleinen Wilden, die Schrift, die ich in dem Heft der Crusoes wiederentdeckt und mit der ich den Brief an Tout-Mama geschrieben hatte!
Der Kleine Wilde wandte sich schriftlich an den Rechtshänder, der ich gegenwärtig war. Ich hatte gerade durch Zufall einen Weg gefunden, mich mit dem Kind, das ich einst gewesen war, zu unterhalten! Ich nahm mir einen anderen Füller und antwortete ihm, indem ich mit rechts schrieb. Zwischen meinen beiden Händen, zwischen dem Kleinen Wilden und Alexandre Eiffel, entspann sich ein Dialog.
Der Kleine Wilde vertraute mir an, was er in all den Jahren, in denen ich ihn nicht beachtet hatte, ertragen mußte; dann erläuterte er mir genauer, was er mit mir zu tun beabsichtigte.

»Wenn du weiter ein Erwachsener geblieben wärst, hätte ich mich gerächt. Als erstes hätte ich dafür gesorgt, daß du ein Magengeschwür bekommst, dann hätte ich dir Kopfschmerzen geschickt. Anschließend hätte ich dich nicht mehr schlafen lassen. Und wenn das noch nicht gereicht hätte, um dir klarzumachen, daß ich leide, dann hätte ich dir eine Krebsgeschwulst beschert. Zu Anfang eine, die nicht allzu schlimm gewesen wäre, aber dann eine ganz SCHRECKLICHE.«

»Aber du bist verrückt«, antwortete ich, »diese Krankheit hätte doch uns beide getötet.«

»Das ist wahr. Aber wenn es einem sehr schlechtgeht, hat der Tod etwas Verlockendes.«

Ich bekam es mit der Angst zu tun, und mir wurde bewußt, welcher Gefahr ich mich ausgesetzt hatte. Dieser Rotzlümmel machte nicht den Eindruck, als würde er scherzen.

Er fügte hinzu:

»Wenn du erwachsen werden willst, ich meine richtig erwachsen, dann mußt du mich respektieren, dann mußt du nett zu mir sein.«

»Und was ist mit meiner Frau, mit Elke? Wenn ich dich respektiere, kann ich sie nicht respektieren.«

»Die hast du sowieso nicht respektiert.«

»Kann sein, aber ich habe ihr bestimmt sehr weh getan, als ich sie verlassen habe.«

»Du mußt dich entscheiden, Alexandre: sie oder ich. Aber ich warne dich, wenn du mich nicht respektierst, wird meine Rache fürchterlich sein. Schon bald werden sich die Ärzte mit dir beschäftigen. Sie werden Lungenkrebs feststellen oder Leukämie; aber in Wahrheit bin ich es, der dich tötet.«

»So hart bist du also?«

»Ja.«

Spät in der Nacht verabschiedete ich mich vom Kleinen Wilden und mußte an die schreckliche Krebserkrankung denken, die mir meinen Vater geraubt hatte. Ich sah ihn im Geiste wieder vor mir, wie er im Krankenhaus lächelnd in seinem weißen Bett lag, den Körper mit Metastasen übersät, die sich in seinen mageren Gliedmaßen eingenistet hatten. Die Kobaltbestrahlungen hatten seinen Körper angegriffen. Sein Atem war kurz.

»Mein Kleiner«, hatte er gemurmelt, »bleib du selbst. Bleib du selbst . . .«

Sein Blick, der dem eines Ertrinkenden glich, hatte sich in meinen gesenkt. Ich hatte damals allerdings nicht recht begriffen, was er mir sagen wollte. Ich war dreizehn Jahre alt und er sechsundvierzig. Der kleine Junge, der er war, hatte beschlossen, sich umzubringen und meinen Vater in ihr gemeinsames Grab mitzunehmen. Für welche Kränkungen, für welche Demütigungen hatte er sich rächen wollen? Und mit einem Mal begriff ich die letzten Worte meines Vaters: Er war gestorben, weil er nicht er selbst geblieben war.

Ich schlief beruhigt ein. Ich würde nicht mit sechsundvierzig Jahren sterben.

Am nächsten Morgen traf ich zu meiner Überraschung Madame de Tonnerre auf der Veranda an, wo sie sich mit Tout-Mama bei einer Tasse Tee angeregt unterhielt. Ihre gepflegte Art, sich zu kleiden, spiegelte ihre frühere Eleganz wider; aber nun war ihr Auftreten etwas ungezwungener. Lediglich ihr graumeliertes Haar verriet ihr wahres Alter. Ihr Gesicht hatte kaum gelitten.

Ich ging auf meinen Schwarm von früher zu, wobei mich eine leichte Nervosität überkam, in die sich die alte Zuneigung und auch Enttäuschung mischte. Manon hatte Fanny inzwischen entthront.

Wir begrüßten uns sehr zurückhaltend. Madame de Tonnerre war reserviert, wie es schon früher ihre Art gewesen war. Sie unterhielt sich ausgesucht höflich mit mir, so als hätte es unsere vergangene Vertrautheit nie gegeben. Tout-Mama servierte mir eine Tasse Tee. Ich setzte mich in einen Sessel.

Unsere Konversation drehte sich um Belanglosigkeiten, doch dann beschloß ich, diesem Theater ein Ende zu machen. Ich wollte mich nicht länger durch Umgangsformen *verpflichtet* fühlen, die der Aufrichtigkeit Zügel anlegen und das Leben auf eine Serie von Momenten bar jeglicher Emotion reduzieren. Vor mir saß schließlich die Frau, die meine sexuellen Vorlieben geprägt hatte, und wir plauderten über Möbelstoffe!

Tout-Mama verließ die Veranda für einen Augenblick, um Teewasser aufzusetzen. Ich nützte diese Gelegenheit, um ohne Umschweife mit Madame de Tonnerre zu sprechen.

»Fanny«, sagte ich sanft und fiel ihr einfach ins Wort, »ich habe von dem Körper, den Sie mit fünfunddreißig Jahren hatten, ein Vierteljahrhundert lang geträumt. Daß Sie mit mir damals Fellatio gemacht haben, war das entscheidende erotische Erlebnis in meinem Leben und vielleicht auch das bewegendste.«

Ihre zarten Hände fingen zu zittern an. Fanny konnte nicht verhindern, daß sie rot wurde. Sie stellte ihre Tasse auf dem niedrigen Tisch ab, und da sie nicht wußte, wie sie sich verhalten sollte, hielt sie ihren Blick gesenkt. Sie schien beklommen.

»Sehen Sie mich an, Fanny, ich sage das nicht, um Sie zu schockieren, sondern um mich bei Ihnen zu bedanken.«

Stumm sah sie mich an. Ihr durchdringender Blick war nicht älter geworden. Ich lächelte sie an und fuhr fort:

»Ist es nicht wunderbar, wenn man sich die Freiheit zugestehen kann, sich einfach zu dem zu bekennen, was man fühlt, anstatt zu mogeln, indem man sich über unverfängliche Dinge unterhält? Eigentlich ist Aufrichtigkeit weit weniger gefährlich, als man denkt . . . Ich weiß, daß ich Sie jetzt in Verlegenheit bringe . . . aber das ist nicht schlimm. Schlimm wäre es, wenn man nichts mehr fühlt, oder? Wenigstens haben Sie an diesem Vormittag wirklich gelebt, daran werden Sie sich erinnern.«

Es herrschte Schweigen. Plötzlich fürchtete ich, daß sie in mir nur einen taktlosen Zotenreißer sah. Tout-Mama kam mit ihrer Teekanne zurück.

»Wovon habt ihr gesprochen?« erkundigte sie sich.

Und Fanny antwortete:

»Von der Schwäche, die ich für Ihren Enkel hatte, als er dreizehn war, von einem Tag der Hingabe.«

Tout-Mama war wie vor den Kopf geschlagen und stand mit offenem Mund da. Mir ging es nicht anders.

»Wie bitte?« fragte Tout-Mama.

»Sie haben mich ganz richtig verstanden«, fuhr Fanny fort.

»Es war an einem heißen Tag. Eine zauberhafte kleine Bucht, die Sonne brannte auf das Boot, wir waren allein. All das schuf eine entspannte Atmosphäre. Unser Altersunterschied war mit einem Mal unwichtig geworden. Nur unser Verlangen zählte. Und so ist es passiert . . .«

Fanny drehte sich zu mir und sagte lächelnd:

»Es stimmt, es tut gut, die Wahrheit zu sagen . . .«

Ein ungeheures Glücksgefühl überkam mich. Madame de Tonnerre hatte mich verstanden! Ihre Haltung bestärkte mich in meinem Wunsch, meinen Gefühlen häufiger spontan Ausdruck zu verleihen. Das Risiko, das man auf sich nahm, war gering, und die langweilige Zurückhaltung des Alexandre Eiffel führte lediglich zu oberflächlichen Begegnungen, derer ich überdrüssig war.

Tout-Mama, die zunächst ganz verunsichert wirkte, begriff schließlich, was für eine Euphorie diese völlige Offenheit bei Fanny und mir auslöste. Nachdem wir die Haushaltsthemen abgehakt hatten (Ah, die leidigen Möbelstoffe!), drehte sich unsere Diskussion später um Schamgefühle, schwache oder starke, unter denen wir alle bei diversen Gelegenheiten gelitten hatten. Dieses Thema brachte uns auf dem Weg der Aufrichtigkeit ein gutes Stück weiter. Geständnis folgte auf Geständnis, und zwar in einem heiteren, ironischen Ton; jeder zeigte sich von seiner wahren Seite und versuchte nicht, etwas zu beschönigen. Die Tatsache, daß wir unsere Schwächen teilten, brachte uns einander näher. Einen Vormittag lang gab es keinen Platz für Prahlereien oder Rechtfertigungen. Fanny verabschiedete sich erst ziemlich spät.

Ich hatte mit ihr unsere frühere Komplizenschaft erneuert, die ich für immer verloren geglaubt hatte, und die vollkommene Eintracht, die zwischen Tout-Mama und dem Kleinen Wilden geherrscht hatte, wieder zum Leben erweckt.

Ich wollte gerade die Tür hinter Fanny schließen, als ich einen Umzugswagen bemerkte, der langsam die Platanenallee hinauffuhr, die zur Villa Mandragore führt.

»Die Möbel ...«, murmelte Tout-Mama hinter mir. Ihre Stimme klang erstickt. »Meine Möbel kommen zurück!« Sie drückte ganz fest meinen Arm. Die Freude schien für einen Augenblick ihre Gesichtszüge zu glätten. Ihre Falten verschwanden. Einen flüchtigen Augenblick lang kam auf ihrem Gesicht wieder die Schönheit zum Vorschein, die sie im Alter von dreißig Jahren gehabt hatte.

Der Lkw hielt vor der Eingangstür. Zwei muskulöse Männer stiegen aus. Sie grüßten kurz und öffneten die hinteren Wagentüren. Dann, wie in einem Traum, sah ich, wie sie einen Großteil meiner Vergangenheit ausluden.

Die beiden Möbelpacker transportierten Tout-Mamas altes Klavier in den Salon, auf dem sie früher Jazzstücke verhunzt und sich dazu heiser geschrien hatte. Ich hatte das Gefühl, daß mit diesem Instrument auch ihre Chansons zurückkehrten. Nach und nach standen alle Möbelstücke meiner Kindheit in der Mandragore wieder auf ihrem ursprünglichen Platz. Ich stieß mich voller Rührung an der Ecke der alten Kommode, die nun erneut am Fuß der großen Treppe stand. Der Kleine Wilde hatte sich jedesmal an ihr gestoßen, wenn er die Stufen zu hastig hinuntergerannt war. Die Teppiche meiner Mutter wurden auf den Parkettböden ausgerollt, die ich sorgfältig eingewachst hatte. Während sich die Zimmer füllten, gewannen sie nach und nach ihre früheren Proportionen zurück; und nachdem ich die riesigen, von Gustave Eiffel entworfenen Metall-Lüster angebracht hatte, erlangte das Haus seinen leicht verrückten Stil wieder. Einer der Lüster stellte das Sonnensystem dar, wobei der Platz der Sonne von einer riesengroßen runden Glühbirne eingenommen wurde. Der zweite symbolisierte die zwölf Sternzeichen, und der dritte war eine außergewöhnlich geformte Windrose. Draußen ging der Tag zur Neige. Ich schaltete das Licht ein. Mit einem Schlag erwachte der große Salon im Erdgeschoß zu neuem Leben; der merkwürdige Glanz, den Gustaves Lüster verbreiteten, gab dem Raum sein Geheimnis zurück.

Lily saß stumm auf ihrer Stange und registrierte verblüfft, wie vor ihren Augen die Einrichtung einer vergangenen Zeit wiederauflebte. Als ob sie die Wehmut, die mich überkam, bemerkte, fuhr sie mir mit ihrem Schnabel zärtlich über die Nase und sagte, mit der Stimme meines Vaters:

»Kleiner Wilder, du bist verrückt . . .«

Ich hatte den Eindruck, als habe mein Vater gerade seine Zustimmung zu meinem Vorhaben ausgedrückt. Sicherlich verstand er – da, wo er sich jetzt befand –, daß sich mein Blut in dem Maße erneuerte, je tiefer ich in meine Kindheit eintauchte. Im übrigen hatte sich mein Körper verändert. Ohne weiter darauf zu achten, hatte ich die Pfunde verloren, die meine Figur von der unterschieden, die ich als junger Mann gehabt hatte. Neue Kraft strömte durch meine Glieder; meine Steifheit war fast ganz verschwunden.

Tout-Mama setzte sich ans Klavier und begann eine alte Weise zu trällern. Nach und nach wurde ihr die Melodie wieder vertraut. Ihre Stimme klang immer heiserer, doch mit einem Mal schmetterte sie ihr Liedchen mit ungeahnter Kraft. Überrascht drehten sich die Möbelpacker zu ihr um. Tout-Mama hatte das Vergnügen wiederentdeckt, das sie immer erfaßt hatte, wenn sie voller Energie lostrompeten konnte. Sie hatte sich nie sonderlich dafür interessiert, sich ihrer natürlichen Stimmlage zu bedienen. Statt dessen liebte sie es, aus vollem Hals zu singen und anschließend zu behaupten, ihr Geschrei sei Gesang. Die beiden muskulösen Männer bedeuteten mir, daß sie ihre Arbeit beendet hätten. Ich steckte ihnen unauffällig ein Trinkgeld zu. Sie schlichen auf Zehenspitzen hinaus, während Tout-Mama weiter dröhnte und die Tasten ihres Klaviers mit Feuereifer bearbeitete. Bald steigerte sich ihr monotoner Gesang zu einem Gejaule, und dann hörte sie schließlich auf.

Ich freute mich an ihrem Glück. Daß sie mir dafür zehn Minuten unerträglichen Pseudo-Jazz zumutete, machte mir wenig aus. Das Wichtigste war, daß sie an diesem Klavier wieder zu der Frau wurde, die sie vor dem Tod ihres Sohnes gewesen war. In der Stille, die auf diesen Radau folgte, hörten wir, wie jemand an die Tür der großen Eingangshalle klopfte.

»Herein!« rief ich.

Schwerfällig öffnete sich die schlecht geölte Tür. Ein alter Mann kam herein. Er ging so gebeugt, daß ich sein Gesicht nicht erkennen konnte. Er nahm seine Mütze ab und kam mit kleinen Schritten näher. Er streckte uns eine knotige Hand entgegen und hob schließlich seinen Kopf, der dem einer Waldmaus glich.

»Célestin!« rief Tout-Mama.

Der Mann, der gerade hereingekommen war, war unser alter Gärtner, eine der Schlüsselfiguren in der Villa Mandragore. Früher herrschte er über den Park, bepflanzte ihn nach seinem Gutdünken und pflegte ihn mit großer Sorgfalt. Da er ein Freund der Bäume und der Kinder war, hatte er auf den Kleinen Wilden stets eine große Faszination ausgeübt. Célestin konnte einfach alles: Vogelstimmen nachahmen, Blumen benennen, Lügen wittern, eingebildete Menschen lächerlich machen, Büchsen mit Kastanienpüree mit dem Taschenmesser öffnen, Angelruten schnitzen, den Mund halten, wenn es sein mußte, Tout-Mama taktvoll schelten – er konnte alles, bis auf eine Sache . . . von der Liebe reden. Und so kam es, daß er niemals geheiratet und sich angewöhnt hatte, die Familie Eiffel als die seine zu betrachten. Der Verkauf der Villa Mandragore hatte ihn tief getroffen. Mit traurigem Gesicht hatte er sich in den Hügeln zur Ruhe gesetzt und bot seither gelegentlich seine Dienste für die Verrichtung kleiner Arbeiten an.

Célestin, der seine Rührung nur schlecht verbergen konnte, umarmte mich. Ich schloß ihn in meine zitternden Arme. Dann küßte er Tout-Mama die Hand und sagte einfach:

> »Jetzt, wo Sie wieder das sind, bringe ich Ihnen den Garten von der Mandragore wieder in Ordnung, er wird genauso schön wie damals werden.«

Dann ging er wieder.

Es war an der Zeit, sich mit den anderen Crusoes zu treffen.

Ich belud den Laderaum des blauen Bootes mit Proviant und all den Dingen, die wir benötigten, um auf den Spuren des großen Robinson zu wandeln; dann kehrte ich zur Mandragore zurück, um mich von Tout-Mama zu verabschieden. Ich wußte noch nicht, wie lange ich mit den Crusoes auf der Apfelbauminsel bleiben würde.

Als ich in den großen Salon kam, stand Tout-Mama ganz dicht am Feuer.

»Ist dir kalt?« erkundigte ich mich verwundert.

»Sehr alten Leuten ist immer kalt . . . du fährst?«

»Ja.«

Sie küßte mich, zeichnete mir mit dem Fingernagel ein Kreuz auf die Stirn und fragte mich:

»Was suchst du dort eigentlich?«

»Du kennst doch den Schwur der Crusoes.«

»Sag mir die Wahrheit.«

Die Antwort, die ich mich ihr geben hörte, erstaunte mich selbst, denn bislang hatte es mich instinktiv zu dieser Insel gezogen, ohne daß ich selbst genau wußte warum. Ich hatte vor mir selbst standhaft behauptet, daß ich unbedingt das Versprechen des Kleinen Wilden einlösen müsse, und daß ich ihn erneut mißachten würde, wenn ich es nicht täte; doch meine wahren Beweggründe waren zugleich viel einfacher und viel komplizierter.

Unterschwellig hoffte ich, daß mein Aufenthalt auf der Apfelbauminsel eine wichtige Etappe auf meiner Flucht wäre, daß sich dort ein einschneidendes Erlebnis zutragen würde. Ich konnte nicht ewig den Kleinen Wilden nachahmen. Mein Abenteuer hatte nur dann einen Sinn, wenn ich – dadurch, daß ich das Kind, das ich gewesen war, zu neuem Leben erweckte – eines Tages richtig erwachsen werden würde. Ich hatte das Gefühl, daß eine solche Wiedergeburt möglich wäre, wenn man weit genug von den Erwachsenen entfernt war. All das gab ich Tout-Mama spontan zur Antwort.

»Viel Glück«, meinte sie und zeichnete mir ein weiteres Kreuz auf die Stirn.

Als ich die Leinen losmachte, frohlockte ich innerlich, weil ich mich endlich in dieses Abenteuer stürzte, von dem der Kleine Wilde schon so lange geträumt hatte. Die untergehende Sonne versank gerade im Meer. Ich nahm Kurs auf das Collège Mistral, als nach ein paar Minuten plötzlich die Luke des Laderaums aufsprang! Ich fuhr erschreckt zusammen. Die zierliche Manon kletterte lächelnd aus dem Laderaum. Sie mußte sich dort versteckt haben, als ich mit Tout-Mama sprach.

»Was machst du denn hier?« fragte ich sie verdutzt.

»Ich entführe dich!«

»Du entführst mich . . .«, wiederholte ich perplex. »Aber . . . wolltest du nicht das Wochenende in Italien verbringen, zusammen mit Bertrand?«

»Ich habe die Reise abgekürzt. Meine Entscheidung steht fest.«

»Deine Entscheidung?!«

»Ich will mir dir leben. Ich bin nicht für den Ehebruch geschaffen.«

Von dieser unerwarteten Entscheidung überrumpelt, erklärte ich Manon möglichst diplomatisch, daß ich meine Frau nicht verlassen hatte, um wieder neue Gewohnheiten an der Seite einer anderen Frau anzunehmen. Eine Liebe, die Bindung bedeutete, reizte mich nicht mehr. Ich kannte die unumgänglichen Gefahren einer solchen Verbindung und wollte unsere Leidenschaft nicht schwächen, indem ich sie in eine gewöhnliche Beziehung preßte, wo wir doch immerhin so klug gewesen waren, eine völlig offene Art der Liebe zu erfinden. War nicht jede unserer Begegnungen von einem ganz besonderen Zauber geprägt gewesen? Ich wollte diesen Rausch nicht gegen eine banale Erwachsenengeschichte tauschen.

»Wir werden doch wohl nicht unser ganzes Leben in einer Baumhütte zubringen!« hielt sie mir vor.

»Was willst du? Ein richtiges Haus?«

»Nein.«

»Was dann?«

»Einen Mann und keinen kleinen Jungen.«

»Gib mir Zeit, einer zu werden.«

»Wo willst du mit meinem Boot hin?«

»Auf eine Insel, wo ich mit Freunden aus Kindertagen Robinson Crusoe spiele.«

Manon seufzte betrübt und meinte bitter:

»Amüsier dich gut. Aber ich warne dich, wenn du endlich aufgehört hast, kindisch zu sein, bin ich vielleicht nicht mehr frei.«

»Manon . . .«

Ohne auf weitere Erklärungen von mir zu warten, sprang sie ins Meer, um zur Küste zurückzuschwimmen.

»Komm zurück!« rief ich. »Ich liebe dich!«

Manon hörte mich schon nicht mehr. Ich hatte nicht mehr die Zeit gehabt, ihr begreiflich zu machen, daß zwischen *sich neu gebären* und *sich kindisch verhalten* ein großer Unterschied bestand, ja, daß diese Begriffe einander sozusagen ausschlossen. Ich zuckte mit den Achseln und sagte mir, daß wir dieses Gespräch auch nach meiner Rückkehr, also in ein paar Tagen, weiterführen könnten. Eine Frau zu lieben, bedeutete für mich nicht mehr, meinen eingeschlagenen Weg aufzugeben.

Wenn ich gewußt hätte, welcher Schicksalsschlag mir bevorstand, wäre ich Manon nachgefahren; aber in meiner Verblendung fuhr ich leichten Herzens zu meinem Treffen mit den Crusoes.

Ich wollte gerade mit einem Kopfsprung in den Fluß hinter dem Collège springen, um zur *Grotte* zu gelangen, als mich jemand rief:

»Hey! Alexandre.«

Ich drehte mich um. Nur ein paar Meter von mir entfernt stand Tintin. Im Schein des Mondlichts sah ich, daß er sich nicht ausgezogen hatte. In seinen schlecht geschnittenen Anzug gezwängt, spielte er nervös mit den Autoschlüsseln.

»Philo hat mich angerufen«, sagte Tintin. »Er kommt nicht. Er ist in letzter Minute aufgehalten worden. Er ist da einer heißen Sache auf der Spur, um eine Prinzessin zu fotografieren und . . . nun gut, und ich . . .«

»Du machst auch einen Rückzieher?«

»Hör mal, unser kleiner Ausflug ins Collège war wirklich nett, aber . . . du mußt mich verstehen. Ich habe eine Frau und Kinder . . . Wir sind einfach zu alt für solche Albernheiten.«

»Ich fälle kein Urteil über dich, Tintin. Danke, daß du trotzdem gekommen bist.«

»Mach's gut!«

Mit gesenktem Kopf ging er davon. Seine massige Silhouette verschwand im Halbdunkel. Einen Augenblick lang war ich versucht, die ganze Sache aufzugeben; doch eine Stimme in mir rief mich zur Ordnung. Sie befahl mir, die Gestade der Erwachsenenwelt hinter mir zu lassen, mich von den Blicken und Erwartungen der anderen zu befreien, um in vollkommener

Einsamkeit neue Kräfte zu sammeln, denn sie allein vermochte es, mich mir selbst näher zu bringen. Du bist fast vierzig Jahre alt, du hast nicht mehr die Zeit für Kompromisse. Hab den Mut, dir selbst zu begegnen!

Ich stach in See, obwohl sie recht bedrohlich aussah.

In der Dunkelheit orientierte ich mich an den Sternen. Der Seegang wurde stärker, und bald blies auch der Wind heftiger. Das Segel, das ich mir aus den Laken zurechtgeschnitten hatte, die uns Monsieur Arther gegeben hatte, wurde von heftigen Windböen zerfetzt. Ich mußte den Motor anwerfen, um weiterfahren zu können. Ich kam nur langsam vorwärts. Angriffslustige Brandungswellen überspülten das Deck.

Innerhalb von zehn Minuten befand ich mich mitten in dem Unwetter. Verschreckt klammerte ich mich an die Ruderpinne und tauchte in die Nacht ein, während ich gleichzeitig, so gut es ging, versuchte, meinen Kurs zu halten. Ganze zwei Stunden lang setzte ich mich gegen die wütenden Wellen zur Wehr, die den Rumpf des Bootes bestürmten, und kämpfte unermüdlich und verbissen gegen die heftigen Windböen. Mehr als einmal spürte ich, wie der Tod mich gerade packen wollte. Ich stieß ihn fort. Er wich zurück, versuchte es jedoch hartnäckig immer wieder. Ich mußte diese Finsternis bezwingen, um neugeboren zu werden, dachte ich, während ich Wasser aus dem Boot schöpfte. Entkräftet bemerkte ich eine Woge, die sich, als sie auf mich zurollte, haushoch auftürmte. Was hast du hier zu suchen? fragte ich mich plötzlich. Die dunkle Wassermasse wälzte sich über das Meer und schlug mit donnerndem Getöse über meinem Boot zusammen; ich war starr vor Entsetzen. Ein paar Minuten lang konnte ich überhaupt nichts mehr erkennen. Alles verschwand hinter einem Vorhang aus Gischt. Ich glaubte, mein kleines Boot wäre durch diesen geifernden Kiefer zermalmt worden, und war überrascht, als ich es wieder auftauchen sah; da hörte ich plötzlich ein dumpfes Krachen. Ein vorspringender Fels hatte den Bug des Schiffes weggerissen. Ich beeilte mich, das Leck abzudichten; eine mächtige Woge riß mich zu

Boden, die nächste hob mich hoch und spülte mich mit den aufgepeitschten Fluten fort. Ich schlug mit dem Kopf heftig an einem Riff auf. In dem Augenblick, als ich das Bewußtsein verlor, wußte ich, daß Alexandre Eiffel sein Leben aushauchte.

Bei Tagesanbruch erwachte ich auf einem Sandstrand, in einer kleinen, von Bäumen umstandenen Bucht. Die Wellen hatten mich wohl an diese mir unbekannte Küste gespült. Die Grillen feierten die Rückkehr der Sonne. Das Meer plätscherte sanft dahin und schien seinen Zorn vergessen zu haben.

Froh und glücklich, noch am Leben zu sein, stand ich auf und wagte mich in das dichte Gestrüpp aus Baumfarnen, Heidekraut und Erdbeerbäumen, das im Schutz von Aleppokiefern wuchs. Das Unwetter hatte Spuren hinterlassen. Schließlich kam ich zu einer großen Korkeiche. Ich kletterte hinauf, um zu sehen, wo ich gestrandet war.

Vom Wipfel des Baumes aus stellte ich fest, daß ich auf einer Insel war. Nicht weit von mir entfernt ragten die Ruinen eines eingestürzten Leuchtturms und ein Apfelbaum in die Höhe, der so zerzaust war, daß er älter erschien als ein uralter Olivenbaum. Ich hatte also vor der Apfelbauminsel Schiffbruch erlitten. Das Festland war jenseits der Horizontlinie. Ich war allein, vor der Gesellschaft der Erwachsenen in Sicherheit.

Um mich herum gedieh eine üppige Vegetation, ein kleiner Garten Eden. Palmen, Tamarisken und Eukalyptusbäume standen neben Myrte und Wacholdersträuchern. Auf der Nordspitze wuchsen Strandkiefern, die rund um die Überreste des Leuchtturms gruppiert waren. Vogelschwärme machten auf ihrem Weg nach Afrika an der Westküste halt, und Dutzende von Schmetterlingsarten entwickelten sich im warmen Mittelmeerklima. Die Insel war vor Reiseveranstaltern sicher, da sie

den Status eines Nationalparks hatte. Der Zugang war verboten, damit sich die Zugvögel dort ungestört paaren konnten.
Ich bemerkte einen zusammengerollten Schmetterling, der sich unter Mühen aus einem kleinen, seidigen Kokon schälte, der an einem Ast der Korkeiche hing. Als er das allerletzte Stadium seiner Metamorphose erreicht hatte, breitete er seine feinen, gelben, mit fahlroten Punkten gesprenkelten Flügel aus und flog davon, um mit der Sonne zu verschmelzen. Dieser Anblick erinnerte mich an die Wandlung, die ich selbst durchzumachen wünschte; ich blieb verwirrt zurück.
Dann, als ich mich zur südlichen Spitze umwandte, entdeckte ich das klägliche Wrack meines Bootes, das, was nach dem Angriff des Sturms übriggeblieben war. Aufgespießt auf einen vorstehenden Felsen, bot der zerstörte Rumpf den Anblick einer erlegten Beute, der man die Knochen gebrochen und den Bauch aufgeschlitzt hatte und die anschließend von der haßerfüllten Brandung in Stücke gerissen worden war. Es war offensichtlich, daß das blaue Boot nicht mehr zu reparieren war. Aus meinem Spiel war Ernst geworden. Das Schicksal und vielleicht auch der Kleine Wilde, der mich auf seine Art zu diesem Abenteuer verleitet hatte, hatten aus mir tatsächlich einen Robinson Crusoe gemacht. Ich war geradewegs in meinem Kindertraum gelandet, und es überkam mich ein Schauer, der zugleich große Aufregung als auch Furcht verhieß.
Ich stieg von meiner Korkeiche herunter und machte mich unverzüglich auf den Weg zum Wrack, um das, was an Proviant und vom Rest der Ausrüstung noch zu gebrauchen war, zu retten. Während ich einen steilen Felsen hinunterkletterte, dachte ich an Manon. Wie würde sie sich verhalten, wenn sie feststellte, daß sie mich so bald nicht wiedersehen würde? Der Gedanke, daß wir beide durch diesen Schicksalsschlag endgültig voneinander getrennt sein könnten, schoß mir durch den Kopf, aber ich verdrängte ihn gleich wieder. Eine einfache Verspätung konnte doch einem Verhältnis nichts anhaben, das für uns beide von so tiefer Bedeutung gewesen war. Wenn ich an ihre

sinnlichen Reize dachte und an die herrliche Erinnerung an ihre Mutter, regte das mehr denn je meine Vorstellungskraft an. Ich vermißte bereits sehnsüchtig den freimütigen Ton unserer Gespräche, die Leichtigkeit unserer Beziehung und die ungeheure Kraft, die in uns aufstieg, wenn wir zusammen waren. Die anhaltende und natürliche Fröhlichkeit, die sich dann in uns ausbreitete, verklärte die Welt, die sich in unseren Augen mit einem Mal in einen riesigen Pausenhof verwandelte. Jeder Augenblick hatte den Zauber des Vergänglichen und unsere Leidenschaft hatte etwas Spielerisches. Die Aufrichtigkeit war unsere Sprache und die Gegenwart unsere Zeit. Manon brachte es fertig, daß ich die Realität liebte, weil ich sie durch sie vergessen konnte. Ich war davon überzeugt, daß sie zu jenen Frauen gehörte, für die sich der Kleine Wilde begeistert hätte, und ich wollte glauben, daß sie auf mich wartete.

Als ich am Boot ankam, kletterte ich an Deck und stellte zu meiner großen Freude fest, daß wie durch ein Wunder der Großteil der Lebensmittel nicht beschädigt war und ordentlich verstaut im Laderaum lag. Das Werkzeug, das ich mitgenommen hatte, war auch noch an seinem Platz.

Ich war bis zum Abend damit beschäftigt, die Fracht auszuladen und die noch brauchbaren Planken des Bootes zusammenzusammeln; dann vergewisserte ich mich, ob die Zisterne in der Nähe des Leuchtturms mit Regenwasser gefüllt war, was tatsächlich der Fall war. Beruhigt kam ich zu der Ansicht, daß mein Überleben hier nicht mehr gefährdet war.

Und nun begann ein Abschnitt, den zu erzählen mir schwerfällt, da es sich um eine innere Erfahrung handelt. Die Art und Weise, wie meine Handlungen sich gegenseitig bedingt haben, wird den Spöttern sicher ein hämisches Grinsen entlokken. Einige werden mich für verrückt halten. Dennoch, es scheint mir, daß meine überspannten Ideen vielleicht mehr Sinn ergaben als der Alltag vieler sogenannter Normalbürger. Lieber Leser, ich offenbare dir jetzt die geheimsten Augenblicke meines Lebens.

Zu Beginn meines Aufenthaltes auf der Insel war meine ganze Zeit mit harter Arbeit ausgefüllt. Mein durch Einsamkeit und mangelnde Zerstreuung verwirrter Geist suchte ununterbrochen nach einer Beschäftigung, wie um mich auch weiterhin von mir selbst abzulenken. Ich sang – falsch –, um die eindrucksvolle Stille, an die ich nicht gewöhnt war, zu durchbrechen.
Als erstes machte ich mich daran, die Insel bis in den kleinsten Winkel zu erforschen. So entdeckte ich eine angsteinflößende Grotte, einen Schlund sozusagen, in der vollkommene Finsternis herrschte. Man hätte sie auch als eine klaffende Wunde bezeichnen können. Etwas beunruhigt, verzichtete ich darauf, sie zu betreten. Es war niemand da, der mich hätte spüren lassen, wie lächerlich meine Befürchtungen waren. Als nächstes baute ich mir eine stabile Hütte und zimmerte mir ein paar Möbel, die ich benötigte, und zwar mit besonders großer Sorgfalt, da ich den Augenblick fürchtete, da ich nicht mehr genügend Arbeit haben würde, um mich zu beschäftigen.
Mehr als zwanzig Jahre lang hatte mich die künstliche Hektik des Erwachsenenlebens von mir selbst abgelenkt und in einen Zustand ständiger Betriebsamkeit versetzt, gerade so, als bestünde mein Dasein nur aus einer Summe von Schwierigkeiten, die es zu meistern galt. Selbst in den Ferien war Alexandre Eiffel sich selbst nicht Gesellschaft genug. Unentwegt jagte er Tennisbällen hinterher, reparierte eine Wasserspülung, telefonierte, hielt sein Auto instand . . . Und wenn sein Körper sich aus-

nahmsweise in der Ruhelage befand, wurde sein Gehirn ununterbrochen durch Musik, die aus dem Radio schallte, oder durch tausend berufliche Sorgen abgelenkt, die ihn bis in den Schlaf hinein verfolgten. Meine Rückkehr zur Mandragore hatte meinen Bewegungsdrang kaum gebremst, der weit davon entfernt war, mich dem Kleinen Wilden näherzubringen, sondern mir weiter mein Leben enteignete.

Nach acht Tagen hatte ich kaum noch Arbeit. Ich hatte mir akzeptable Lebensbedingungen geschaffen. Meine Vorräte reichten aus, um meine Versorgung für sehr lange Zeit sicherzustellen. Mir ein Floß zu bauen, um damit die Insel zu verlassen, erschien mir absurd. Ich war viel zu weit von irgendeiner Küste entfernt, um ein solches Unternehmen zu wagen; und außerdem hatte ich mich nicht auf dieses Abenteuer eingelassen, um gleich beim ersten Hindernis einen Rückzieher zu machen.

Jedoch war diese Bewährungsprobe aus Nichtstun, gepaart mit Einsamkeit, niederdrückend. Ich klammerte mich verzweifelt an die winzigsten Aufgaben, die ich mir für mich ausdachte: ein Stück Holz zu bearbeiten, eine Flöte aus einem Stück Bambus zu schnitzen . . . Mein Blick war immer nach außen gerichtet, auf der Suche nach einem Vorwand, um mich selbst zu vergessen. Wenn ich doch nur am Knopf eines Fernsehers drehen oder mich mit einem Roman hätte ablenken können . . .

Doch dann geschah etwas BEMERKENSWERTES.

Eines Abends, als ich an einem der Strände saß und, ohne es zu wollen, nach einem vorbeifahrenden Boot Ausschau hielt, war ich vom Auf und Ab der kleinen Wellen plötzlich wie hypnotisiert, von diesem Kommen und Gehen, das in meinem inneren Rhythmus – dem des Kleinen Wilden – einen Widerhall fand. Nach und nach gewann ich zaghaft Spaß daran, zu existieren, winzige Wahrnehmungen, im Entstehen begriffene Stimmungen, aufkeimende Gefühle zu empfangen, mich allein von meiner Gegenwart verzaubern zu lassen, ohne daß diese sanfte Freude irgend etwas Narzißtisches an sich hatte. In dieser Seelenruhe entfaltete sich meine Wahrnehmungsfähigkeit, erwachte mein Bewußtsein, ich war eins mit der Natur, die eine Fortsetzung meiner selbst wurde; die Stille der Insel war erfüllt vom Schreien der Vögel, dem Gesang des Windes, dem Rauschen der Bäume: Meine Gesellschaft langweilte mich nicht mehr.

Weit entfernt vom Lärm der Erwachsenenwelt, hatte ich gerade die Gabe wiederentdeckt, Vertrautheit mit mir selbst zu empfinden.

Der Kleine Wilde, ja, er besaß das Geheimnis dieser Faulheit, die keine ist, diese Fähigkeit, sich gehenzulassen, die eine Möglichkeit ist, präsent zu sein. Verglichen mit dieser Leichtigkeit, die in der Kindheit normal ist, war ich noch recht linkisch; aber ich spürte dank dieser Träumereien eine Chance, mich mit mir zusammensein zu lassen.

Es begann also die Zeit einer spannenden Häutung. Wie viele Wochen dauerte sie? Ich erfuhr es erst viel später. Ich hatte keine Uhr mitgenommen und weigerte mich, die Zeit zu messen, indem ich auf Anhaltspunkte zurückgriff, die sich außerhalb meiner selbst befanden, wie etwa Minuten, Stunden oder Tage ... Nur mein innerer Zeitbegriff zählte. Ich war nicht mehr allein; ich war mit mir. Kein Programm und kein Terminkalender schränkten mich ein. Vom Gewicht der Welt befreit, hatte ich nur noch Verabredungen mit dem Kleinen Wilden. Keine *Meldung*, die von der Zeitung oder vom Radio verbreitet wurde, lenkte meine Aufmerksamkeit auf Dinge, die nicht zu meinem realen Leben gehörten. Meine Traurigkeit und meine Freude gehörten mir und nicht einer Person des öffentlichen Lebens.

Allmählich legte ich meine Sehnsucht ab, um mich in eine Abfolge von Augenblicken einzugliedern, innerhalb derer ich versuchte, mich wieder zu sammeln, wieder Besitz von mir selbst zu ergreifen; und ich fühlte mich immer lebendiger, aber diese Empfindung stieß weiterhin an gewisse Grenzen.

Alles, was sich auf meiner Insel befand, hatte für mich den Wert eines Schatzes: die Glasscherben, die das Meer blank poliert hatte und die ich am Strand auflas, ein Baumstamm, der die Form eines Delphins hatte . . . Nach und nach kehrte ich – vom Meer, das mich umgab, beschützt – in diesen schamanenhaften und poetischen Zustand zurück, welcher der Kindheit eigen ist. Das Unsichtbare war mir zugänglich.

So kam es, daß ich mich eines Morgens ohne ersichtlichen Grund bis zu Gott erhob. Ich hatte in dem Leuchtturm Zuflucht gesucht, um mich vor einem Sturm in Sicherheit zu bringen. Ich hebe den Kopf. Die Ruinen des Gebäudes glichen einem Schornstein, der in den Himmel hinaufragte. Plötzlich erkenne ich ihn, genauso klar und deutlich, als hätte er mich umarmt. Mit beunruhigender Leichtigkeit gebe ich mich hin, vergesse mich in ihm, in seiner unendlichen Zärtlichkeit. Ich war sehr überrascht, denn ich hatte den lieben Gott immer als Tout-Mamas leidigen Vertrauten angesehen und Christus als einen Akrobaten, der sich auf ein Kreuz verirrt hatte. Und nun liefere ich mich plötzlich voll und ganz der Sanftheit Gottes aus, und im selben Augenblick begreife ich, daß man nicht betet, indem man irgendwelche Litaneien endlos wiederholt, sondern indem man sich auf ihn einläßt, durchlässig ist. Da ich vertrauter mit mir selbst bin, werde ich es auch mit Gott.

Mit der Zeit wurde die Angst, die mir die Grotte einjagte, immer größer. Anfangs hatte es mir gefallen, mir vorzustellen, daß ein bösartiges Tier in diesem düsteren Loch hauste; dann, in meiner Einsamkeit, war ich schließlich davon überzeugt, daß dem tatsächlich so war, und aus dem Tier wurde in meiner Vorstellung ein abscheuliches Ungeheuer, das im Innern meiner Insel grollte. Ich hatte ihm den Namen *Mondragon* gegeben. *Mein Drache*, so hatte auch der Kleine Wilde das imaginäre große Krokodil getauft, das sich angeblich unter seinem Bett versteckt hatte, um ihn, wenn er schlief, aufzufressen.

Ich bewegte mich also wieder in einem verzauberten Universum und hoffte jeden Tag auf das entscheidende Ereignis, welches das Kind, das ich einmal gewesen war, zu neuem Leben erwecken und so aus mir einen richtigen Erwachsenen machen würde. Gewiß, ich hatte mich dem Kleinen Wilden angenähert, aber es gelang mir nicht, tatsächlich über sein Spiegelbild hinauszukommen. Selbst nach meinen Träumereien schaffte ich es nicht, ein Gefühl der Unvollkommenheit zu überwinden, so als ob ich noch von mir selbst, vom WAHREN LEBEN getrennt wäre; und diese Frustration wurde mir jetzt, seit ich diese Vorahnung hatte, unerträglich.

Was Manon betraf, so war ich in einer Stimmung, die mich immer wieder an sie denken ließ. Je mehr ich mein Herz befragte, desto weniger zweifelte ich daran, daß sie die richtige Frau für mein neues Leben sein würde. Auch die Leidenschaft, die sie bei unseren Umarmungen zeigte, fehlte mir. Zwischen ihren Schenkeln und mit ihren Lippen hatte sie mich schwindelnde Höhen erleben lassen, die weniger an einen Koitus denn an geistige Höhenflüge erinnerten. Wenn der Körper erlaubt, den Körper zu vergessen. Wenn die Poesie mit dem Sperma verschmilzt. Wenn die Seele bei einer königlichen Fellatio auf ihre Kosten kommt. Meine durch die Abstinenz erregten Sinne verlangten, daß ich zu Manon zurückkehrte; aber sie wollte einen Mann und keinen kleinen Jungen. Und als Mann wollte ich zu ihr zurückkehren.

Ich wartete auf diese Wiedergeburt.

Manchmal dachte ich voller Schmerz an Elke. Mit was für einer Enttäuschung mußte sie augenblicklich fertig werden? Ich hatte mir so sehr gewünscht, sie zu lieben, daß ich mir insgeheim eine Zuneigung für die Frau bewahrt hatte, die Alexandre Eiffels Ehefrau gewesen war.
Man mag sich vielleicht über den spärlich bemessenen Raum wundern, den ich ihr in dieser Erzählung zuteil werden lasse, wo sie doch seit über zehn Jahren meine Gewohnheiten, meine Schlaflosigkeit und meine Magenbeschwerden mit mir teilte. Nachdem ich sie vollkommen überraschend verlassen hatte, fühlte ich mich derart schuldig, daß ich es in der Folge feige vermied, mich an sie zu erinnern.
Sie hatte ganz naiv an meine Grundsatzerklärungen zur Ehe, an meine Liebesbeteuerungen und meine hochtrabenden Schwüre geglaubt. Arme Elke . . . sie wußte nicht, daß Männer Sicherheit gewinnen, indem sie Dinge in Worte kleiden, auf die sie selbst hereingefallen sind.
Sie schreien ihre Pseudo-Gewißheiten heraus und hoffen, daß die Zustimmung, die sie von ihrem weiblichen Gegenüber bekommen, sie überzeugen wird. Das sollte man kleinen Mädchen unbedingt sagen; aber wollen sie es verstehen?
Auf der Insel verspürte ich ihr gegenüber ein unangenehmes Gefühl der Scham, und schließlich hörte ich auf, mein Verhalten zu rechtfertigen. Warum muß das Erwachen eines Wesens immer auf Kosten anderer geschehen?
Eines Abends verschwand plötzlich die Sonne. Der Himmel

verdunkelte sich. Man hörte das dumpfe Grollen eines Gewitters, das immer näher kam. Der Himmel war von einer dunklen Wolkendecke verhangen. Die Zikaden und die Vögel hatten aufgehört zu singen.

Auf einmal wurde es noch dunkler, ein heftiger Wind kam auf, und das Meer begann zu tosen. Ein Platzregen prasselte nieder. Ich flüchtete mich in meine Hütte. Der Donner schien die Wellen anzustacheln, und bald peitschten die Windböen so heftig, daß das Dach meines Unterschlupfs weggerissen wurde. In panischer Angst versuchte ich mich vor dem Regen, der über mich hinwegfegte, zu schützen. Ein heftiger Windstoß riß die Bretterwände weg. Der Sturm war kalt und grauenvoll.

Das Unwetter, das über meine Insel hereinbrach, machte mich kopflos, und ich wußte nicht mehr, wohin ich gehen sollte. Ich wurde von einer unermeßlichen Angst ergriffen. Die Wellen, die vor mir auf die Klippen schlugen, schienen durchaus die Kraft zu haben, mein kleines Paradies zu überschwemmen. Die Wucht der tobenden Gischt war furchtbar. Um mich herum herrschte ein einziges Getöse, alles ging zu Bruch, kleine Bäume wurden entwurzelt, der Sturm raste, und der Regen floß in Strömen.

Voll Entsetzen dachte ich an meine letzte Rettung: die Grotte. Die wütenden Elemente schienen sich zusammengeschlossen zu haben, um mich dorthin zu treiben. Doch *Mondragon* lebte in der Finsternis dieser Höhle, und das Entsetzen, das er mir einflößte, war nicht gespielt. Aber angesichts des immer heftiger werdenden Unwetters flüchtete ich mich, ohne länger zu zögern, in die Höhle.

Das Gefühl der Einsamkeit, das mich überkam, glich einem Schwindelanfall. Ich war ganz allein auf der Welt, völlig verloren inmitten dieses nicht nachlassenden Sturms, des Donnergrollens, der dicken Wolken und des schneidenden Windes; und dieses Gefühl der Verlassenheit schien der Widerhall früherer Leiden zu sein, die ich hatte verdrängen wollen.

Der Eingang zur Grotte war furchterregend, doch der Orkan

zwang mich, *Mondragon* gegenüberzutreten. Als ich mich in der Dunkelheit vortastete, schnürte mir die Angst den Magen zusammen. Von fast vollständiger Dunkelheit umgeben, ließ ich mich auf die Knie fallen, und ein unerträgliches Gefühl der Verlassenheit überkam mich. Alle früheren Augenblicke der Einsamkeit stiegen plötzlich aus meinem tiefsten inneren Abgrund auf und konfrontierten mich ohne Mitleid mit meinen geheimsten Leiden, die ich früher nicht hatte herausschreien können, da sie zu UNERTRÄGLICH waren.

»Papa ist nicht mehr da«, sagt der Geist meiner Mutter, der plötzlich vor mir auftaucht.

Sie beißt sich auf die Unterlippe, bis sie blutet, ja, sie blutet tatsächlich.

Wir befinden uns fünfundzwanzig Jahre früher in der Villa Mandragore. Die Augen meiner Mutter scheinen mir leer, ihr Gesicht ist von Gram entstellt. Für mich gibt sie sich den Anschein, noch unter den Lebenden zu weilen.

»Wo ist er?« höre ich mich fragen, immer noch in der Hoffnung, kein Waise zu sein. Ich will nicht wahrhaben, was ich eigentlich schon weiß.

»Du bist jetzt das Familienoberhaupt«, stößt sie hervor.

Ich bin erst dreizehn Jahre alt. Das ist zu früh. Der Tod meines Vaters tötet auch den Kleinen Wilden. Ich bin allein, für immer. Die kalte Verzweiflung meiner Mutter ist mir unerträglich. Papa, warum hast du mich verlassen? Ich brauche deinen Blick. Oh, ich leide und bin nichts als EINSAMKEIT.

Kurz darauf öffne ich die Schublade seiner Kommode und ziehe seine Pullover heraus. Ihnen haftet noch der Geruch seiner Haut an, jene Partikelchen seiner selbst. Ich rieche an der Wolle, ehe sich der Geruch seines Körpers verflüchtigt, sauge ihn tief in mich hinein, bis ich regelrecht berauscht bin. Oh, ich leide und bin nichts als EINSAMKEIT.

Eine Woge des Schmerzes überspült mich. Ich höre auf, gegen diesen Sog zu kämpfen, und gebe mich der Verzweiflung und der Atemnot hin. Mein früheres Asthmaleiden hat sich in meinen Lungen ausgebreitet. Schreie und Flüstern. Ich wache aus meiner Betäubung auf, ergreife von meinem ganzen Leben Besitz, flüchte mich in meine Trauer, trinke sie zur bitteren Neige und krümme mich halb erstickt.

Später betrete ich ein Krankenhauszimmer. Ich bin fünfzehn Jahre alt. Meine Mutter liegt in einem der Eisenbetten, bereit, diese Welt zu verlassen. Man sieht nur das Weiße in ihren Augen, und sie starrt auf ein Jenseits, das nur sie allein sieht, jenes Land, in dem sie bald ihrem Geliebten, meinem Vater, gegenüberstehen wird. Ich trete näher. Ich ergreife ihre Hand, die sich wie Pergament anfühlt. Ihr Körper ist ausgemergelt, gelb und durchscheinend. Sie wendet sich zu mir, lächelt und murmelt mit tonloser Stimme:

»Bald wird er mir wieder verliebte Worte sagen . . .«

Ihr Blick wird starr. Sie ist bei ihm. Ich bin allein. Ich bin erst fünfzehn Jahre alt. Mama, warum hast du mich verlassen?

Ich bin siebzehn Jahre alt. Die Physiognomie meines Vaters zeichnet sich deutlich auf meinem jugendlichen Gesicht ab. Eines Abends trete ich vor den Badezimmerspiegel und suche ihn in meinen Zügen. Ich versuche, ihn ohne Vorwarnung in meinen Gesichtsausdrücken zu überraschen, ihn wieder zum Leben zu erwecken. Ich habe das Gefühl, daß er hinter meinem Gesicht schlummert. Mein Lächeln ist wie seines, wir haben die gleichen Grübchen, die gleiche hohe Stirn und die gleiche Nase. Für einige Augenblicke leihe ich ihm meine Physiognomie, um ihm ein wenig von jenem Leben zurückzugeben, das er mir geschenkt hat. Im Spiegel scheint er mich durch meine Augen zu beobachten. Aber nein; ich bin allein. Sein wahres Gesicht verwest unter einer Grabplatte, seine Lippen sind von Würmern zerfressen, seine Augen sind jetzt schlaffe leere Höhlen. Oh, ich leide und bin nichts als EINSAMKEIT.

Ich bade meine Wunden in meinen Tränen. Ich lasse meinem alten Kummer, jenem widerwärtigen Eiter, freien Lauf. Schluchzen, Erleichterung der angestauten Spannung, Ventil für die giftigen Ausdünstungen, die meine Seele erfüllen.

Ich hebe den Kopf und bemerke, daß ich zittere. Mein Asthma läßt nach. Mein ganzer Körper verlangt nach einer Umarmung, nach physischem Trost. Dann dringe ich, von einer dunklen Macht geleitet, weiter in die Grotte, in eine noch tiefere Nacht vor. Mondragon schreckt mich nicht mehr. Die Wände rücken immer näher an meine Schultern, doch ich schiebe mich rückwärts weiter in einen Schlauch hinein, bald sitze ich im warmen Lehm fest. Die Erde umschließt mich, liebkost mich. Ich spüre, daß sich meine innere Stimme im Stimmbruch befindet. Ich bin endlich zärtlich mir selbst gegenüber, ich lebe in der Gegenwart . . .

Als ich erwache, sehe ich einen Lichtstrahl. Es muß schon Tag sein. Von einer wunderbaren Lebenslust erfüllt, befreie ich mich aus dem Lehm und krieche aus dem Schlauch, um wieder zum Eingang der Grotte zu gelangen. Eine neue Kraft durchströmt meinen Körper. Wie lange habe ich geschlafen? Die Sonne steht hoch am Himmel. Vom Regenwasser gereinigt, scheint mir die Vegetation der Insel von neuem Leben erfüllt, sie sprüht mir ihre Farben entgegen. Ich habe das Gefühl, bis jetzt in einer schwarzweißen Welt gelebt zu haben. Die fuchsienfarbenen Blüten des Oleander, das Gelb der Mimosen, das Grün des Eukalyptus und das Blau des weiten Meeres verbrennen mir beinah die Netzhaut.

Ich gehe zu den Überresten meines Lagers und bleibe plötzlich stehen. Träume ich? Die Luft hat keinen schalen Geruch mehr. Meine Nase hat einen Eukalyptusduft eingefangen, der sich um mich herum verbreitet und die fade Atmosphäre belebt, die ich freudlos seit mehr als zwanzig Jahren einatme. Verblüfft hole ich noch einmal tief Atem. Andere Mittelmeerdüfte erfüllen meine Stirnhöhle. Ich habe den Geruchssinn des Kleinen Wilden zurückgewonnen! Mein ganzes Wesen nimmt wieder GERÜCHE auf.

Von einer kindlichen Freude erfüllt, laufe ich auf einen blühenden Zitronenbaum zu, umarme den Stamm, trinke seinen benebelnden Duft, rolle mich im Jasmin und genieße seine Duftwolke, schnuppere an der Erde, an den Steinen, lasse mich vom Geruch des Basilikums durchdringen, verliere mich in den duftenden Molekülen des Wacholderstrauchs, überlasse mich den komplexen, lebhaften oder beschaulichen Wohlgerüchen. Trunken von einem einfachen Glück, gebe ich mich weinend diesem Aromarausch hin.

Alexandre Eiffel hingegen vergoß nie Tränen. Da er ständig seine Empfindungen unterdrückte, war es schließlich soweit gekommen, daß er sie nur noch in sehr geringem Maße wahrnahm. Verkümmerte Schmerzempfindungen und armselige Glücksmomente – das war sein Los als domestizierter Erwachsener, das kam seiner Pseudo-Virilität zugute.

Während ich am Strand einer kleinen Bucht liege und in den Düften bade, die mich umgeben, spüre ich, daß in mir etwas Eigenartiges vorgeht: Die Worte bekommen wieder einen Sinn.

Wenn Monsieur Eiffel sagte, *ich liebe,* bedeutete das, daß er eine Sache nicht verabscheute. In seinen Worten lag keine Regung des Herzens, er fühlte die Begriffe, die er benutzte, nicht mehr. Die Worte des Kleinen Wilden waren voller Bedeutung. Seine Verben zuckten, seine Adjektive erschauderten, seine Beiworte hüpften. Wenn er rief, *Ich habe Hunger,* dann hatte er wirklich **HUNGER.**

Ich liege am Strand und bin **GLÜCKLICH, HIER UND JETZT.** Ich habe Lust, meiner **ERFÜLLTHEIT** singend Ausdruck zu verleihen. Ich öffne den Mund und stimme *Let it be* von John Lennon an, und zu meiner großen Verwunderung höre ich, daß ich richtig singe. Meine Stimme trifft ohne Schwierigkeiten die richtigen Töne. Ich richte mich auf, ergreife einen flachen Stein, und es gelingt mir, ihn mit der linken Hand so zu werfen, daß er dreimal über das Meer hüpft. Fassungslos wiederhole ich meinen Versuch, mit Erfolg. Der Linkshänder in mir ist wieder zum Leben erwacht. **ICH BEWOHNE WIEDER MEINEN KÖRPER.**

Plötzlich stört ein unangenehmer Geruch meine Euphorie. Ein anderer Mensch ist in mein Refugium eingedrungen. Ich habe soeben seine Anwesenheit gerochen, seinen durchdringenden, säuerlichen Geruch. Verärgert, in einem solchen Augenblick gestört zu werden, höre ich auf zu singen und klettere leichtfüßig auf einen alten Olivenbaum, um nach dem Besucher Ausschau zu halten.

Kein Mensch weit und breit. Keine Gestalt zeichnet sich auf meiner Insel ab, kein Boot ist an den Ufern meines Paradieses gestrandet. Doch der Geruch ist da. Verwirrt steige ich von meinem Baum. Der Mensch hat sein Boot sicherlich versteckt. Er hält sich verborgen. Warum? Eine vage Angst überkommt mich. Der traurige Geruch, den seine Haut verströmt, gefällt mir nicht. Wo versteckt sich dieser Unbekannte, den ich nicht riechen kann?

Beunruhigt durchsuche ich die Insel. Wo ich auch hinkomme, scheint er gerade verschwunden zu sein. Reste seines Geruchs hängen noch in der Luft. Es stimmt, daß mein Äußeres sicherlich nicht gerade vertrauenserweckend ist. Meine Kleider sind fast Lumpen, ich habe langes Haar und einen Bart, ich habe mich seit . . . seit langer Zeit nicht mehr rasiert; doch ich bin sauber und ihm nicht feindlich gesonnen.

Ich begebe mich auf ein Kap aus rosafarbenem Felsgestein, das oberhalb einer Bucht liegt und rufe:

»Zeigen Sie sich. Haben Sie keine Angst!«

Und mein Echo antwortet mir:

». . . Haben Sie keine Angst!«

Plötzlich begreife ich, daß ich allein bin. Der Unbekannte bin ich selbst. Dieser strenge Geruch ist der Geruch meines achtunddreißigjährigen Körpers. Ich hatte ihn nie wahrnehmen können, denn mein Geruchssinn war seit meinem sechzehnten Lebensjahr erloschen.

ICH STINKE WIE EIN ERWACHSENER.
Verwirrt kehre ich zurück zu den Überresten meiner Hütte und denke über die Aussichtslosigkeit meines Vorhabens nach. Die Hoffnung, mich dem Diktat der Zeit entziehen zu können, war illusorisch. Der Körper entkommt dem Alter nicht. Doch ich fühle mich jetzt in der Lage, meinen neuen Geruch lieben zu lernen.
Wer bin ich jetzt? Alexandre Eiffel gibt es nicht mehr. Der Kleine Wilde atmet in einem Körper, der von einem Erwachsenen verpestet wird. Puuh . . . das alles scheint mir recht verworren.
Neugierig, welches Gesicht sich wohl während meines Aufenthalts in der Einsamkeit unter meinem Bart entwickelt haben könnte, krame ich meinen Rasierapparat aus der Tiefe einer Truhe hervor, die vom Unwetter verschont geblieben ist. Ich mache Süßwasser warm und beginne, mich mit der linken Hand vor der Scherbe eines Spiegels, den der Sturm zerbrochen hatte, zu rasieren.
Langsam kommt ein Gesicht zum Vorschein, das sich sehr von dem unterscheidet, das ich am Tag meines Wiedersehens mit Lily hatte. Es war von Selbstgenügsamkeit aufgeblasen und wirkte durch die bleiche Gesichtsfarbe eines Büromenschen traurig. Die Müdigkeitsfalten unterstrichen meinen ernsthaften Ausdruck. Der angewiderte Zug um meinen Mund steigerte den Ausdruck vollständiger Desillusionierung, der auf meinen schlaffen Zügen lag. Mit gelangweiltem Blick, der sich irgendwo in der Ferne verlor, zog ich mich hinter die abgefeimte Maske zurück, die ich meinen Geschäftspartnern gegenüber aufzusetzen pflegte.
Statt dessen entdecke ich jetzt eine Physiognomie, die Unbesonnenheit und Schalkhaftigkeit verheißt, spitzbübische Augen, die dem Leben zulachen, und einen frischen Teint. Ich habe abgenommen. Meine vorzeitigen Falten sind verschwunden, meine glatte Stirn ist nicht mehr umwölkt. Mein ganzes Gesicht ist von einer Lebendigkeit und Harmonie bestimmt, die mich selbst erstaunt. Meine frühere Arroganz ist einem Ausdruck von aufrichtiger Schüchternheit gewichen, dem meine Körperhaltung nicht widerspricht. Unter diesem Äußeren ahnt man eine grenzenlose Dreistigkeit, einen Hang zu Lausbubenstreichen. Ich sehe nicht gut aus, aber **LEBENDIG**.

Zum ersten Mal sehe ich mir ähnlich.
Es ist nicht mehr nötig, daß ich den Kleinen Wilden nachäffe. Ihn von Zeit zu Zeit in meinen süßen Träumen oder im Gespräch mit meiner linken Hand zu besuchen wird von nun an ausreichen.
Ich bin weder Alexandre Eiffel noch der Kleine Wilde; **ICH BIN ALEXANDRE**!
Jetzt ist es an der Zeit, zu Manon zurückzukehren.

Am nächsten Morgen wachte ich, von köstlichen Düften umhüllt, sehr spät auf. Ich fing schon an, mich an meinen Geruch als Erwachsener zu gewöhnen. Als ich am Strand der Ostküste entlangging, bemerkte ich gleichmäßige Spuren im Sand.
Ich trete näher und entdecke . . . Fußabdrücke. Meine **WÜNSCHE** sind wieder in der Lage, die Realität zu beeinflussen! Ich habe mir **GEWÜNSCHT**, einen Weg zu finden, ans Festland zurückzukehren, und das Schicksal beschert mir einen Retter.
Ich knie mich nieder und studiere den Abdruck aufmerksam. Es ist nicht der Abdruck meines Fußes; es handelt sich wohl um ein Kind. Mein Freitag ist bestimmt nicht älter als zehn oder zwölf Jahre. Ich hebe den Kopf. Eine leichte Brise trägt mir einen menschlichen Geruch zu, den ich nur schwer einordnen kann; der Wind vermischt ihn mit dem Duft des Eukalyptus, der die Luft erfüllt.
Ich folge den Spuren am Meer entlang; und plötzlich nehme ich den Geruch einer jungen Frau wahr. Überrascht werfe ich einen kurzen Blick auf einen der Abdrücke. Besessen von meiner fixen Idee, habe ich diesen kleinen Fuß für den eines Kindes gehalten! Was bin ich dumm . . . wie hätte sich ein Kind von zehn Jahren allein so weit vom Festland entfernen können?
Ich atme noch einmal tief den natürlichen Duft dieses Mädchens ein, der in der Luft liegt. Ist es der von Manon, die sich auf die Suche nach mir gemacht hat? Ich würde es gerne glauben, aber es ist leider nicht sehr wahrscheinlich. Manon weiß überhaupt nicht, wo ich bin, und obwohl ich ihren weiblichen Geruch nicht kenne – bei meiner Abreise reagierte meine Nase noch nicht –, bin ich mir fast

sicher, daß diese betörende Fährte nicht die ihre ist. Dieser Duft paßt nicht zu ihr. Manon müßte nach dem Lachen eines Kindes, nach Unvorhergesehenem und Morgendämmerung riechen; während die Haut dieser jungen Frau eine sonderbare Duftmischung verströmt, in der sich Nuancen mischen, die an Weisheit, Leidenschaft und Qual erinnern. Von lebhafter Neugier gepackt, setze ich meine Suche hartnäckig fort. Schließlich finde ich ihr Boot, einen weißen Katamaran, der am Strand auf Grund gelaufen ist.
Von meinem Geruchssinn geleitet, erklimme ich einen Steilhang und entdecke plötzlich meine Besucherin, die sich nackt in dem klaren Wasser einer kleinen Bucht badet. Ihr Körper wirkt beinahe durchscheinend, so bleich ist er. Diese junge Frau, die noch keine dreißig Jahre alt ist, bietet dem Auge eine Schönheit, die mich bewegt. Ich gerate in Verzückung, aber nicht wie ein Voyeur; ich sehe sie mit den Augen eines kleinen Jungen, der zum ersten Mal die Reize des weiblichen Körpers erblickt. Ihre langsamen Gesten verleihen ihr eine Würde, die mich beeindruckt. Ihr natürliches Wesen läßt ihren lebhaften Gesichtsausdruck irgendwie anrührend erscheinen. Die Art, wie ihre Haare fallen, reizt meine Sinne; sie bindet sie sich mit einer Anmut zurück, die Fanny ebenbürtig wäre.
Ich komme näher, rufe ihr etwas zu.
Sie dreht sich um, sieht mich und hüllt sich gelassen in ein weißes Tuch, das sie über ihrer Brust verknotet. Mein verwildertes Aussehen verwundert sie, aber sie zeigt keinerlei Anzeichen von Furcht; solche Empfindungen scheinen ihr fremd zu sein. Ich spüre bei ihr eine ungeheure Fähigkeit, sich allem, was ihr widerfährt, anzupassen.
Ich erwidere ihr Lächeln und frage:

»Welcher Tag ist heute?«

»Freitag.«

»Der wievielte?«

»Der achtundzwanzigste.«

»Juli?« erkundigte ich mich, wobei ich eigentlich davon ausgehe, daß wir den achtundzwanzigsten Juni haben.

»Nein«, erwiderte sie verwundert. »Der achtundzwanzigste September.«

»Ich habe auf dieser Insel am sechsten Juni Schiffbruch erlitten«, murmelte ich vollkommen verblüfft.

Es waren also vier Monate vergangen, hundertvierzehn Tage, während derer mich das Schicksal vor dem Wahnsinn der Erwachsenenwelt bewahrt hatte. Ich hatte den Eindruck gehabt, nur ein paar Wochen auf meiner Insel verbracht zu haben.

»Ich heiße Alexandre.«

»Ich Alice.«

Von ihr mit Fragen bestürmt, erzählte ich meine Geschichte, ohne das Geringste auszulassen. Das Verständnis, das ich in ihrem Blick las, war derart, daß ich nicht im geringsten das Gefühl hatte, mich lächerlich zu machen, wenn ich mich ihrem Urteil aussetzte. Dann, als sie Vertrauen zu mir gefaßt hatte, erzählte sie mir von ihrem Leben, und zwar mit Worten, die mich zutiefst erstaunten.

»Morgen werde ich mich mit meinem Verlobten vereinen und mich mit ihm bis zu meinem Tode einschließen!« rief sie voller Freude.

»Du heiratest morgen?«

»In gewisser Weise.«

»Und . . . wer ist dein Verlobter?«

»Er ist gut, und auch sanft. Seine Worte sind wie ein Honig, dessen ich nie überdrüssig werde. Sein Körper ist die einzige Nahrung, die mich sättigen kann.«

»Wie bitte?«

»Sein Blut zu trinken heißt, vom Lebensquell zu trinken.«

Ich war fassungslos. Dieses harmlos aussehende Mädchen schilderte ihren Kannibalismus und ihre Lust an Freiheitsberaubung mit einem Enthusiasmus, der mich befangen machte. Wenn ich sie richtig verstand, war sie ausgesprochen vernarrt in ihren Geliebten – offenbar ein toller Typ – und geriet in Ekstase, wenn sie nur an ihn dachte; aber sie konnte nicht an sich halten und aß ihn, täglich, Stück für Stück auf! Mit Grausen sah ich den armen Kerl vor mir, wie er an einen Heizkörper gekettet in einem dunklen Keller saß und sich am Montag einen Zeh, am Dienstag ein Ohr und was weiß ich am Mittwoch abbeißen ließ . . .

»Na, das wird ja eine sonderbare Ehe werden . . .«

»Für unsere Hochzeit werde ich mich in einen Sarg legen und mir die Haare scheren lassen, ganz kurz.«

»Ganz kurz . . .«

»Morgen werde ich Schwester Alice vom Jesus-Maria-Orden.«

Sie brach in schallendes Gelächter aus.

Sprachlos riß ich die Augen auf. Alice hatte gerade ihr Noviziat beendet und sollte am nächsten Tag in einem Karmeliterkloster den Schleier nehmen! Sie war Christus, ihrem himmlischen Geliebten, versprochen, der sie, wie sie sagte, zur vollkommenen Glückseligkeit führen würde.

Vierundzwanzig Stunden vor diesem Schritt war sie auf die Insel gekommen, um zu beten und um sich von der Welt zu verabschieden.

»Ich möchte von der Außenwelt ein letztes, wunderschönes Bild mitnehmen.

Also bin ich hierher zurückgekehrt. Als ich klein war, hat mich mein Großvater zum Picknicken auf diese Insel mitgenommen.«

»Du wirst dich wirklich bis zu deinem Tod in einem Kloster einschließen?«

»Ich ziehe es vor, mich vom Gewicht der Welt zu befreien, um **WIRKLICH ZU LEBEN**, **IM ERLEUCHTETEN ZUSTAND**.«

Wir sprachen dieselbe Sprache. Was sie sagte, war voller Emotionen, die sich auf ihrem Gesicht spiegelten; ihre Sprache hatte die Kraft tiefempfundener Worte.

Wir setzten unsere Unterhaltung in vollkommener Aufrichtigkeit bei gegrilltem Fisch fort. Doch dann unterbrach sie mich völlig unvermittelt:

»Alexandre, der Kleine Wilde existiert nicht. Du hast das nur geträumt.«

»Geträumt?«

»Kinder ändern sich ständig. Sie befinden sich immer in Bewegung, in einer Metamorphose. Ein Kind existiert nur im

jeweiligen Augenblick. Der Kleine Wilde mit sieben Jahren war nicht derselbe wie mit acht, neun oder zwölf Jahren. Die Kindheit, die existiert nicht; das ist eine Erfindung der Erwachsenen! Es gibt sehr viele Kleine Wilde, und sie sind alle ganz verschieden.«
Ich brachte kein Wort heraus, ja, stand beinahe unter Schock. Alices Behauptung war so wahr und so einfach, daß ich nicht wußte, was ich erwidern sollte. Ich hatte mich also seit Beginn meines Abenteuers mit einem Traum identifiziert.

»Aber, immerhin . . .«, stotterte ich. »Kind zu sein, das bedeutet doch etwas!«

»Ja, das Geheimnis zu bewahren, ständig in Bewegung zu bleiben.«

Was für ein Narr war ich gewesen, als ich mir einbildete, daß meine Wiedergeburt auf der Insel mich ein für allemal zu einem fertigen Menschen machen würde, der sich endlich dem Kind gegenüber, das er gewesen war, als ebenbürtig erwies. Dieses Ereignis kennzeichnete lediglich den Beginn der Odyssee, die mir noch bevorstand.

»Trotzdem«, fuhr Alice fort, »nichts spricht dagegen, weiter an dieser Illusion festzuhalten! Aber . . . wie wäre es, wenn du, anstatt den Kleinen Wilden zu spielen, zu einem Kind würdest, das Erwachsensein spielt?«

Als wären die Worte, die sie gerade ausgesprochen hatte, eine Erleuchtung für mich, dachte ich einen Augenblick darüber nach, lächelte sie an und sagte:

»Ich werde lernen, einen Erwachsenen zu spielen . . .«

Wunderbare Alice . . . Diese Geliebte Christi hatte einen Scharfblick, der mir entscheidend weiterhalf. Ein Kind zu sein, das einen Erwachsenen spielt, war das vielleicht **DER WEG**?
Wir verbrachten den Abend auf der Insel und saßen in wohltuender Vertrautheit am Feuer. Ich gefiel ihr, sie bezauberte mich, der Augenblick verführte zur Hingabe; aber anstatt uns verpflichtet zu fühlen, miteinander zu schlafen, hörten wir auf unsere Körper und einigten uns stillschweigend auf einen wundervollen Austausch von Zärtlichkeiten. Eng aneinandergeschmiegt, überließen wir uns der Sanftheit

des Augenblicks. Es ging nicht um Sex. Wir spürten, daß diese Liebkosungen die Umarmung war, die unserer Aufrichtigkeit entsprach.

Am nächsten Tag sollte mein neues Leben anfangen.

Eine neue Seite meiner Geschichte begann.

Ich blätterte um.

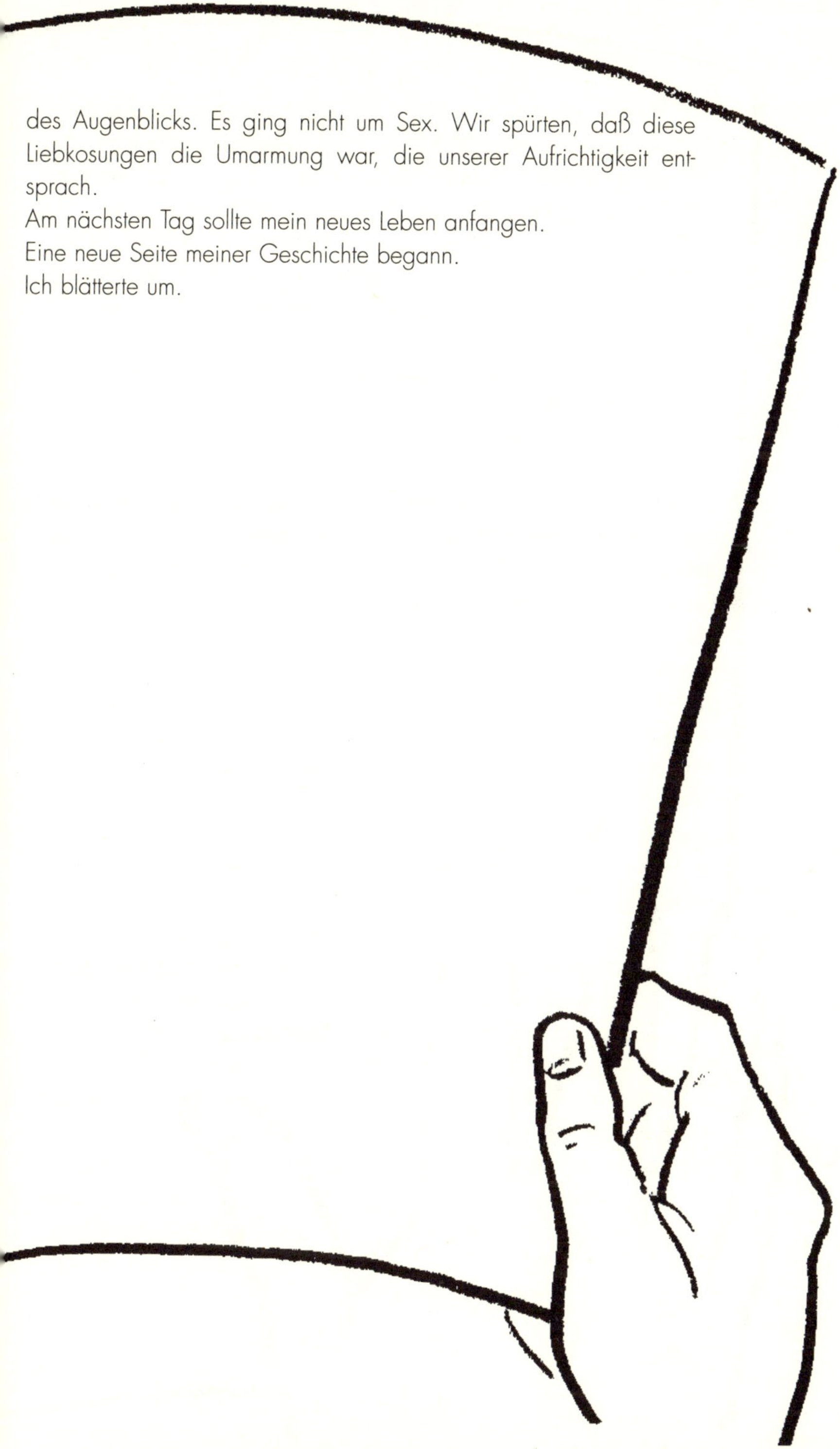

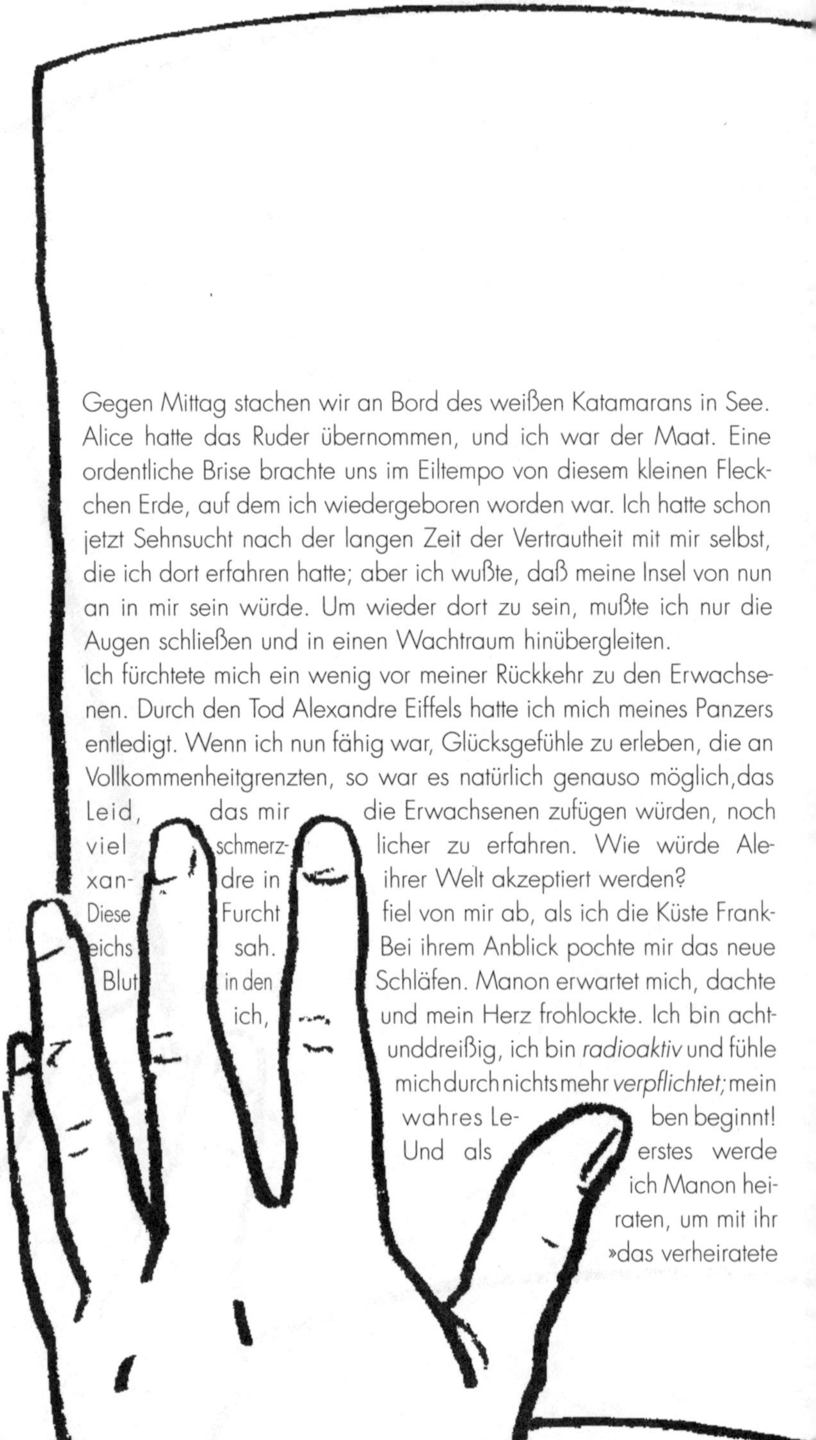

Gegen Mittag stachen wir an Bord des weißen Katamarans in See. Alice hatte das Ruder übernommen, und ich war der Maat. Eine ordentliche Brise brachte uns im Eiltempo von diesem kleinen Fleckchen Erde, auf dem ich wiedergeboren worden war. Ich hatte schon jetzt Sehnsucht nach der langen Zeit der Vertrautheit mit mir selbst, die ich dort erfahren hatte; aber ich wußte, daß meine Insel von nun an in mir sein würde. Um wieder dort zu sein, mußte ich nur die Augen schließen und in einen Wachtraum hinübergleiten.

Ich fürchtete mich ein wenig vor meiner Rückkehr zu den Erwachsenen. Durch den Tod Alexandre Eiffels hatte ich mich meines Panzers entledigt. Wenn ich nun fähig war, Glücksgefühle zu erleben, die an Vollkommenheitgrenzten, so war es natürlich genauso möglich,das Leid, das mir die Erwachsenen zufügen würden, noch viel schmerzlicher zu erfahren. Wie würde Alexandre in ihrer Welt akzeptiert werden?

Diese Furcht fiel von mir ab, als ich die Küste Frankreichs sah. Bei ihrem Anblick pochte mir das neue Blut in den Schläfen. Manon erwartet mich, dachte ich, und mein Herz frohlockte. Ich bin achtunddreißig, ich bin *radioaktiv* und fühle mich durch nichts mehr *verpflichtet;* mein wahres Leben beginnt! Und als erstes werde ich Manon heiraten, um mit ihr »das verheiratete

Ehepaar« zu spielen. Unser unberechenbarer, planloser Alltag wird nichts mit dem gemein haben, den ich mit Elke erlebt habe. Wir werden häufig, je nach Lust und Laune, die Spielregeln ändern und nicht in die heimtückische Falle der Gewohnheiten tappen. Ich bin bereit, unsere Hütte gegen ein Haus einzutauschen, denn heute weiß ich, daß ich genügend von meiner Kindheit in mir trage, um darin zu leben wie in einer Hütte! Und genau wie ich es mir als kleiner Junge immer ausgemalt hatte, würde ich die Nase der Parfümerie Tonnerre werden, eine subversive Nase, welche die Firmen der Erwachsenen aufrütteln würde, da sie Parfüms auf den Markt bringen wird, die in der Lage sind, den kleinen Jungen oder das kleine Mädchen, das in uns schlummert, zu wecken. Diese alte Idee reizte mich erneut.
Ich zweifelte keine Sekunde daran, daß meine Wünsche in Erfüllung gehen würden. Hatten meine **WÜNSCHE** nicht ihre Allmacht wiedergewonnen? Ich duldete keine Kompromisse mehr. Entweder wurde mein Leben so schön, wie ich es mir als Kind immer erträumt hatte, oder ich wollte sterben. Das war meine Stärke.

Der Katamaran wogte durch die Brandung. Ich war glücklich und sehr zuversichtlich. Es blieb mir nichts anderes übrig, als dem Lauf meiner Existenz ganz natürlich zu folgen. Ich konnte wieder eine Armbanduhr an meinem Handgelenk tragen, meine Kreditkarten wieder benutzen und mir auch wieder ein Auto anschaffen, anstatt mit einem roten Fahrrad durch die Gegend zu fahren. Die Zeit der Tricks war vorbei. Bah . . . wie unangenehm, seekrank zu sein . . .

Gott sei Dank hörte das Boot auf zu schwanken, als es in die Gewässer der Bucht vor der Villa Mandragore hineinfuhr. Ich kam wieder zu mir. Wir näherten uns dem Ziel. Musikfetzen drangen aus dem Garten der Tonnerres zu uns herüber. Sie gaben einen Empfang. Wollten sie ein neues Parfüm auf den Markt bringen? Anscheinend waren viele Menschen eingeladen. Journalisten? Diese

glanzvolle und große Gesellschaft beunruhigte mich. Vier Monate der Einsamkeit hatten mich des oberflächlichen Umgangs mit Menschen entwöhnt. Mitten in einen Empfang hineinzuplatzen und um Manons Hand anzuhalten behagte mir nicht gerade.
Ich ging besorgt und nervös in dem kleinen Hafen, der zu beiden Anwesen gehörte, an Land, verabschiedete mich von Alice und sagte dummerweise:

»Auf bald.«

»Nein.«

»Entschuldige.«

»Spiel schön den Erwachsenen . . .«

Sie lächelte mir zu und fuhr wieder aufs Meer hinaus; meine Gedanken kreisten bereits ausschließlich um Manon. Ich konnte sie in der Menge elegant gekleideter Frauen und Männern im Frack, die sich vor der Orangerie der Tonnerres drängten, nicht ausfindig machen. Zerlumpt wie ich war, wagte ich mich nicht näher heran; und dann sah ich sie.

Manon geht lächelnd in einem Hochzeitskleid durch den Garten ihrer Mutter. An ihrer Seite ist ein Mann, der plötzlich gerufen wird. Bertrand! Bertrand! Er dreht sich um. Sie bringt ihren Schleier lässig in Ordnung. Völlig verblüfft, regungslos, betrachte ich dieses Schauspiel. Manon setzt ihren Weg durch den Garten fort; jeder ihrer Schritte verrät unbändige Freude. Für einen Tag lebt sie den Traum, den sie als kleines Mädchen hatte: Sie ist ein Star, und alle Blicke sind auf sie gerichtet. Die Gäste reagieren auf jedes ihrer Worte mit einem Lächeln. Alle Männer drehen sich nach ihr um.

Ich vergehe vor **SCHMERZ**, von einem heftigen Schlag getroffen. Eine dunkle Traurigkeit nistet sich in mein Herz ein, das sich zusammenschnürt; es ist eine einzige Wunde. Ich stehe wie erstarrt da und falle in einen Abgrund stummer Verzweiflung. Ich möchte *sterben…*

Manon bemerkt mich.
Ich beginne wieder zu atmen.
Ihr Blick wird starr, ihr Nacken spannt sich an.
Sie fängt sich wieder, verläßt ihre Hochzeitsgesellschaft und kommt auf mich zu. Ich atme weniger schwer. Wir stehen, Auge in Auge, auf dem Holzsteg des kleinen Hafens. Ich spüre ihren zarten Duft, der meine Sinne mit unwiderstehlicher Anziehungskraft betört. *Vier Monate, das war zuviel,* murmelt sie. Und dann: *Ich brauche einen*

Mann und keinen kleinen Jungen. Ich versuche ihr den Menschen zu beschreiben, der ich augenblicklich bin. Sie will mich nicht mehr verstehen. *Ich bin es überdrüssig,* sagt sie. Das Schicksal hat mich soeben besiegt. Manon wird von nun an den Namen eines anderen tragen. *Ich habe eine Entscheidung getroffen,* wiederholt sie mehrfach. Versucht sie, sich selbst davon zu überzeugen? Nein, sie scheint entschlossen zu sein, aus meinem Leben zu verschwinden. *Wir ziehen nach Quebec,* fährt sie fort, *Bertrand ist dort an eine Spezialklinik berufen worden. Und ich habe eine Stelle als Geologiedozentin an der Universität Montreal gefunden. Ein Glücksfall . . .*

»Ja, ja . . .«, höre ich mich murmeln.

Sie drückt mir rasch die Hand, so als fürchte sie, daß diese Berührung länger dauern könnte, und geht. Wie vor den Kopf geschlagen mache ich mich auf den Weg zur Mandragore. Célestin hat während meiner Abwesenheit mit Feuereifer gearbeitet. Der Garten meiner Kindheit ist erblüht. Die Beete sind wieder gerichtet; die Rosensträucher erstrahlen in ihrer alten Pracht. Tausend wohlvertraute Düfte steigen mir in die Nase und lassen meine Vergangenheit wieder lebendig werden. Die Zeit ist endlich aufgehoben. Ich müßte glücklich sein, spüre aber in mir nur Verzweiflung und Verbitterung. Ich habe nicht einmal mehr die Kraft, mich gegen das Schicksal aufzulehnen. Was für eine absurde Verkettung . . . Manon entschwindet genau in dem Augenblick nach Quebec, wo ich mich reif genug fühle, sie zu lieben. Warum muß einem immer *der andere* die Pläne unnachgiebig durchkreuzen?

Ratlos betrete ich den großen Salon der Mandragore. Tout-Mama liegt, in ihre großen Schals gehüllt, krank im Bett. Ihr Blick ist leer, die Augen sind von geplatzten Äderchen umrahmt. Gelegentlich zuckt ihr Unterkiefer so sehr, daß man denken könnte, sie würde ihn sich ausrenken. Mühsam richtet sie sich auf und ruft mir mit matter Stimme zu:

»Pascal . . . ich habe auf dich gewartet. Du hast mir so gefehlt, mein kleiner Pascal.«

Ein grauenerregendes, verkrampftes Lachen entstellt ihr altes Gesicht. Entsetzt bleibe ich stehen. Tout-Mama hält mich für meinen Vater; sie scheint vergessen zu haben, daß er tot ist. Knarrend öffnet sich eine Tür. Célestin erscheint; er geht noch gebeugter als sonst und flüstert mir mit feierlichem Ernst zu:

»Sie hat auf die Rückkehr ihres Sohnes gewartet, um sich von ihm zu verabschieden . . .«

»Pascal, komm her, damit ich dich umarmen und küssen kann«, murmelt sie.

Die Ängste eines nicht enden wollenden Todeskampfes haben Tout-Mamas Geist verwirrt. Als eine Mutter, die den Tod ihres Sohnes niemals verwunden hat, ist sie nichts anderes mehr als ein Herz. Von Furcht erfüllt und zugleich bis ins Innerste aufgewühlt, drücke ich sie an mich; um ihr die letzten Augenblicke etwas leichter zu machen, spiele ich bei diesem schrecklichen Theater mit.

»Ich bin hier . . .«

»Mein Kleiner, mein kleiner Pascal, ich wußte, daß du zurückkommen würdest. Geht es dir besser?«

»Ich bin geheilt, es war nicht Krebs.«

»Mein Liebling, ich hatte ja solche Angst . . . solche Angst.«

Mit ihren knöchrigen Fingern betastet sie mein Gesicht. Ihr Augenlicht scheint zu schwinden. Ich beruhige diese im Sterben liegende Mutter. Sie spuckt, ringt rasselnd nach Luft, würgt an ihrem Schleim. Ihre Lungen verweigern den Dienst, und mit ihren dürren Armen fuchtelt sie ziellos in der Luft herum. Der letzte Akt ist erniedrigend . . .

»Bring mich nach draußen«, wispert sie mir zu, »ich brauche Luft. Pascal, schnell.«

Ich nehme sie in meine Arme und trage sie hastig auf die Terrasse, die auf den Garten hinausgeht. Dann bette ich sie sanft auf einen Liegestuhl, gleich neben Lilys Käfig.

»Mir ist kalt, kalt . . .«, röchelt sie.

Ich reibe ihr den feuchten Körper ab und spreche mit sanfter Stimme zu ihr:

»Riechst du die Mimosen, die Chinarosen und den Duft der Tulpen?«

»Ja . . .«

»Der Garten blüht wieder. Du bist dreißig Jahre alt, du bist schön. Das Alter, das gibt es nicht. Der Garten ist vom Duft deiner Jugend erfüllt, riech nur!«

Ein Lächeln umspielt ihre Lippen und bringt Leben in ihr starres Gesicht. Mit halbgeschlossenen Augen saugt sie den Duft jener Zeit ein, in der sie eine junge, umschwärmte Frau war, das Aroma dieses Parks, in dem sie von ihren Geliebten träumte. Für einen Moment glaubt sie, sie sei dreißig; sie wird beinahe wieder schön. Doch mit einem Mal zerreißt ein trockener Husten ihre Brust. Ihre knochigen Finger krallen sich in meine. Ich bin allein, unwiederbringlich **ALLEIN.**

Ohne darüber nachzudenken, stehe ich auf, öffne Lilys Käfig und lasse sie frei. Sie breitet die Flügel aus, steigt in den Himmel hinauf und verschmilzt mit der Sonne.

Die Trauerwoche, die nun folgte, war ebenso bedrückend wie ihr Sterben, das ich miterlebt hatte. Ich irrte mit dem Hund Marcel in der Mandragore umher, inmitten dieses Dekors einer vergangenen Epoche. Ich war vom Kummer gezeichnet, hatte das Gefühl, zu ersticken, fand mich nicht mehr zurecht. Das Leben hatte mir Tout-Mamas Blick geraubt und mir die Frau entrissen, auf die ich all meine Zärtlichkeit und meine Liebe gerichtet hatte. Gott hatte sich aus meiner Seele zurückgezogen.

Ein beflissener und geschäftstüchtiger Totengräber befreite mich vom steifen Leichnam meiner Großmutter. Wünschen Sie einen massiven Eichensarg oder Holzimitat? Mit vergoldeten oder verchromten Griffen? Wenn Sie das Kruzifix aus Messing nehmen, kann ich Ihnen 15 % Rabatt auf den Gesamtpreis einräumen. Bodenlose Verzweiflung. Abstieg in das abscheuliche Geschäft mit dem Tod. Schließlich forderte die Verwaltung ihren Teil an Formalitäten. Ein Stempel im Bürgermeisteramt. Ein bis zum Überdruß höflicher Notar. Eingezwängt in einen Anzug, der für den jungen Mann gemacht worden war, der er nicht mehr ist, öffnet er Tout-Mamas Testament und verliest es, wobei er eine den Umständen angemessene Miene zur Schau stellt:

Hiermit vermache ich meine Seele Gott, meine Erinnerungen dem Wind und meinen Sinn für Humor meinem Enkel Alexandre.

Auf meinem Grabstein soll geschrieben stehen:
"Ich habe genug gelacht."
Marie Eiffel
geborene Sauvage
24. Mai 1968

Der vergnügte Ton Tout-Mamas heitert mich auf und mildert meine Bestürzung. Ich muß lächeln. Haben wir schönes Wetter? Es scheint so. Wie konnte ich bloß vergessen, über das, was mir passiert ist, zu lachen? Der Kleine Wilde war nicht so ernst, selbst dann nicht, wenn er litt.

Nachdem ich die Kanzlei des Notars verlassen habe, gehe ich zurück zur Mandragore, nehme mir zwei Füller, in jede Hand einen, und beginne mich schriftlich mit dem Kleinen Wilden zu unterhalten. Es ist mir gleichgültig, daß er nur in meiner Vorstellung existiert; ich möchte glauben, daß er weiß, welchen Weg ich einschlagen soll.

»Was soll ich tun?« fragt ihn meine rechte Hand.

Und die linke antwortet mir:

»Du Idiot! Warum hast du zugelassen, daß Manon sich mit einem anderen davonmacht?«

»Sie hatte gerade geheiratet, als ich kam.«

»Na und? Hol sie dir zurück!«

»Sie hat sich entschieden.«

»Wenn du wirklich mit ihr leben **WILLST**, dann schaffst du das auch. Du bist doch jetzt allmächtig. Sind deine Wünsche etwa keine **WÜNSCHE**?«

Aufgewühlt lege ich beide Füller aus der Hand. Der Kleine Wilde hat recht. Warum habe ich so schnell aufgegeben? Das Erdbeben der Gefühle, das ich gerade durchlebte, hatte mich vergessen lassen, daß durch meine Adern ja jetzt *radioaktives* Blut floß. Das Unmögliche ist für mich machbar.

Ich beschloß unverzüglich, Manon zurückzuerobern. Wie? Als erstes mußte ich meine Zweifel überwinden; dann würde ich mich Manon gegenüber so verhalten wie ein Kind, das Erwachsensein spielt. Ich würde ihr den Hof machen wie ein Mann, der auf die Macht der **WÜNSCHE** vertraut und bereit ist, auf seine Phantasie zu hören. Zum Teufel mit der Ernsthaftigkeit! Das große Spiel kann beginnen; ich hatte mich lange genug in meiner Niedergeschlagenheit wohl gefühlt. Tout-Mama würde es wohl kaum schätzen, daß ich weiter Trübsal blies.

Mein Entschluß ließ meine frühere Listigkeit und mein ausgelassenes, witziges und freches Naturell wiederaufleben. Sofort buchte ich telefonisch – Tout-Mama hatte die Leitung reparieren lassen – einen Flug nach Montreal, eine Stadt, die ich sehr gut kannte. Gleich danach schloß ich alle Fensterläden der Mandragore.

Was sollte ich mit diesem Haus machen? Es war sinnlos, es zu erhalten; aber ich hatte es nicht in seiner ganzen Pracht wiederherstellen lassen, um mich jetzt davon zu trennen. Einen Augenblick lang war ich versucht, es in Brand zu stecken, damit es nur noch in meiner Erinnerung existierte.

Ich entschied mich schließlich für eine weniger ruinöse Lösung, die meinem Herzen mehr zusagte: Bis zu meinem Tod würde ich es verwahrlosen lassen.

Eines Tages würde der Efeu die hölzernen Fensterläden überwuchern. Unkraut würde überall aus dem Boden schießen, und mit der Zeit würde der Garten, den Célestin zu neuem Leben erweckt hatte, unter den Brombeersträuchern verschwinden. Nach und nach würde die Villa Mandragore von einem Geheimnis umwoben sein.

Meine Kindheit wäre also durch die Vegetation geschützt, als hätte eine Fee sie in tiefen Schlaf versetzt.

Ich vertraute Marcel dem alten Célestin an und ging in den Garten, um von den großen Bäumen endgültig Abschied zu nehmen.

»Leb wohl Zeder, leb wohl Mammutbaum«, murmelte ich mit erstickter Stimme.

Dann schloß ich die Eingangstür der Villa Mandragore ab...
... und ging zum Hafen.
Am Ende des Deichs warf ich den Schlüssel ins Meer.
Mein Leben als Mann hatte begonnen.

Als Mann verkleidet, bestieg ich das Flugzeug nach Montreal. Ich trug einen grauen Flanellanzug und all die Sachen, die man braucht, um erwachsen auszusehen: gewichste Schuhe, eine Krawatte passend zu meinem gut gebügelten Hemd, eine große Uhr mit Datumsanzeige, ein Sortiment von Kreditkarten und natürlich das unvermeidliche Köfferchen; darin befand sich zwar nichts weiter als eine Schachtel Kekse, aber ich hielt dieses Gepäckstück für unbedingt erforderlich, wenn ich einen guten Einstieg in meine neue Rolle finden wollte.

Im Flugzeug beobachtete ich einige Geschäftsleute, um mir das für sie typische Verhalten einzubleuen. Einer kratzte sich die Glatze, während er die *Financial Times* studierte. Ich bat die Stewardeß, mir ebenfalls ein Exemplar zu bringen, das ich mich zu lesen zwang, wobei ich mir gleichzeitig den Kopf kratzte. Den Menschen zu imitieren, der ich einmal gewesen war, belustigte mich. Ein anderer arbeitete unermüdlich an seinem tragbaren Computer; in meiner Zerstreutheit hatte ich nicht daran gedacht, mir einen zu besorgen. Außerdem hatte ich versäumt, mich mit einem Taschenrechner und einem Terminkalender auszustatten. Es ist eben niemand perfekt.

Mitten in den Wolken dachte ich darüber nach, daß nur ein Kind an die Wiedereroberung Manons glauben konnte. Vernünftig betrachtet, war das Unternehmen zum Scheitern verurteilt. Man heiratet nicht, um vierzehn Tage später schon wieder auseinanderzugehen und sich scheiden zu lassen. Manon hatte wohl wenig Lust auf Ehebruch; das hatte sie mir oft genug gesagt. Und dann hatte sie ja schließlich eine Entscheidung getroffen – allem Anschein nach liebte sie zärtlich ihren Bertrand. Aber hat das Herz nicht seine eigenen Beweggründe, die aller Vernunft Hohn spotten? Meins sagte mir, ich müsse beharrlich bleiben.

Je länger ich mir zuhörte, um so sicherer war ich mir, daß meine Leidenschaft Manons Widerstand besiegen würde, so unnachgiebig sie sich auch geben mochte; und ich hatte das Gefühl, daß diese mit Heiterkeit gepaarte Sicherheit, die mich erfüllte, mein bester Verbündeter war. Ist es nicht verwirrend, das Objekt einer Liebe zu sein, die keinen Zweifel kennt? Oh, dieser Rausch, inbrünstig begehrt zu werden . . . In den Augen desjenigen, der dich **BEGEHRT**, liegt eine geheime Anziehungskraft, ein Zerrspiegel, der dir das Gefühl gibt, betörend zu sein. Wie viele Lieben entstehen aus diesem Widerhall, und um wieviel leichter verlieben wir uns in den, der uns liebt? Meine Gewißheit war frei von jedem Hochmut und beruhte nicht auf Berechnung; sie erwuchs aus einer inneren Kraft, die durch nichts geschmälert werden konnte.

Meine Gefühle für Manon waren so heftig wie jene, die der Kleine Wilde für Madame de Tonnerre gehegt hatte. Ich fand, daß all die Reize, die sie von ihrer Mutter geerbt hatte, durch einen ihr eigenen noch gesteigert wurden. Ihr lebhaftes Wesen versprach ein Eheleben, das zugleich ein schweres als auch leichtes Spiel sein würde. Und sie fand großen Gefallen an endlosen Umarmungen . . .

Während ich die unendlich lange Rue Sherbrooke entlanglaufe, um zu Bertrand und Manon zu kommen, atme ich den Montrealer Herbst ein. Um mich herum dehnt sich die gigantische Baustelle der Städte der Neuen Welt aus. Unbebaute Grundstücke, von Betonkästen eingerahmt, folgen auf rosafarbene, grüne und blaue Wolkenkratzer, die sich für Augenblicke zu erleichtern scheinen, indem sie große Schwaden weißen Rauchs ausstoßen; dann schließt sich ein Wald kleiner Häuser an. Die Straßen sind übersät mit großen amerikanischen Autos, die ihre Fahrer in den Kurven sanft auf elastischen Stoßdämpfern wiegen.

Nichts ist wirklich schön; doch alles versetzt mich in Erstaunen und verzaubert mich.

Jedesmal wenn ich nach Montreal komme, habe ich das Gefühl, zu mir zurückzukehren. Ich bin nicht dort geboren, aber dieses Land lächelt einfach jeden an, der noch nicht das Kind in sich getötet hat, das Kind, das versucht, in ihm zu überleben. Mir scheint, in Quebec gibt es weniger Erwachsene als in Frankreich. Am Ufer des Sankt-Lorenz-Stromes lebt eine Handvoll französisch sprechender Kinder,

die Erwachsensein spielen und sich dessen bewußt sind. In Paris spielen wir dieses Stück zwar auch, aber wir wissen nicht, daß wir spielen.
In der Rue Hutchinson entdecke ich eine Reihe alter Backsteinhäuser. In die erste Etage gelangt man über eine außen angebrachte Metalltreppe. Eins dieser Häuser ist zu vermieten; vielleicht ein Ort, um sein Glück mit einer Frau zu versuchen. Ich notiere mir die Telefonnummer, die auf dem Schild steht. Unter diesem Dach in Nordamerika will ich Manon Kinder machen, in diesen Breiten, deren Akzent unsere Kleinen annehmen werden, inmitten dieser Musik, zu der Texte zu erfinden, die frei von Emotionen sind, so schwierig ist. Auch ich selbst werde diesen Akzent lernen, der heiter, untröstlich und zärtlich zugleich macht. Das wird also das Ende meiner Häutung sein.
In der Prince Arthur Ouest suche ich die Nummer 315. Fanny de Tonnerre hat mir, bevor ich losfuhr, die Adresse von Manon gegeben. Aber Nummer 315 ist eine Kirche; ich muß mir die Nummer falsch aufgeschrieben haben.
Ich finde eine Telefonzelle, rufe die Auskunft an und lasse mir bestätigen, daß Bertrand und Manon Watteau sehr wohl ihr Domizil in der Prince Arthur Ouest gewählt haben. Ratlos kehre ich zur Kirche zurück, öffne das große Holzportal und, welche Überraschung, stoße auf eine Glastür und eine Sprechanlage. Die Kirche ist umgebaut und in Wohnungen aufgeteilt worden! Ich bin wirklich in Amerika. Mein Gott – Manon – lebt in einer Kirche . . .
Ich läute. Nichts. Es wird Abend; allmählich macht sich die herbstliche Kälte bemerkbar. Ich werde nicht geduldig auf der Straße warten. Der Zeitunterschied läßt mich vor Erschöpfung ganz dumpf werden. Es gelingt mir, mit Hilfe einer Büroklammer die hinderliche Glastür zu öffnen – bin ich nicht ein ehemaliger Schlüsselfabrikant? –, und dann, indem ich ganz vorsichtig mit der Klammer hantiere, schaffe ich es, das Schloß ihrer Zweizimmerwohnung zu öffnen, ohne es zu beschädigen.
Ich dringe in Manons und Bertrands Wohnung ein, unter dem Dach, welches den Chor der Kirche beherbergt. Keiner von beiden ist da.

Ich bin zu erschlagen, zu erschöpft, um auch nur im geringsten verlegen zu sein. In einem Spiegel sehe ich das aschfahle Gesicht eines Mannes, der vergessen hat, sich zu rasieren. Ich hebe die Hand; er hebt seine ebenfalls. Dann bin das also ich. Es täte mir sicher sehr gut, mich ein bißchen frisch zu machen. Ich kann mich Manon doch nicht in einem solchen Zustand zeigen. Die Wanne hinten im Badezimmer sieht gemütlich aus. Ich öffne die Hähne, entkleide mich und strecke mich in dem heißen Wasser aus. Mm . . . Mmm . . . die Wonnen und Freuden des Bades . . .

NEIN, ICH DARF NICHT EINSCHLAFEN!

ICH REISSE DIE AUGEN WEIT AUF. ABER GANZ LANGSAM SENKEN SICH MEINE LIDER. ICH SEHE NICHTS mehr . . . rrr . . . rrr

Ah!

ruft plötzlich Manon, die auf der Schwelle zum Badezimmer steht. Ich schrecke aus dem Schlaf auf und niese. Das Badewasser ist kalt. Wie lange habe ich geschlafen? Manon bleibt starr, vor Überraschung wie versteinert.

»Was machst du hier?« stammelt sie.

»Entschuldige, ich bin eingeschlafen . . . die Zeitverschiebung.«

»Was machst du hier, in Montreal, bei mir?!«

»Kannst du mich einen Augenblick allein lassen? Ich würde gern aus dem Wasser steigen . . . es ist so kalt.«

Manon zieht sich ins Wohnzimmer zurück. Ich trockne mich hastig ab, kleide mich wieder an und rieche plötzlich ihren Duft in einem Seidentuch. Ich stibitze es und stecke es in meine Tasche; dann gehe ich zu ihr. Dieses unvermutete Schläfchen hat mich wieder munter gemacht. Manon sitzt direkt vor mir auf einem Hocker. Ihre äußerst steife Haltung verrät die Nervosität, die sie zu verbergen sucht.

»Also!« schleudert sie mir entgegen.

»Ich habe ein Haus ausfindig gemacht, in der Rue Hutchinson 3450, nicht sehr weit von hier. Ich werde es morgen mieten und dich dort bis zum 30. November erwarten. Du hast also einen Monat Zeit, darüber nachzudenken«, sage ich ruhig.

»Worüber?«

»Das Kinderzimmer werde ich mit Mickymaustapeten ausstaffieren, würde dir das gefallen?«

»Alexandre . . .«

»Ich werde bis zum 30. dort sein.«

»Und wenn ich nicht komme?«

»Ich möchte, daß das Leben so schön ist, wie ich es mir erträumt habe, als ich klein war, oder sterben.«

»Ist das ein Erpressungsversuch?«

»Nein, du wirst ja kommen! Außerdem, sei unbesorgt, Selbstmord hat mich immer in Schrecken versetzt . . .«

»Ich habe mich entschieden.«

»Ich auch. Und du wirst meine Frau!« sage ich voller Freude.

»Ich **WEISS** es. Es ist komisch, ich habe nicht einmal Angst. Es ist so klar. Ich **WEISS** es, das ist alles.«

»Wie kommt es, daß du so sicher bist?!«

»Manon, ich werde auf dich bis zum 30. warten, bis Mitternacht. Rue Hutchinson 3450.«

Ich nehme meinen Mantel. Plötzlich öffnet sich die Wohnungstür. Bertrand kommt herein, eine lederne Aktentasche in der Hand. Sein Gesicht sieht verletzlich aus; die Zartheit seiner Züge steht im Widerspruch zu seiner krummen Rugbyspielernase. Er lächelt mich an. Manon wird rot und stottert:

»Guten Abend, Liebling . . . Alexandre Eiffel, ein Freund, der auf der Durchreise in Montreal ist.«

Sofort korrigiere ich sie:

»Nein, das stimmt nicht. Ich war, es ist schon einige Zeit her, der Geliebte Ihrer Frau, und ich bin nach Quebec gekommen, um sie Ihnen wegzunehmen. Entschuldige, Manon, aber ich ertrage keine Heuchelei mehr.«

Sie schaudert. Ich spüre, daß die unverfrorene Sicherheit, die ich an den Tag lege, sie gereizt macht; aber ich möchte von nun an in der Wahrheit leben. Die Lügen der Erwachsenen sind mir unerträglich geworden.

»Das soll wohl ein Scherz sein!« meint Bertrand.

Ganz ruhig antworte ich:

»Ich habe Manon einen Monat Bedenkzeit gegeben. Und in diesen dreißig Tagen werde ich alles tun, was in meiner Macht steht, um sie erneut zu verführen. Absolut alles. Damit das klar ist.«

Verdutzt, ohne ein Wort zu sagen, blickt Manon mich an. Daß ein Mann ihretwegen den Atlantik überquert hat und sich ihrem Gatten als Rivale präsentiert, schmeichelt der kleinen Manouche, die einst davon träumte, daß Ritter um ihre Gunst kämpfen; doch gleichzeitig scheint sie mir böse zu sein, weil ich ihren Ehefrieden störe.

»Soll ich Sie vielleicht zusammenschlagen?« stößt plötzlich Bertrand hervor.

»Offen gesagt, nein.«

»Verschwinden Sie.«

»Sie wirken nervös . . . sind Sie sich der Liebe Manons etwa nicht sicher?«

»Machen Sie, daß Sie rauskommen.«

»Sie werden nicht sagen können, daß man Sie im unklaren gelassen hat.«

»Hauen Sie ab!!« brüllt er.

»Geh jetzt«, murmelt Manon.

»Guten Abend . . . Oh, ich vergaß, Manon, ich habe dir am Flughafen ein Parfüm gekauft.«

Ich ziehe eine kleine Geschenkpackung aus meiner Manteltasche, lege sie auf den Couchtisch und begebe mich zur Tür. Von grenzenloser Wut gepackt, nimmt Bertrand die Schachtel und schmeißt sie mir an den Kopf. Ich kann gerade noch rechtzeitig fliehen, um einer Schlägerei zu entgehen.

Wieder auf der Straße, frohlocke ich. Mein **WUNSCH**, mein Leben mit Manon zu teilen, beginnt bereits, sich auf die Realität auszuwirken. Ich mußte es nur klar und deutlich aussprechen, um meinen Gegner zu verunsichern. Ohne große Schwierigkeiten kann ich mir die häßlichen Worte vorstellen, die Bertrand nach meinem Weggang Manon entgegengeschleudert haben muß: *Ich verbiete dir, ihn wiederzusehen! Wenn du noch einmal mit ihm sprichst, ist es aus!* Ohne daß ich es mir vorgenommen habe – alles geschah so schnell –, habe ich ihre Ehe mit dem Gift der Eifersucht infiziert. Ein Monat lang Mißtrauen und Angst vor dem Nachspionieren dürfte genügen, um ihre Liebe zu zerstören. Einen argwöhnischen Ehemann, der immerzu befürchtet, ein Liebhaber scharwenzle um seine

Frau herum, wird man schnell leid. *Warum kommst du zu spät? Wo warst du? Hör auf zu lügen!*
Man könnte sich vielleicht darüber wundern, daß mir so gehässige Gedanken durch den Kopf gehen. Aber sind Kinder etwa keine Ungeheuer? Außerdem erschien mir alles erlaubt, was der Wiedereroberung Manons diente. Absolut alles.
Ich hatte ihr keine Märchen erzählt: Ich **WOLLTE**, daß die Welt so schön würde, wie ich sie mir als Kind erträumt hatte, oder lieber sterben. Es war nicht mehr die Zeit für Kompromisse.

Ich verbrachte die Nacht im Hotel – die Nase in das Seidentuch vergraben, in dem noch immer Manons Duft hing – und mietete vom nächsten Tag an das Haus in der Rue Hutchinson 3450. Monsieur Louis hatte zu guter Letzt LES CLÉS EIFFEL gekauft. Wir hatten uns geeinigt, daß er mir jeden Monat eine stattliche Summe überwies, die meine laufenden Kosten sowie die Rückzahlung für die Mandragore abdeckte.

Sobald das Telefon angeschlossen war, bemühte ich mich, Manon zu erreichen, um mich wegen der Einrichtung unseres zukünftigen Heims mit ihr zu beraten. Wollte sie, daß ihr Zimmer weiß gestrichen wurde? Wünschte sie, daß ich das Bad eher mit einem kleinen Schwimmbecken als mit einer Badewanne ausstattete, damit wir uns dort nach Belieben der Lust hingeben konnten? Oh . . . die Sinnenfreuden im Wasser . . .

Beim ersten Mal war Bertrand am Apparat.

»Hallo«, sagte er.

»Hier ist Alexandre. Könnte ich Manon sprechen?«

Er hängte ein. Ich war erstaunt über sein kindisches Verhalten. Was versprach er sich davon? Man hält eine Frau nicht dadurch, daß man Mauern um sie herum aufrichtet; selbst in einem Gefängnis wäre ihr Herz unkontrollierbaren Regungen ausgeliefert, und Bertrand könnte mir schließlich nicht ewig verbieten, mit ihr zu sprechen. Ich an seiner Stelle würde wahrscheinlich versuchen, wieder Herr der Lage zu werden, anstatt mich von der Angst des Belagerten packen zu lassen. Wäre es nicht viel geschickter, wenn er Manon vorschlagen würde, mir auf der Stelle zu folgen? Sie würde das ganz sicher ablehnen – es war noch zu früh –, und mich hätte es in große Verlegenheit gebracht.

Am Abend rief ich wieder bei ihnen an.

»Hallo?« ertönte Bertrands Stimme.

»Seien Sie klug, geben Sie mir Manon.«

»Was wollen Sie von ihr?«

»Das habe ich Ihnen bereits gesagt. Ich möchte sie Ihnen wegnehmen.«

Ich hörte im Hintergrund die heisere Stimme Manons, die sich dem Telefon näherte. Bertrand legte auf.

Sofort wählte ich noch einmal ihre Nummer. Ein Anrufbeantworter schaltete sich zwischen Manon und mich. Ich hinterließ eine Nachricht, die sie am anderen Ende der Leitung hören mußte. Bertrand konnte ihr schließlich nicht die Ohren verschließen.

»Manon, ich werde unser Haus einrichten. Ich brauche deinen Rat. Was unsere Hochzeit angeht, so werde ich mich um alles kümmern . . . Ich erwarte dich in der Rue Hutchinson 3450. Am 30. gehen wir auf Hochzeitsreise.«

Noch am selben Tag besorgte ich mir alles, was nötig war, um den Duft Manons aus dem Seidenschal zu ziehen, sowie all die Düfte, die ich brauchte, um jenen Beruf auszuüben, von dem der Kleine Wilde geträumt hatte: Nase sein!

Zunächst bemühte ich mich, dem Seidentuch seinen Duft durch Enfleurage zu entziehen, bevor der Geruch Manons sich verflüchtigt hatte. Mit diesem Parfüm an meiner Seite wollte ich ihre Ankunft erwarten.

Diese Idee wird all denjenigen merkwürdig vorkommen, die ein *Gebrechen* haben und atmen, ohne dabei wirklich die Geruchspartikel wahrzunehmen, die durch die Luft schweben; doch für denjenigen, der mit der Nase riecht, wie andere mit den Augen sehen, ist die Ggenwart eines Duftes fast realer als die jener Person, von der dieser Duft ausgeht.

Ich zerschnitt
den Seiden-
schal in
kleine
Vierecke,
die ich eins
nach dem ande-
ren in ein Gefäß
legte. Zwischen jedes
einzelne Stückchen schob
ich eine dünne Lage Baum-
wolle, die mit florentinischem
Öl getränkt war; dann versie-
gelte ich den Pfropfen mit
Wachs und stellte das
Gefäß in den Keller, in
die Nähe des
Heizkessels.

Plötzlich hatte ich eine Idee. Da Manon nicht mehr mit mir sprechen wollte – sie rief mich nicht zurück –, würde ich ihr meine Liebe durch ein Parfüm *nach Maß* erklären.
Fieberhaft machte ich mich daran, diesen einzigartigen Wohlgeruch zu komponieren. Da ich die Düfte kannte, die ihre Haut verströmte, gab ich mir Mühe, ein Parfüm zu kreieren, das ihrer so einzigartigen Weiblichkeit entsprach; ich wußte sehr genau, welche Wirkung die von mir ausgesuchten Essenzen hatten, wenn sie sich mit dem Säuremantel ihrer Haut verbinden würden.
Ich träumte davon, ihr ein Parfüm zu schenken, das imstande wäre, ihre jugendliche Frische vor den Angriffen der Zeit zu bewahren, eine olfaktorische Illusion, die es ihr vergönnen würde, daß man selbst dann eine Schönheit von zweiunddreißig Jahren in ihr sehen würde, wenn Falten allmählich ihr Gesicht zerstörten.
Das Ergebnis war ein voller Erfolg.
Diesen Geruch einzusaugen, der sich langsam und einschmeichelnd

in der Luft entfaltete, vermittelte einem das Gefühl, ein duftendes Synonym für das Wort Schönheit einzuatmen; er hatte eine unwiderstehliche Anziehungskraft. Dieser Duft würde bis in alle Ewigkeit das Bild einer Frau von dreißig Jahren heraufbeschwören. Ich füllte einen kleinen Flakon damit und steckte ihn in einen Umschlag. Dazu legte ich einen Brief, in dem ich Manon erklärte, daß meine Nase zu neuem Leben erwacht sei; dann schrieb ich mit der linken Hand ihre Adresse auf den Umschlag und schickte ihn ab.

Für mich würde sie immer eine Tonnerre bleiben.

Bei Tagesanbruch stieg ich in den Keller hinab, öffnete das Gefäß und sog den Geruch Manons ein.

Allmählich
verbreitete
sich ihr leichter
und fri-
scher
Duft im Raum, vermisch-
te sich mit der Luft und wurde
beinahe körperlich. Ich hatte
das Ge- fühl, sie in der Luft zu
spüren, nicht greifbar, son-
dern unsichtbar, aber den-
noch vorhanden. Ihr Wesen
stand direkt vor mir. Mein Parfüm
hatte sie zurückgebracht. Ich konnte
ihr, so oft ich wollte, wiederbe- geg-
nen. Dazu mußte ich nur den Ver-
schluß einer Flasche öffnen! Trun- ken
verschmolz ich mit ihr, in
vollkomme- ner Harmo-
nie. Nun trennte uns
nichts mehr; und
mein Ge- ruch, ver-
mischt mit dem ih-
ren, ge- fiel mir.
Ich füllte das
Duftöl in ei-
nen Fla- kon,
den ich
sorg- fältig
ver- schloß.

Er enthielt Manons Gegenwart.

Glücklich begann ich unser Haus einzurichten, allerdings allein nach meinem Geschmack, denn Manon schwieg weiterhin hartnäckig. Die drei Zimmer im ersten Stock stattete ich mit Möbeln aus. Eins – das schönste – sollte für unser erstes Kind sein; ich schmückte es mit einer Mickymaustapete und stellte eine Wiege aus Holz, eine kleine Kommode sowie einen breiten Wickeltisch hinein. Das zweite gehörte mir; das dritte würde Manons Zimmer sein.
Ich wollte getrennte Schlafzimmer, um einem zu raschen Schwinden unserer Lust entgegenzuwirken. Ein verheiratetes Ehepaar zu spielen bedeutete in meinen Augen, die zahllosen verhängnisvollen Dinge zu vermeiden, mit denen sich die meisten Paare abfanden: gemeinsames Bett, gemeinsames Waschbecken, gemeinsames Klo . . . all das, was einem freudlosen Aneinanderfesthalten förderlich war, aber nicht der Leidenschaft. Für unser Leben zu zweit würde es nur eine Regel geben, und zwar die, daß es keine gab, und wir würden nur unseren spontanen und natürlichen Neigungen nachgeben. Zum Teufel mit dem dummen Konformismus, der erst das Herz erstickt und dann die Seele! Die Liebe ist eine viel zu ernste Angelegenheit, um sie dem Erwachsenen zu überlassen, der sich in uns eingenistet hat. Getrennte Schlafzimmer würden uns die Freiheit geben, uns immer abwechselnd gegenseitig einzuladen. Jeden Abend müßten wir uns das Recht, die Haut des anderen berühren zu dürfen, neu erobern. Inzwischen fühlte ich mich genügend vertraut mit mir selbst, um dies auch mit einer Frau wirklich sein zu können. Ich fürchtete mich nicht mehr davor, meine wahren Gefühle zu äußern, anstatt den anderen unter dem Gewicht meiner unausgesprochenen Befürchtungen leiden zu lassen.
Das Wohnzimmer im Erdgeschoß strich ich weiß. Ich wollte auf die Wände Dias projizieren können, die wir ständig wechseln würden; unser Universum würde auf diese Weise unsere inneren Entwicklungen widerspiegeln. Ich hatte auf meiner Insel das Geheimnis der ständigen inneren Bewegung wiederentdeckt und war entschlossen, nicht erneut in die lähmende Erstarrung der Erwachsenheit zu verfallen.
Hin und wieder wurde ich während meiner Beschäftigungen von

schrecklichen Zweifeln geplagt, die mich völlig niederdrückten. Und wenn nun Manon nicht käme? Doch jedesmal gelang es mir, meinen Glauben an unsere Zukunft zurückzugewinnen, und ich dachte, daß das unerklärliche Vertrauen des Kindes in mir der Grund dafür war. Spätestens am 30. November **MUSSTE** Manon die Schwelle dieses Hauses überschreiten. Ich **WOLLTE** es und freute mich schon darauf.

Berauscht von meinem baldigen Sieg, stürzte ich mich mit Feuereifer in die Schlacht.

Auf spitzen Absätzen mühsam balancierend, trippelte ich die Prince Arthur Quest entlang. Ich hatte mir die Lippen malvenfarben geschminkt und mich in einen roten Ledermini mit Spitzenbesatz gezwängt. Eine feuerrote Perücke machte meinen Aufzug als Transvestit komplett. Mein viel zu enger BH, der mir die Brust einschnürte, ließ mir kaum noch Luft zum Atmen; die Haare auf meinen Beinen stachen durch die Seidenstrümpfe.
Alexandre Eiffel hätte es niemals gewagt, auf offener Straße mit dem Hintern zu wackeln, noch dazu in so einer Aufmachung! Bei seiner Kleidung hatte er selten Wagemut gezeigt, höchstens bei der Wahl einer ausgefallenen Krawatte; und auch nur dann, wenn er auf einen Kostümball gehen mußte . . .
Auf meinem Weg zur Kirche von Manon und Bertrand jubilierte ich innerlich. Die Chancen standen gut, daß meine Falle zuschnappte. Aufgeregt postierte ich mich vor dem Eingang und wartete geduldig. Sie kamen jeden Tag gemeinsam gegen neunzehn Uhr nach Hause. Ich sehe sie vorne an der Straßenecke. Sie wirken gereizt; aus der Entfernung glaube ich zu erkennen, daß sie sich Beleidigungen um die Ohren schlagen. Hoch erfreut darüber stolziere ich wankend auf sie zu, darum bemüht, mit meiner ganzen Erscheinung eine Verrückte darzustellen, die vor Wut bebt. Meine Nasenflügel zittern. In einer Schaufensterscheibe erhasche ich einen Blick auf mein Spiegelbild; man kann mich nicht wiedererkennen. Ich sehe wirklich wie ein brasilianischer Transvestit aus! Mit ausholendem Schritt und wiegenden Hüften, den Kopf graziös und zugleich ordinär vorgestreckt, stürze ich mich auf meine Beute und BUMS!

Verdutzt bleibt Bertrand auf der Stelle stehen. Mit meiner Handtasche habe ich ihm einen kräftigen Schlag ins Gesicht versetzt. Ich räuspere mich und rufe mit kreischender Stimme:

»Na, mein kleines Miststück! Erkennst mich wohl nicht mehr, was, Bertrand?«

»Pardon?« antwortet er verstört.

»Du erinnerst dich wohl nicht mehr an mich? Na, dann werd' ich deinem Gedächtnis mal ein bißchen auf die Sprünge helfen, mein lieber Bertrand!!«

»Also wirklich . . .«, murmelt Manon verwirrt.

»Der feine Herr hier ist aus Nizza verduftet, um in Montreal unterzutauchen. Aber ich habe dich aufgestöbert, mein Süßer!«

»Ich bitte Sie, hören Sie auf damit«, entgegnet er. »Ich kenne Sie nicht.«

Er versucht weiterzugehen und zieht Manon mit sich, die ihm bereits mißtrauische Blicke zuwirft. Zufrieden packe ich Bertrand grob am Ärmel.

»Du hast also die große Lola vergessen? Dreckskerl!«

»Lassen Sie uns in Frieden!« ruft er und reißt sich los.

»Na, dann bums sie doch, dein Weibchen. Sie wird es dir bestimmt nicht so gut besorgen wie ich.«

Mit kreidebleichem Gesicht flüchtet sich Manon in die Eingangshalle der Kirche. Bertrand deckt ihren Rückzug; voller Panik schließt er rasch die große Tür hinter ihnen.

Freudetrunken schreie ich meinen Sieg hinaus und wiege mich wie eine Flamencotänzerin in den Hüften:

»Jippi! Juh! Yeah!«

Ich habe Manon soeben Zweifel an Bertrands Heterosexualität eingeimpft; das Gift beginnt zu wirken . . .

Plötzlich ertönt hinter mir Applaus. Ein kleiner, schwächlich aussehender Mann wirft seine Zigarre aus dem Fenster eines violetten Cadillacs, auf dessen Kühlerhaube ein Paar Rinderhörner prangen. Dann öffnet er die Wagentür. Eine merkwürdige Vorrichtung setzt sich in Gang, knarrt, quack, pok, kriiik, sprrr, bum, und befördert einen

Rollstuhl – mit ihm darin – auf den Bürgersteig. Noch ganz verwirrt von diesem Schauspiel, sehe ich, wie er eilig auf mich zukommt. Dazu bedient er mit großer Geschicklichkeit eine Art Steuerknüppel. Sein Rollstuhl ist motorisiert und mit Pailletten übersät. Ein verkrampftes Lächeln verzerrt seinen Mund. Er hat diesen honigsüßen Ausdruck im Gesicht, den Ganoven aufsetzen, die angeblich nur dein Bestes wollen. Seine Augen funkeln hinterhältig. Er streckt mir eine schlaffe Hand entgegen.

»Ange Malo, Produzent!« stellt er sich mit unverkennbar kanadischem Akzent vor.

»Guten Tag.«

Seine Hand ist auch noch feucht; ich wische mir die Finger an meinem Rock ab.

»Hast du nicht Lust, dir zweihundert Piaster pro Abend zu verdienen?«

»Piaster?!«

»Dollar.«

»Was muß ich dafür tun?«

Der motorisierte Querschnittsgelähmte besitzt ein Kabarett namens **LE VERSAILLES** in der Sainte-Catherine Est. Jeden Abend schwingen dort verführerische Transvestiten ihre Beine in einer derbkomischen Revue, die alles bisher Dagewesene in den Schatten stellt. Der Name dieser grandiosen Vorstellung spricht für sich: **GRENZENLOS**! Ganz Montreal ist von dieser waghalsigen Schwulentruppe hingerissen, die auf der Bühne indianische Skalptänze vorführt, Reptilien bei der Paarung imitiert, den Flug der Wildenten sowie Spaghetti auf einem Teller mimt, (falsch) singt und verblüffende Zirkusnummern zum Besten gibt; aber Ange Malo steckt . . .

». . . in der Schaiiße! Ja, in der Schaiiße!« wiederholt er mehrmals.

Auch heute abend soll sich der Vorhang heben, doch dieses verfluchte Aids hat ihm gerade seine schönste Tänzerin, Julia (früher: Julien), geraubt. Dem kleinen Ange klappern die Zähne, seit das Virus es auf seine Truppe abgesehen hat. Kurz und gut, er bietet mir Julias Posten an.

»Kannst du ein bißchen singen und tanzen?«
»Okay, für dreihundert Dollar mach' ich es«, höre ich mich sagen.

Das Unberechenbare reizt mich. Ich habe Lust zu SPIELEN, die Beine im Rhythmus der Musik in die Höhe zu werfen, zu singen! Monsieur Eiffel, wie er als Transvestit verkleidet, auf einer Bühne in Montreal mit den Hüften wakkelt . . . Ich habe mich sehr verändert. Leben soll ein Fest sein! Ich möchte jede einzelne Sekunde davon genießen, dem Schicksal folgen und mittanzen.

An einem Nachmittag, ein paar Tage später, ziehe ich bei der Probe mein Bühnenkostüm an: violette hohe Schaftstiefel, ein violettes Mieder, lange violette Handschuhe . . . Geschminkt sehe ich aus wie ein etwas zu groß geratenes und ziemlich hübsches Mädchen; es fehlte nicht viel, und ich hätte mich in großer Verwirrung befunden . . .

Ange Malo kommt in meine Garderobe, um mich abzuholen.

»Du bist dran, Lola.«

Plötzlich packt mich die kalte Angst. Bis jetzt war diese ganze Maskerade nur ein Spiel. In ein paar Augenblicken werde ich **WIRKLICH** auf der Bühne stehen und mich in einer Rolle versuchen, die mich mit einem Mal erschreckt. Schnauzbärtige Männer werden auf mein Hinterteil glotzen und mich begehren.

»Ich kann nicht.«

Als Antwort darauf bekomme ich von Ange links und rechts eine Ohrfeige; dann fügt er hinzu:

»Los jetzt, oder ich verpasse dir noch eine.«

Seine kleine schlaffe Hand packt mich grob am Unterarm. Er setzt seinen elektrischen Rollstuhl in Bewegung und führt mich wortlos in die Kulissen.

Man schubst mich vor Hunderte von Augenpaaren.

Ich stehe auf der Bühne, gekleidet wie eine prachtvolle Hure. Die Scheinwerfer blenden mich und steigern das Bewußtsein, das ich selbst von meinem Körper habe. Ich öffne den Mund; meine Stimme befreit sich. Ich singe – richtig – und beginne, einen komischen Striptease zu tanzen. Die Zuschauer kichern. Bin das wirklich ich, der sich der Lüsternheit des Publikums ausliefert? Ja, das bin ich, Alexandre. Ich bin frei, so frei, daß sich sogar das genaue Gegenteil meines Temperaments in mir entfalten kann. Mein Schamgefühl legt sich. Ich werfe meine

Handschuhe in die Menge, wackle mit dem Hintern. Meine Stimme ist schön, warm. Ich lebe in der Inkohärenz. Nach diesem Ausflug zum anderen Ufer meiner selbst werde ich alles wagen. Keine Angst wird mich mehr beherrschen. Ich genieße es, endlich Herr über mein Schicksal zu sein, mich selbst nicht mehr einfach nur hinnehmen zu müssen. Ich lege ein Kleidungsstück nach dem anderen ab.

Als ich völlig nackt vor dem Publikum stehe, verneige ich mich graziös wie ein Vogel. Der Applaus umfängt mich zärtlich. Ich fühle mich des Kleinen Wilden würdig.

Beim Abgang von der Bühne laufe ich Ange über den Weg; völlig durcheinander, drückt er mir beide Hände.

> *»Donnerwetter! Die große Lola! Alle sind begeistert von dir. Aber was ist bloß in dich gefahren, daß du bis zum letzten gegangen bist? Es war nicht vorgesehen, daß du dir dein Höschen ausziehst.«*

»Ich bin **FREI**.«

Die große Lola hat in Montreal nie wieder auf einer Bühne gestanden. Wenn Ange Malo eines Tages diese Zeilen liest, möge er mir verzeihen, daß ich damals so plötzlich verschwunden bin. Es war mir nicht vorbestimmt, Herrscher der zwielichtigen Nächte des **VERSAILLES** zu werden.

Ich war für Manon geboren worden!

Manon verläßt das Haus. Wie jeden Morgen bringt sie ein Taxi um Punkt neun Uhr zur Universität von Montreal, wo sie einen Lehrauftrag hat. Aber an diesem Morgen ist sie dreiunddreißig geworden, und ich werde am Steuer des Taxis sitzen . . . ich habe den echten Chauffeur bestochen. Mein Gesicht ist hinter einem falschen Bart verborgen; der Rest meines Kopfs verschwindet unter einer abgetragenen Mütze. Manon kommt auf das Taxi zu, öffnet die Wagentür. Im gleichen Augenblick sprechen sie drei verlegene Mädchen an.

»Bist du Manon de Tonnerre?«

»Ja.«

»Mensch, super! Können wir ein Autogramm haben?«

Erstaunt sieht Manon die Mädchen an und lächelt.

»Für wen haltet ihr mich?«

»Nun . . . für Manon de Tonnerre.«

»Wir haben alle deine Filme gesehen.«

Und schon reicht ihr eine Hand ein Notizbuch und einen Stift.

»Ich heiße Lisa Tremblay.«

»Und ich Josée Martel.«

»Hört mal, es tut mir leid, aber ich glaube nicht, daß ich diejenige bin, für die ihr mich haltet. Ich bin in Eile . . .«

Manon flüchtet sich ins Taxi und schlägt die Tür zu.

»Zur Universität, bitte.«

Sie weiß nicht, daß ich die Mädchen bezahlt habe, damit sie ihr dieses Theater vorspielen, das ich nun mit starkem frankokanadischen Akzent fortsetze:

»Sakrament! Ich bin vielleicht stolz, daß Sie hier in meinem Taxi sitzen, Madame de Tonnerre! Man fährt ja schließlich nicht alle Tage einen Star.«

Durch den Akzent verändert sich die Klangfarbe meiner Stimme.

»Wie bitte?«

»Ja, einen Star. Ich habe Ihren Film noch nicht gesehen, aber er ist ja in aller Munde.«

»Mein Film?«

*»Aber ja! **RENDEZ-VOUS AM DREISSIGSTEN**«*, sage ich und deute auf eine Reklametafel.

Manon beugt sich vor und sieht ein Filmplakat, auf dem in großen fetten Buchstaben ihr Name steht! Im Rückspiegel sehe ich, wie ihr Gesicht vor Verblüffung erstarrt. Ihr fallen fast die Augen aus. Auf dem Weg, der von der Prince Arthur Quest zur Universität von Montreal führt, habe ich drei Werbeflächen gemietet, auf denen der baldige Start einer Komödie mit Manon in der Hauptrolle angekündigt wird.

Man wird sich vielleicht wundern, warum ich zu einer solchen List gegriffen habe; aber ich beabsichtigte, die Wirklichkeit wieder zu verzaubern, so wie es Kinder tun, wenn sie spielen. Ich wollte die Welt der Spiele wiederentdecken. Und außerdem war ich **WAHNSINNIG VERLIEBT**! Ich scheute weder Zeit noch Geld, um Manon zurückzuerobern.

Für mich gab es keine Grenzen.

Um die Glaubwürdigkeit meiner Inszenierung zu erhöhen, hatte ich auf Kassette eine fingierte Sendung aufgenommen, die angeblich über Radio Kanada ausgestrahlt wurde. Man hörte, wie sich ein Journalist begeistert zu ***Manon de Tonnerres letztem Film*** äußerte, über Talent und Anmut der Schauspielerin ins Schwärmen geriet, sie als ***die Entdeckung des Jahres*** bezeichnete.

Stumm und bewegungslos hört Manon der Radiosendung zu, an deren Echtheit sie nicht zweifelt. Sie ist wie vor den Kopf gestoßen, zu keiner Reaktion fähig und vergißt sogar, mit den Lidern zu schlagen. Montreal hat sie zum Superstar gekürt. Für einige Augenblicke lebt sie ihren Kleinmädchentraum. Damals hatte sie immer ihre

Augen geschlossen und sich ausgemalt, wie die Menge sie begeistert feiert.
Ich halte vor der Universität. Manon bezahlt, gibt mir ein fürstliches Trinkgeld, wie es einem Star angemessen ist, und steigt beschwingt aus dem Taxi. Aus den Augenwinkeln heraus beobachtet sie die Studenten. Werden auch sie die berühmte Schauspielerin erkennen?
Ich kurbele das Wagenfenster herunter.

»Manon!«

Sie dreht sich um.
Ich reiße mir den Bart herunter.
Sie steht mit offenem Mund da; ihre Augen spiegeln ihre Fassungslosigkeit wider.

»Davon hast du doch als kleines Mädchen immer geträumt, oder? Herzlichen Glückwunsch zum Geburtstag!«

Ich fahre los und entschwinde, wie in einem Traum. 

Wir freuen uns,
die bevorstehende Vermählung
von Mademoiselle Manon
de TONNERRE,
verdienstvolle Geliebte,
mit
Monsieur Alexandre
EIFFEL,
dem einzig passenden Liebhaber,
bekanntgeben zu dürfen.

So lautete der Text der Anzeige, die ich in LA PRESSE, der größten französischsprachigen Tageszeitung auf dem amerikanischen Kontinent, setzen ließ. In der Provinz Quebec war es nicht mehr üblich, in der Tageszeitung Heiratsanzeigen zu veröffentlichen. Daher war ich mir sicher, daß diese Annonce beachtet werden würde; und bestimmt würde sich eine wohlmeinende Seele finden, die Manon oder Bertrand darauf aufmerksam machte . . .

Eines Abends, als ich gerade die Küche neu strich, klopfte es an der Tür.

Ich öffne.

Es ist Manon.

Ich lächle sie an.

Ihr Gesicht bleibt versteinert, von kühler Entschlossenheit geprägt.

»Guten Tag«, sage ich verunsichert.

»Ich wollte nur kurz vorbeikommen«, erwidert sie und betritt unschlüssig unsere Wohnung.

Ihre Augen wandern neugierig umher; sie weicht meinem Blick aus. Manon stellt zu ihrer Verwunderung fest, daß meine Versprechungen keine leeren Worte waren. Ich habe unser zukünftiges Heim fast fertig eingerichtet.

»Es riecht nach frischer Farbe«, sagt sie schüchtern.

»Möchtest du das Kinderzimmer sehen? Ich habe ein Bett in Form eines Nilpferdes und einen riesengroßen Wickeltisch gefunden.«

»Hast du vielleicht auch schon die Kleider ausgesucht, die in meinem Schrank hängen sollen? Verdammt! Ich bin ein Mensch und keine Puppe, die man in ein Haus setzt, und auch keine falsche Schauspielerin, der man eine Rolle in einem erfundenen Filmprojekt gibt. Also, jetzt hör mir mal gut zu . . .«

Manon erzählte mir, daß der kleine Flakon, den ich ihr geschickt hatte, beim Transport kaputtgegangen sei; Bertrand habe im Briefkasten einen parfümgetränkten Briefumschlag gefunden . . . Ich konnte mir seine Reaktion vorstellen. Sie bat mich, unverzüglich die Provinz Quebec zu verlassen, wenn ich sie wirklich aufrichtig lieben würde. Seit meiner Ankunft in Montreal sei ihr Ehealltag zunehmend angespannter geworden; das Warten auf den 30. versetze beide in eine Unruhe, die allmählich in einen chronischen Konflikt ausarte. Bertrand sei nur noch mißtrauisch, ihn quäle eine übertriebene Eifersucht. Sie könne mein Verlangen nicht mehr ertragen, gestand sie mir plötzlich; es habe ihr ganzes Leben in Unordnung gebracht, ihre Gewißheiten untergraben, ihrer Liebe zu Bertrand Schaden zugefügt, ohne dabei jedoch gleichzeitig die Leidenschaft wieder zu entfachen, die sie für mich empfunden hätte.

»Ich bin ganz aufrichtig zu dir«, sagt sie schließlich, »denn so haben wir ja immer miteinander geredet. Setz bitte nicht unsere Vertrautheit aufs Spiel.«

Die Erregung, mit der sie gesprochen hatte, verriet, wie es wirklich um sie bestellt war. Daß sie zu mir gekommen war, um mir ihre Verwirrung anzuvertrauen, bestärkte mich in der Vorstellung, daß ich recht gehabt hatte, auf meinen **WUNSCH** zu vertrauen; die Wirklichkeit begann, sich meinen Wünschen anzupassen. Manon war dabei, mich inständig zu bitten, mich nicht von ihr abzuwenden. Ich wollte glauben, daß sie mir gegenüber nicht so offen gewesen wäre, wenn sie nicht ein geheimes Verlangen verspürt hätte.

»Manon«, fuhr ich fort, »ich habe dir einfach nur ein Parfüm geschenkt, das ich für dich gemacht habe. Ich habe mich entschieden, und ich werde mich daran halten. Denk bis zum 30. darüber nach.«

Niedergeschlagen schwieg Manon. Sie warf einen nachdenklichen Blick auf unser Haus und ging ratlos davon, ohne dem Gesagten noch etwas hinzugefügt zu haben. Nachdem sie weg war, öffnete ich sogleich den Flakon, der den Duft ihres Körpers enthielt. Ihre Gegenwart erfüllte das Zimmer, in dem ich mich befand; auf diese Weise fühlte ich mich weniger allein.

Jetzt, wo unser Haus fertig war, mußte ich meine Aufgabe als subversiver Parfümeur angehen.

In meiner Einsamkeit hatte ich einen Plan gefaßt, dessen Tragweite mich zugleich begeisterte und beunruhigte. Ich wollte das Parfüm wiederfinden, das der Kleine Wilde im Alter von zwölf Jahren kreiert hatte, diese geheimnisvolle Harmonie der Düfte, welche die Kraft hatte, das Kind, das in uns schlummert, zu wecken; danach wollte ich diese Duftkomposition über die Parfümerie Tonnerre auf den Markt bringen, aber nicht, um zu reich zu werden, sondern um

DIE WELT ZU ERSCHÜTTERN!

Ich war davon überzeugt, daß dieser subversive Wohlgeruch die Gesellschaft der Erwachsenen ins Wanken bringen würde. Wenn ein solches Parfüm Verbreitung fände, würde uns das zwangsläufig eine **UNBERECHENBARE** Ära bescheren, bevölkert von Bürgern mit glühenden **WÜNSCHEN**, die klug genug wären, den **AUGENBLICK** mehr zu genießen, und imstande, sich schwindelerregendem **ENTZÜCKEN** hinzugeben. Was würde – wenn sie es eingeatmet hätten – aus den in ihren engstirnigen Maximen verhafteten Bankiers werden und was aus dem Meer von Arbeitnehmern, die unter ihrem Chef zu leiden haben, ohne sonderlich gegen ihn aufzubegehren, aus den Heerscharen von Verkäufern, die vor ihren Kunden kriechen, aus den vom Erfolg verdorbenen Künstlern, den Studenten, die man gleichzuschalten versucht, den Schülern, die von den Lehrern aufgefordert werden, ihre Eigenheiten abzulegen, den unzufriedenen Frauen, den resignierten Alten, den Politikern und den Prostituierten? Wer wäre dann noch bereit, sich für die schändlichen Kompromisse dieser unmenschlichen Komödie herzugeben, die sich Erwachsenenleben nannte. Ich war mehr denn je dazu entschlossen, der Wirklichkeit wieder ihren Zauber zu verleihen!

Die Zeit schien mir reif für dieses Parfüm zu sein. Waren nicht alle Revolutionen gescheitert? Eine düstere Verdrossenheit lag über dem Abendland. Die Ordnung der Erwachsenen herrschte überall, im Namen der Vernunft. Ob in Europa oder in Amerika, jeder lebte außerhalb von sich selbst, ein Fremder in seinem Leben und seinem eigenen Körper, berauscht vom Fernsehen, um zu vergessen, daß unser Schicksal unserem Wesen nicht entsprach, und deformiert von den erschreckenden Anforderungen dieses barbarischen Gottes, der sich Arbeitsmarkt nennt. Diejenigen, die noch nicht oder noch nicht ganz kaputtgemacht worden waren, konnten es nicht länger dulden, ihres Lebens und ihrer selbst enteignet zu werden.

In diesem ersten Jahr des XXI. Jahrhunderts war die Zeit der Vorherrschaft der traditionellen männlichen Denkweise abgelaufen. Wenn sich auch die Vorstellungen, die fest in das Korsett der Doktrinen geschnürt waren, kaum erneuerten, so versuchte sich doch die Kunst zu leben durchzusetzen. Die Männer lernten nach und nach, zu sagen, was sie fühlten; die Frauen hörten endlich auf sich selbst, anstatt in den Chor der Männer einzustimmen. Das, so kam es mir vor, war das Moderne. Die Suche nach einer guten Beziehung zu sich selbst, und damit natürlich auch zu anderen, schien zum wirklichen Motor der Geschichte zu werden. Mein Parfüm konnte unter keinen besseren Umständen geboren werden.

Ich machte mich mit meinen Pipetten, meinen Teststreifen und einer großen Mischflasche an die Arbeit. Ich schloß die Augen, atmete tief und ruhig ein und ließ mich treiben: Ich kehrte auf die Mittelmeerinsel zurück, die in mir war, dieses innere Paradies, in dem ich mühelos die Vertrautheit zum Kleinen Wilden wiederfand.

»Bitte«, sagte ich ganz leise zu ihm, »gib mir die Rezeptur für dieses Parfüm.«

»Laß dich von mir führen«, erwiderte seine Stimme, die in meinem Geist widerhallte.

Ich öffnete die Augen und sah, wie meine linke Hand nach den Phiolen griff; sie schüttete einige Tropfen einer aromatischen Substanz in die gläserne Mischflasche, gab ein Quentchen einer Essenz hinzu und fuhr mit dieser Prozedur noch ungefähr eine Viertelstunde lang fort: Das Parfüm entstand durch mich und aus mir heraus. Ich wußte, wann es fertig war.

Ich roch an der Flasche und war sprachlos vor Erstaunen.

Das Parfüm des Kleinen Wilden stand, in seinem Flakon gefangen, vor mir. Jetzt brauchte es noch einen Namen. Ich schwankte einen Augenblick lang zwischen mehreren Möglichkeiten, doch dann stand mein Entschluß fest. Es gab überhaupt keinen Zweifel; ich hatte DEN Namen gefunden, der sich sozusagen zwingend aufdrängte. Ich klebte ein weißes Etikett auf das Glas und beschriftete es sorgfältig mit schwarzem Filzschreiber:

Dieses seitenverkehrte Fragezeichen erfaßte – durch seine Form und durch seine Bedeutung – das Rätsel dieses verführerischen Duftes vollkommen; denn wer weiß schon, was Kindheit eigentlich ist? Je weiter ich mich bei meinem Abenteuer vorwagte, desto geheimnisvoller schien mir dieses Wort zu sein. Und ich fand es gerechtfertigt, durch dieses Zeichen, das zu einer doppelten Frage anregt, die künftigen Käufer meines Parfüms zu warnen. Denn niemand war in

der Lage, ihnen zu sagen, was für ein Mann oder was für eine Frau sie werden würden, wenn sie daran gerochen hatten.
Zufrieden versiegelte ich die Flasche und räumte sie weg. Bevor ich diese kostbare Flüssigkeit zum Verkauf bringen konnte, mußte ich Manon heiraten.

Ich öffne mit einem Stück Draht das Schloß zu Manons Wohnung, ohne es zu beschädigen. Keiner da. Lautlos schleiche ich ins Badezimmer. Manons etruskischer Ohrring ist da, er hängt an einem Kettchen; sie trägt ihn zur Zeit als Anhänger, denn den zweiten hatten wir auf dem steinigen Feldweg, nicht weit von der Mandragore entfernt, verloren. Ich möchte ihn unbedingt ersetzen, und deshalb werde ich für sie eine Kopie von dem übriggebliebenen Ohrring anfertigen lassen. Ich habe einen Goldschmied im Hinterzimmer eines Juweliers ausfindig gemacht, dessen Geschäft in einem dieser unterirdischen Einkaufszentren liegt, die typisch sind für Montreal. Ich stibitze den einzelnen Ohrring und mache mich davon. Wird Manon sich über ein solches Geschenk freuen? Sie schien so an diesem Familienschmuck zu hängen, den sie von ihrer Großmutter geerbt hatte; die wiederum hatte ihn von ihrer Großmutter bekommen, die zur Zeit Napoleons III. geboren worden war . . . Nach einem Tag minutiöser Arbeit im Schein einer Neonlampe hatte der Goldschmied – eine alte Rothaut, die sich in ihrem Hinterzimmer eine Art Indianerlager nachgebaut hatte – eine perfekte Kopie gearbeitet, die nach allen Regeln der Kunst mit Patina überzogen worden war. Am späten Nachmittag hatte ich gerade noch genügend Zeit, um mich heimlich in Manons und Bertrands Wohnung zu schleichen. Ich legte die Ohrringe auf die Ablage im Badezimmer und achtete darauf, daß mein Besuch keine Spuren hinterließ.

Wenn Manon das Paar entdeckte, würde sie mit Sicherheit auch Bertrand danach fragen; er wäre genauso überrascht wie sie. Und dann würde sie verstehen . . .

Der 30. rückte näher.
Manon hatte sich bis jetzt noch nicht geäußert.
Ich organisierte inzwischen unsere Flitterwochen – vielmehr ich beschloß, sie zu desorganisieren. Sie sollten ein Jahr lang dauern, und unser einziger Kompaß würde unsere Neugier sein. Wir würden, je nach **LUST UND LAUNE**, von einem Punkt des Erdballs zum anderen reisen, um uns dort jedesmal, nach örtlichem Ritus, vor dem Gott der Einheimischen trauen zu lassen. Unsere Weltreise, die wir unserer Liebe widmen würden, wäre eine echte Hochzeitsreise. Ob nun Dschunken, Elefanten, Fesselballons, Tandems, Rikschas oder Kamele, wir würden jedes Fortbewegungsmittel benutzen, das der Zufall uns bescherte; und um die Reise zu beginnen, wollte ich am 30. November nach Mirabel, dem Flughafen Montreals, fahren, um dort mit Manon im Arm in das erste Flugzeug zu steigen, das starten würde. Das Ziel war nicht wichtig, vorausgesetzt, sie hielt meine Hand.
365 Hochzeitstage später würden wir in die Rue Hutchinson 3450 ziehen. Auf unserer langen gemeinsamen Reise wäre Manon schwanger geworden. Sie würde ein Kind von mir erwarten! Nun könnten wir Erwachsensein spielen und uns wieder unseren Beschäftigungen zuwenden, hier, in der Provinz Quebec, wo die Düsternis der Erwachsenheit keinen Platz hat.
Genau so stellte ich mir die Flitterwochen vor, die Manouche und dem Kleinen Wilden würdig gewesen wären. Der Verkauf von LES CLÉS EIFFEL erlaubte uns diese lange, romantische Laune. Es wäre eine Sünde, wenn man diesen Wohlstand nicht nutzte.

Ich hatte Manon dieses Programm, das eigentlich ja gar keins war, in einem kurzen Brief vorgeschlagen, den ich an die Universität Montreal schickte.

Als ich von der Post zurückkomme, sehe ich Bertrand, der auf der obersten Stufe der Außentreppe unseres Hauses in der Rue Hutchinson sitzt. Er sieht mitgenommen und völlig verstört aus. Die Zigarette, die er raucht, besteht zwar nur noch aus dem Filter, aber er zieht immer noch daran. Sein Blick ist geistesabwesend.

Er sieht mich an und steht auf.

»Ganz schön kalt, was?« sagt er zu mir.

Und dann:

»Kann ich einen Augenblick hereinkommen?«

Ich öffne die Tür und gehe in das große Zimmer im Erdgeschoß. Er folgt mir und gesteht völlig unvermittelt:

»Ich kann Manon nicht mehr lieben . . .«

Ich setze mich; er bleibt stehen und fährt fort:

»Sie ist da, ohne dazusein, sie sieht mich an, ohne mich zu sehen, wenn sie mich küßt, weiß ich nicht, wen sie küßt. Ich bringe sie nicht mehr zum Lachen . . .«

Bertrand verstummt. Mein **WUNSCH**, mit Manon zu leben, bringt dieses Paar auseinander; darüber bin ich zugleich betrübt – eine Liebe zu zerstören macht nicht gerade Spaß – und, natürlich, auch **ZUFRIEDEN**. Meine **WÜNSCHE** haben die Allmacht des Kleinen Wilden wiederbekommen!

Bleich im Gesicht, hüstelt Bertrand und sagt:

»Ich möchte, daß Sie bei uns leben. Manon braucht Sie.«

»Nein . . . Von Kompromissen habe ich die Nase voll. Ich **WILL** von nun an, daß mein Leben genauso schön ist wie in meinen Kinderträumen. Ich will Manon für mich allein. Tut mir leid.«

Verstört sieht Bertrand um sich, greift plötzlich nach einem Stuhl und haut ihn mir mit ungeheurer Wucht über den Schädel. Ich breche zusammen. Am Kopf blute ich ein wenig. Er sieht mich mit dem Blick eines Wahnsinnigen an und geht.

Morgen haben wir den 30. November.

Ich wurde bei Tagesanbruch wach und spürte die gleiche innere Erregung wie der Kleine Wilde am ersten Tag der großen Ferien. Meine Zuversicht stand im Zenit. Ich **WUSSTE**, daß Manon durch diese Räume gehen würde, noch ehe es Mitternacht war.
Meine Ungeduld war so groß, daß ich bereits um elf Uhr morgens die Koffer gepackt hatte. Ich war bereit, so oft als möglich in den heiligen Stand der Ehe zu treten, egal ob in Bali, Oslo, Wladiwostok oder Buenos Aires. Auf uns wartete eine lange abenteuerliche Heiratsodyssee.
Aufgeregt deckte ich in der Küche eien hübschen Tisch für zwei Personen und bereitete ein köstliches Festessen zu. Genau wie ich es geplant hatte, projizierte ich außerdem Dias mit Unterwasseraufnahmen an die Wohnzimmerwände. Die Wirkung war phantastisch; ich hatte das Gefühl, auf dem Grund einer dieser Buchten zu atmen, in denen der Kleine Wilde beim Anblick von Madame de Tonnerres nackten Beinen in Verzückung geraten war.
Manon kam nicht zum Mittagessen. Enttäuscht öffnete ich den Flakon, mit ihrem Duft, und aß mit halbgeschlossenen Augen zwei Hummer. So hatte ich zumindest die Illusion, daß sie da war.
Um achtzehn Uhr war ich noch immer allein. Da ich es nicht mehr länger aushielt, fuhr ich in die Prince Arthur Ouest 315. Es war bereits dunkel. Hinter den Fenstern von Manons Wohnung brannte kein Licht. Tausend Vermutungen gingen mir durch den Kopf, ich stellte die wildesten Spekulationen an. Hatte Manon mir eine Überraschung bereiten wollen? Hatte Bertrand sie etwa erwürgt, bevor er Selbstmord beging? Eine dumpfe Vorahnung überfiel mich.

Ich stoße das Kirchenportal auf und betätige den Knopf der Sprechanlage. Niemand antwortet. Von einer schrecklichen Angst gepackt, öffne ich die Glastür mit Hilfe eines alten Nagels, breche das Schloß ihrer Wohnung auf und gehe hinein. Sie wirkt unbewohnt. Die Kleiderschränke sind leer; in der Küche ist der Kühlschrank ausgesteckt. Ich nehme den Telefonhörer ab. Die Leitung ist tot.
Und dann plötzlich begreife ich.
Ein heftiges **GLÜCKSGEFÜHL** lodert in mir auf, löscht auf der Stelle meine Befürchtungen und stürzt mich in ein fast schmerzhaftes Frohlocken. Ich spüre in meinem Herzen alle Freude dieser Welt. Meine unsinnige Hartnäckigkeit hat die Widerstände Manons gebrochen, war stärker als ihre Zuneigung zu Bertrand! Ihre Beziehung ist auseinandergegangen; sie leben nicht mehr unter einem Dach. Manon hat wohl ihre Sachen gepackt, um zu mir zu kommen; vielleicht ist sie schon in unserem Haus.
Ich stürze sofort los und bin ganz außer Atem, als ich bei uns ankomme. Auf der Prince Arthur Ouest bringe ich eine Achtzigjährige in Turnschuhen zu Fall, renne ein chinesisches Pärchen um, überquere die Straßen, ohne auf den Verkehr zu achten; dann laufe ich quer über einen Parkplatz, der auf einem unbebauten Grundstück liegt.
Ich komme in der Rue Hutchinson an. Unser Haus liegt im Dunkeln. Als ich wegging, hatte ich alle Lampen brennen lassen und die Haustür nicht geschlossen. Manon wartet bestimmt im Haus auf mich.
Ich gehe hinein; die Deckenlampe funktioniert nicht.

»Manon . . . Manon?«

Es herrscht vollkommene Stille im Wohnzimmer, es ist stockfinster.
Ich rufe noch einmal; ich bin allein.
Mit einem Mal fällt mir auf, daß überall in den Häusern in unserer Straße die Lichter aus sind. Ich öffne das Fenster und höre die Stimme eines Nachbarn, der besser informiert ist als ich. Ein Stromausfall hat unser Viertel lahmgelegt, sagt er; erst spät in der Nacht wird der Schaden behoben sein.
Ich habe weder Streichhölzer noch ein Feuerzeug. Ich taste mich in

mein Zimmer und lege mich aufs Bett. Noch vor Mitternacht wird Manon an meiner Seite liegen. Das **WEISS** ich jetzt. Das Geräusch meines Weckers erfüllt den Raum.

TICK
TACK
TICK
TACK
TICK
TACK
TICK
TACK
TICK
TACK
TICK

Viertel vor zwölf.

TACK
TICK
TACK
TICK
TACK
TICK
TACK

Mitternacht

TICK
TACK
TICK
TACK
TICK
TACK
TICK
TACK
TICK

Halb eins.

TACK
TICK

TACK
TICK
TACK
TICK
TACK
TICK
Ein Uhr morgens.
TACK

Manon ist noch immer nicht da.

Ich stehe auf und verbiete mir, nervös zu werden. Ich gehe vorsichtig ins Erdgeschoß hinunter; ich bin wie blind. Wo ist die Küchentür? Ah, da ist sie ja . . . Ja, das muß sie sein; ich öffne sie.

Manon ist da, direkt vor mir!

Ich rieche sie, kann sie in der Dunkelheit erahnen. Ihre Silhouette zeichnet sich vor mir ab. Ich bin **glücklich, glücklich, glücklich, glücklich, glücklich**.

Plötzlich gibt es wieder Strom; das Licht geht an.

Ich bin **allein**, stehe vor der kleinen Flasche, die den Duft Manons enthält; ich habe vergessen, sie zu verschließen.

Alles klärt sich auf einmal, alles wird finster in mir.

Bertrand hat Manon weggebracht, weit weg von mir. Ich kann die Wahrheit nicht länger vor mir verleugnen. Sie hat also eingewilligt, mit ihm zu gehen. Die Heftigkeit meines Kinderwunsches hat nicht genügt, die entsetzliche Wirklichkeit zu formen. Mir ist schlecht. Akzeptieren? Niemals. Ich bin nicht mehr Monsieur Eiffel, der es gewohnt war, Zugeständnisse zu machen; in meinem Körper fließt das reine Blut des Kleinen Wilden. Sich abfinden ist ein Ausdruck, dessen Bedeutung ich nicht mehr kenne. Mein Kinderherz zieht sich zusammen. Der Schmerz ist zu heftig, um ihn ertragen zu können; ich entferne mich von ihm und verlasse mich, um nichts mehr zu fühlen. Ich betäube mich, zwinge mich, den Kontakt zu meinen Gefühlen abzubrechen, und sehe mich plötzlich in einem Spiegel.

Das ist tatsächlich das Abbild
Alexandres, was ich da sehe.
Ich möchte nicht mehr ich sein . . .

... ich bin von nun an dieses Spiegelbild, das sich scheinbar von meiner Bestürzung nicht erschüttern läßt. Damit fortzufahren, meinen weiteren Weg in der ersten Person zu erzählen, hieße lügen. Das Phantom Alexandres hat meine Nachfolge angetreten. Übrigens lebt es so wenig, daß meine Initialen genügen, um es zu benennen.

A.E. verließ die Küche und machte die Tür hinter sich wieder zu. Er lebte schon nicht mehr in der Gegenwart und unterhielt kein wirkliches Verhältnis mehr zu sich selbst. Er wußte kaum, daß er unglücklich war. Ein dünnes Lächeln war auf seinen Lippen festgefroren. Wie an einem Faden gezogen marschierte er durch das Wohnzimmer; er bewegte sich wie ein Schlafwandler. Ein Schatten seiner selbst, nichts als Starre.

Mechanisch ergriff A.E. die Phiole, die das von ihm kreierte subversive Parfüm enthielt, und schüttete es, ohne zu zittern, in die Toilettenschüssel. Zufrieden zog er die Spülung. Keinerlei Zweifel überkamen ihn. Es reizte ihn nicht mehr, die Welt aufzurütteln; er hatte zu wünschen aufgehört. Seine Stumpfheit war derart, daß die Düfte von ʕ keinerlei Wirkung auf ihn hatten.

Dann ging A.E. zurück in die Küche. Er setzte sich an den Tisch, nahm den Flakon, der Manons Anwesenheit enthielt, und schüttete den Inhalt bis zum Rand in ein Glas. Das duftende Öl war mit Alkohol vermischt. Mit düsterem Blick starrte er lange auf die goldene Flüssigkeit, als würde er irgend etwas erkennen können; dann betrank er sich in kleinen Schlucken mit Manons Parfüm, bis er trunken von ihr war.

VÖLLIG BETRUNKEN brach er zusammen.

A.E. kehrte nach Paris zurück. Er mietete sich ein bescheidenes, möbliertes Zimmer im XX. Arrondissement. Von seinem Fenster aus konnte er den Friedhof Père-Lachaise sehen. Es besänftigte ihn, die Grabsteine zu betrachten. Vormittags schlenderte er durch die Reihen, zwischen den Grabstellen und Gruften umher, warf den Tauben Brotkrumen zu. Ein paar vereinsamte Friedhofsbesucher brachten ihm etwas Abwechslung. Ein alter Gärtner grüßte ihn hin und wieder. Zur Mittagszeit zwang er sich, eine Konservenbüchse aufzuwärmen. Der Hunger hatte ihn verlassen. Nachmittags schlief er tief und fest, erschöpft, bis sechzehn Uhr. Im Winter wird es früh dunkel; sein zweiter Spaziergang war kurz. Seine Uhr ging kaputt; er hielt es nicht für notwendig, sie reparieren zu lassen.

A.E. ignorierte seine Traurigkeit. Auf seinem Gesicht war ein beständiges Lächeln eingebrannt. Er atmete, ohne auf den Schlag seines Herzens zu hören, hatte die Kunst zu beten vergessen und sehnte sich nur noch nach Ruhe. Sobald sich eine vage Erinnerung in seinem Gedächtnis regte, verjagte er sie. Keine Sehnsucht belästigte ihn.

Eines Tages – aber wann war das? – verlor er auf der Straße das Bewußtsein und kam in einem Krankenhaus wieder zu sich. Ein Mann im weißen Kittel zeigte ihm Röntgenaufnahmen, kommentierte die Ergebnisse der Untersuchungen, die man bei ihm vorgenommen hatte, als er im Koma lag; dann sagte ihm der Mann geradeheraus, daß sein Kopf mit Tumoren so groß wie Kirschen gespickt sei. A.E. hatte das Gefühl, als sei vom Gehirn eines anderen die Rede. Unangenehme Worte wurden ausgesprochen: *schwere Operation, Strahlenbehandlung, Chemotherapie, wahrscheinlich zu spät … versuchen, Krebs.*

Ohne daß er irgend etwas entscheiden mußte, wurde A.E. ausgezogen, in einen weißen Pyjama gesteckt und ins Bett verfrachtet. Eine Krankenschwester brachte ihm ein bescheidenes Mahl. Dann schaltete man einen Schwarzweißfernseher für ihn an, um ihn ein wenig mehr von seinem Schicksal abzulenken …

Sein Arzt verschrieb ihm eine Strahlentherapie, die bald beginnen sollte.

Eine Woche später war sein Gesicht eine einzige Brandwunde; sein Körper schien sich zu verzehren.

Schließlich ereignete sich etwas, das eigentlich kaum wahrzunehmen war, aber ihn dennoch rührte.

Sein Bettnachbar war in die Leichenhalle gebracht worden, und man hatte ihm einen Neuen zugeteilt, dessen Zustand deutlich besser war, einen schmächtigen Südfranzosen, der einen eingetopften Eukalyptus auf ihr gemeinsames Nachttischchen stellte.

Der Duft der Pflanze verbreitete sich nach und nach im Raum, und bald war die Luft derart davon durchzogen, daß A.E. nicht umhin konnte, ihn einzuatmen. Dieser Geruch löste in seinem olfaktorischen Gedächtnis die Erinnerung an die Luft auf der Apfelbauminsel aus, die vom Geruch des Eukalyptus erfüllt gewesen war. Gegen seinen Willen versetzte er sich langsam auf seine Insel und fand dort für einen Moment das Gefühl der Vertrautheit mit sich selbst wieder, das er dort erlebt hatte, diese Vollendetheit, die dem Glück ähnelt. Seine Augen füllten sich mit Tränen.

Ein Verlangen breitete sich in seinem Innern aus. Er wollte auf der Stelle das Grau des Krankenhauses, die weißen Kittel, die Tropfinfusionen und die schlecht schmeckenden Medikamente hinter sich lassen. Seine duftende und farbenprächtige Insel wiederzusehen wurde ihm zur alleinigen Obsession. Er hatte das Gefühl, daß der Kleine Wilde ihn rief, ihm seine kleine Hand entgegenstreckte.
A.E. stand auf, öffnete seinen Schrank und begann, sich anzuziehen.

»Wohin gehen Sie?« fragte der Südfranzose.

»Nach Orly, zum Flughafen, ich fahre weg.«

»Was machen Sie?«

»Sterben!« antwortete er fröhlich.

Ein echtes Lächeln ließ sein Gesicht erstrahlen. Er warf seine persönlichen Sachen in eine Plastiktüte und ging auf den Gang hinaus. Eine Krankenschwester versuchte ihn aufzuhalten; er stieß sie beiseite, entschuldigte sich, küßte sie, weil sie schön war, und blieb plötzlich vor einem Spiegel stehen.
Er wollte nicht mehr dieses Spiegelbild sein; ich wollte Alexandre sein und meinen Tod leben!

Im Flugzeug schrieb ich einen Brief:

Manon,

komm zu mir, schnell. Später wird zu spät sein. Ein Krebs zerfrißt mir das Hirn.

Ich erwarte Dich auf der Apfelbauminsel. Sie liegt circa fünfzehn Seemeilen von der Küste entfernt, auf der Höhe der Mandragore.

Dort wird mir kein Arzt meinen Tod stehlen. Weit weg von den Erwachsenen werden wir unsere Liebe spielen, so als könnte jeder Augenblick der letzte sein.

Ich kann Dir keine Zukunft mehr bieten, lediglich die Gegenwart.

Ich begehre Dich.

Alexandre

Ich adressierte diesen Appell zu Händen von Fanny de Tonnerre und warf den Brief am Flughafen von Nizza ein; dann mietete ich am Hafen ein kleines Segelboot, kaufte reichlich Proviant, einiges an Werkzeug und bepackte den Laderaum.
Als alles fertig war, drehte ich mich Richtung Stadt, sagte der Erwachsenenwelt Lebewohl und stach, ruhig und ausgeglichen, in See.
Meine Insel erwartete mich.

Lange bevor ich die Insel erreichte, befand ich mich schon dort, als ich auf hoher See die Luft einatmete. Die Winde trugen die Düfte des Eukalyptus, das Parfüm der Tamarisken, die Wohlgerüche des Zitronenbaums, das Aroma der blühenden Mimosen von der Insel bis zu mir. Ich roch den Sommer, der dort bereits Einzug gehalten hatte.
Ich sehe sie schon von weitem; ein Schauer durchläuft mich. Es ist, als würde ich mein Geburtsland wiedersehen. Warum habe ich versucht, den Kleinen Wilden zu den Erwachsenen zurückzubringen? Warum bin ich nicht für immer in diesem kleinen, vom Meer beschützten Universum geblieben . . . Die Konfrontation mit der Realität hat mir lediglich ein Krebsgeschwür eingebracht, das mein Gehirn verschlingt. Ein durchdringender Schmerz umschließt plötzlich meinen Kopf; doch meine Freude ist so groß, daß ich die Kraft finde, aufrecht stehen zu bleiben.
Das Segelboot setzt gemächlich am Oststrand auf. Ich springe von der Brücke und laufe barfuß im feinen Sand herum. Die Maisonne steht hoch am Himmel, über meinem Kopf. Ich schwelge – trunken von den mediterranen Düften und benommen davon, mich wiedergefunden zu haben – in einer leichten Glückseligkeit. Auf dieser Insel kenne ich keine Einsamkeit; ich bin in meiner Gesellschaft. Mein Blut erwärmt sich. Das Leben pulsiert wieder in meinem kranken Körper; doch ich spüre, daß meine Rückkehr zu spät kommt, um auf Genesung hoffen zu können. Mein geistiger und körperlicher Verfall wird vielleicht weniger brutal sein, aber der Tod wird seine Zersetzungsarbeit in meinen Zellen fortsetzen.
Ich hole den Proviant aus dem Laderaum des Bootes und baue mir

innerhalb weniger Stunden einen behelfsmäßigen Unterschlupf aus Zweigen und Ästen sowie einen kleinen Tisch; dann, ohne Zeit zu verlieren – der Tod ist mir auf den Fersen –, lege ich einen Stapel Papier vor mich hin und nehme meinen Füller.

Bevor ich sterbe, möchte ich meine ganz persönliche Odyssee niederschreiben. Ich beabsichtige, ein Werk zu verfassen, das gerade durch seine Form meine wiedergewonnene Einzigartigkeit spiegeln würde, ein Text, dessen Aufbau sich ändern würde, um auf diese Weise besser die inneren Metamorphosen, die ich gesucht oder vielmehr durchlitten habe, wiedergeben zu können. Es sollte wie ein Buch für Erwachsene beginnen, würde aber später wie ein buntes Kinderbuch aussehen. Wenn diese Seiten eines Tages, mit einem seriösen Einband versehen, veröffentlicht werden und auch nur einen einzigen Leser dazu anregen könnten, das Kind, das in ihm schlummert, zu wecken, wäre ich schon überglücklich.

Nur meine linke Hand war in der Lage, diesen Bericht mit absoluter Aufrichtigkeit zu verfassen; ich vertraute ihr also meinen Füller an und ließ die Feder über die Seiten gleiten, wobei ich mir untersagte, sie in irgendeiner Form zu führen. Drei Tage und drei Nächte lang schrieb sie das Buch, ohne daß mein Bewußtsein sich einmischte. Ich schlief nur ein paar Stunden.

Als ich an die Stelle kam, die du, lieber Leser, gerade liest, war Manon noch immer nicht an meinem Zufluchtsort erschienen; aber für mich war das Glück schon fast perfekt. Was mein subversives Parfüm nicht mehr erreichen konnte, würde vielleicht dieses Buch bewirken. Ich war froh, die geschriebene Form für mein Weiterleben nach dem Tode gewählt zu haben. Düfte verflüchtigen sich, Bücher bleiben.

Ein durchdringender Schmerz ergriff von meinem Kopf Besitz; manchmal verspürte ich den Wunsch, meinen Schädel zu zersägen, um mich davon zu befreien. Aber ich litt lieber auf meiner Insel, als allmählich in einem Krankenhausbett – von Drogen betäubt, meiner selbst beraubt – mein Leben auszuhauchen.

Das Schlimmste und das Schönste sollten jedoch erst noch kommen.

Eines Morgens öffnete ich die Augen und sah nichts mehr. Meine Pupillen hatten sich mit Finsternis gefüllt. Verängstigt fing ich zu zittern an. Ein Tumor hatte wahrscheinlich den Bereich in meinem Gehirn befallen, der für das Sehvermögen zuständig ist. Es war schon Tag; ich spürte die wärmenden Sonnenstrahlen auf meiner Haut. Meine Nase bestätigte diesen Eindruck. Die Gerüche der Nacht sind nicht die gleichen wie bei Tagesanbruch.
Nun war ich also allein, blind und von Meer umgeben.
Tastend vergewisserte ich mich als erstes, ob ich noch immer an meinen Proviant und an meinen Wasservorrat herankam. Anschließend bemühte ich mich, meine Gelassenheit wiederzuerlangen. Alles in allem war meine Situation nicht die eines Mannes, der lange unter seiner Behinderung zu leiden haben würde. Diese Überlegung beruhigte mich, und allmählich entdeckte ich in meiner Dunkelheit eine erstaunliche Nähe zu mir selbst. Jede noch so winzige Gefühlsregung nahm ich wahr. Ich lebte jetzt intensiver, als ich es jemals zuvor getan hatte.
Jetzt, wo ich nicht mehr von den Dingen abgelenkt wurde, die früher meinen Blick fesselten, fand ich schnell eine neue Vertrautheit zu Gott, nicht zu jenem zuckersüßen Gott, den seine Schäfchen in den Kirchen anblöken, sondern zu dem Gott, der in der Tiefe unserer Seele zaghaft pocht, zu dieser unendlichen Sanftheit, die das Leben selbst ist. Blind geworden, sah ich die allerletzte Wirklichkeit.
Von meinem Bild eines achtunddreißigjährigen Mannes befreit, hatte ich endlich das Alter des Kleinen Wilden erreicht, dieses imaginäre Alter, dem ich seit dem Wiedersehen mit Lily hergelaufen war.

Eines Abends, als ich zum Meer gewandt saß und dem Auf und Ab der Wellen lauschte, das mich wiegte, atmete ich einen Duft ein, den ich sofort wiedererkannte; mein Herz entschlüsselte ihn vor meiner Nase. Manon war auf der Insel an Land gegangen. Das Parfüm ihrer Haut hing in der Luft. Ich hatte also recht damit gehabt, an die Kraft meiner **WÜNSCHE** zu glauben . . . Mein ganzes Wesen vibrierte. Aber wo war Manon?

Ich höre, wie sie mich ruft. Ihre heisere Stimme hallt auf der Insel und in meinem armen Kopf wider. Ich erahne ihre Gegenwart, drehe mich zu ihr um, lächele sie an. Sie kommt näher. Meine Freude ist so groß, daß ich das Gefühl habe, sie vor mir stehen zu sehen; ihr zarter Duft ermöglicht mir, ihren Anblick in meiner Vorstellung wiederaufleben zu lassen.

»Ich habe mein Augenlicht verloren . . . ein Tumor . . .«

»Ich bin hier, ich bin hier . . .«

Ihre Hände streichen über mein Gesicht. Ihr Äußeres nimmt unter meinen Zärtlichkeiten allmählich Gestalt an. Sie küßt mich; ich schließe sie in die Arme, streife den Ringfinger ihrer linken Hand. Sie trägt keinen Ehering mehr. Meine Kopfschmerzen sind wie weggeblasen. Dann sagt sie:

»Ich habe dich drei Monate lang gesucht . . . in Montreal, in Paris.«

Manons Finger verweben sich mit meinen. Sie führt mich in den Schatten einer Strandkiefer. Kühle umfängt uns. Sie entkleidet sich, zieht mich aus und legt mich auf den warmen Boden. Ihr nackter Körper preßt sich gegen das, was von meinem noch übrig ist. Ich bin unglaublich mager. Sie wärmt meine knochigen Glieder, die verkrümmt und an manchen Stellen geschwollen sind. Manon scheinen die Metastasen, die so groß sind wie Eier und sich über meinen ganzen Körper ausgebreitet haben, keine Angst zu machen. Sie will noch immer meine Geliebte sein, reizt das, was von meiner Männlichkeit noch vorhanden ist. Ihre langen Beine spreizen sich und umschließen meine Hüften. Die Bewegung ihres Beckens trägt mich der Lust entgegen. Meine ganze Energie entlädt sich schließlich, unerwartet. Ich sacke zusammen, verliere das Bewußtsein.

So begann unser kurzes gemeinsames Leben; es folgten Tage und Nächte vollendeter Liebe. Da jeder Augenblick der Zärtlichkeit womöglich der letzte sein konnte, kosteten wir alle gemeinsam verbrachten Sekunden aus. Wir hatten nicht mehr die Zeit, uns mit der Vergangenheit zu befassen. Nur die Gegenwart beschäftigte uns; und es war auch für nichts anderes mehr Raum als für unser Entzücken, zusammensein zu können.

Als seit ihrer Ankunft bereits mehr als drei Wochen verstrichen waren, offenbarte mir Manon, daß ich nicht wirklich sterben würde.

»Ich bin schwanger.«

Diese Neuigkeit stürzt mich in ein schmerzliches Glück, macht aus mir vollends einen Mann. Wir werden also ein Kind haben, das eines Tages die Fensterläden der Villa Mandragore wieder öffnen und im Garten der Eiffels spielen wird. Es wird wieder ein frohes Kinderlachen durch den Salon im Erdgeschoß klingen. Meine Tochter oder mein Sohn werden sich nun ihrerseits den Hosenboden auf dem Treppengeländer blank scheuern. Ich höre ihn oder sie schon unter den Fenstern dieses Hauses spielen, das ein Teil von mir ist.

Wenn es diesem Kind doch gelänge, niemals ein Großer zu werden und niemals in die Haut eines echten Erwachsenen zu schlüpfen. Mein Liebling, darum bitte ich dich, respektiere deine Einzigartigkeit, sei mit dir vertraut, pflege deine **WÜNSCHE**, nicht deine Launen, vermeide es, Verben im Futur oder in der Vergangenheit zu konjugieren, hör nicht auf die verbitterten Menschen, die dir zu Kompromissen raten, bleibe der Person würdig, die du mit fünf warst, rebelliere gegen das Diktat der Vernunft, sei womöglich ein fröhlicher, gewiß aber ein lachender Mensch, führe ein Leben, das dir ähnelt, und vor allem, vergiß nicht, daß die Realität nicht existiert; nur deine **VISION** zählt. Mein Kleiner, meine Kleine: viel Glück. Möge die Welt dich nicht zu sehr verletzen. Dein Vater hat Vertrauen zu dir.

(Ich überlasse Manon den Füller; meine Finger gehorchen mir nicht mehr. Sie wird das Buch in meinem Namen beenden.)

Kurz nachdem Manon mir mitgeteilt hatte, daß ich Vater werden würde, verschlechterte sich mein Zustand. Mein krankes Gehirn stellte einen meiner Sinne nach dem anderen ab, gebot meinen

körperlichen Fähigkeiten Einhalt. Eine Lähmung dehnte sich auf meinen ganzen Körper aus und hinderte mich daran, meine Stimmbänder zu nutzen; mein Mund war gelähmt. Meine Agonie spielte sich unter dem Dach meines behelfsmäßigen Unterschlupfs ab.
Zu keiner Bewegung fähig, spüre ich nur noch Manons Hände, die meine Haut sanft berühren. Ihre erstickte Stimme flüstert mir letzte Worte der Liebe zu. Plötzlich höre ich nichts mehr. Mein Gehör funktioniert nicht mehr. Ich bin eingeschlossen, mit meiner schwangeren Frau nur noch über den Geruchs- und den Tastsinn verbunden. Ich spüre, wie sie meine Stirn streichelt, dann vergeht nach und nach mein Tastsinn. Ich bin mit dem Duft Manons allein.
Ich weiß, daß sie an meiner Seite ist, ich rieche sie.
Die Kälte des Todes beginnt in mir aufzusteigen.
Da begreife ich plötzlich, was Kindheit ist.

HIER
RUHT
DER KLEINE
WILDE

(1962–2001)

Titel der französischen Originalausgabe:
LE PETIT SAUVAGE (Roman)
Originalverlag: Éditions Gallimard
Übersetzt von:
Eliane Hagedorn und Barbara Reitz (Kollektiv Druck-Reif)

Illustrationen von François Place

Die Deutsche Bibliothek – CIP-Einheitsaufnahme

Jardin, Alexandre:
Der kleine Wilde : Roman / Alexandre Jardin. Aus dem Franz. von Eliane Hagedorn und Barbara Reitz. – Düsseldorf; Wien; New York; Moskau : ECON Verl., 1993
ISBN 3-430-15044-2

Lektorat: Susanne Van Volxem
Satz: Formsatz GmbH, Diepholz
Papier: Papierfabrik Schleipen GmbH, Bad Dürkheim
Druck und Bindearbeiten: Bercker, Graph. Betriebe, Kevelaer
Printed in Germany
ISBN 3-430-15044-2

Rückgabe spätestens am

22 OKT. 1996		
5 NOV. 1996		
3 DEZ. 1996		
9 JAN. 1997		
8 APR. 1997		
18. AUG. 1998		